《让有信仰的人讲信仰》丛书

宁夏回族自治区公安厅——编

警徽因你而闪耀

JINGHUI YIN NI ER SHANYAO

宁夏公安机关抗疫工作纪实

黄河出版传媒集团
宁夏人民出版社

图书在版编目（CIP）数据

警徽因你而闪耀：宁夏公安机关抗疫工作纪实 / 宁夏回族自治区公安厅编．-- 银川：宁夏人民出版社，2020.5

（《让有信仰的人讲信仰》丛书）

ISBN 978-7-227-07201-0

Ⅰ．①警… Ⅱ．①宁… Ⅲ．①纪实文学－作品集－中国－当代 Ⅳ．①I25

中国版本图书馆 CIP 数据核字（2020）第 169131 号

《让有信仰的人讲信仰》丛书

警徽因你而闪耀——宁夏公安机关抗疫工作纪实 宁夏回族自治区公安厅 编

项目统筹 张燕宁
责任编辑 周淑芸
责任校对 管世献
封面设计 晨 皓
责任印制 陈 哲

黄河出版传媒集团
宁夏人民出版社 出版发行

出 版 人 薛文斌
地　　址 宁夏银川市北京东路 139 号出版大厦（750001）
网　　址 http：//www.yrpubm.com
网上书店 http：//www.hh-book.com
电子信箱 nxrmcbs@126.com
邮购电话 0951-5052104 5052106
经　　销 全国新华书店
印刷装订 宁夏凤鸣彩印广告有限公司
印刷委托书号 （宁）0017623

开　本 720 mm × 1000 mm 1/16
印　张 23
字　数 245 千字
版　次 2020 年 7 月第 1 版
印　次 2020 年 7 月第 1 次印刷
书　号 ISBN 978-7-227-07201-0
定　价 78.00 元

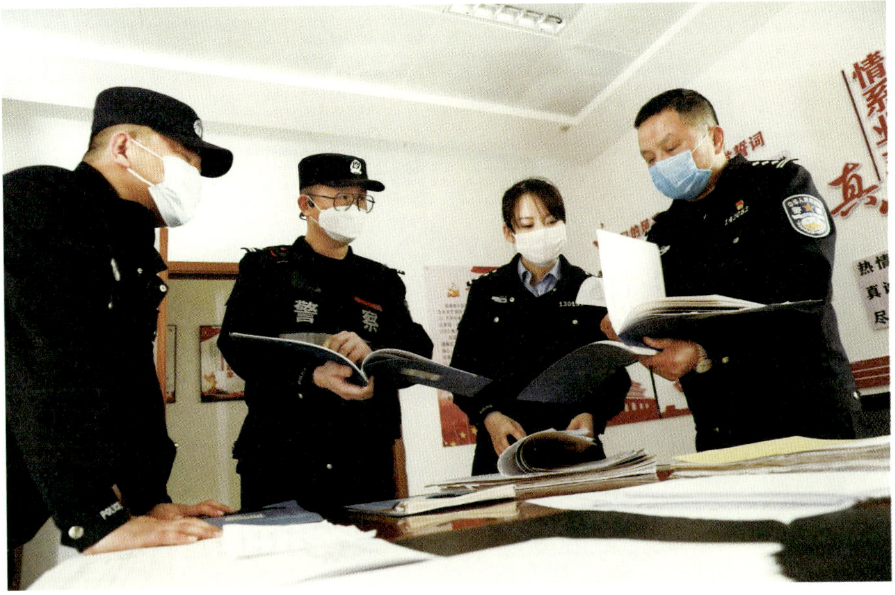

为入户排查做准备　　　　张治军　摄

坚　守　　　　张治军　摄

军、警、民齐上阵　　夏承理　摄

网上宣传很重要　　夏承理　摄

沟　通　　刘玉飞　摄

检　查　　刘玉飞　摄

守　护　　　　袁宏波　摄

劝　返　　　　袁宏波　摄

序 XU

未曾料到，庚子新春会以这样特别的方式叩门。

2020 年 1 月 22 日，国家卫生健康委确认宁夏首例输入型新冠肺炎病例。自此，宁夏公安全面打响疫情防控阻击战，全警参与疫情防控工作。

自新冠肺炎疫情发生以来，一线新闻记者和宁夏公安机关宣传骨干用情、用心、用功书写了一篇篇抗击疫情的感人故事。宁夏公安厅将这些优秀作品结集成册，编写出这本《警徽因你而闪耀——宁夏公安机关抗疫工作纪实》，该书记录了宁夏各级公安机关和广大公安民警战“疫”中的感人故事，真实反映了宁夏公安机关广大公安民警、辅警抗击疫情的英勇事迹和生动故事，深情刻画了英勇无畏、坚守奉献的人民警察群像，极大地鼓舞了广大公安民警、辅警抗击疫情的信心和决心，用文化的力量凝聚起全警抗击疫情的强大合力，讴歌了阻击疫情的优秀人物和典型事例，用艺术凝聚力量、鼓舞人心。

无论是 6 岁警宝隔空向爸爸要抱抱，还是基层青年民警取消婚礼奋战抗疫一线，抑或是一家三口警察同日赴战“疫”前线，哪里有需要，就向哪里集结，哪里有考验，就向哪里挺进。宁夏公安集全警之力，尽群体之智，逆行而上，全力投入疫情防控工作，在疫情面前绽放出盎然“警”色。

“疫情在前，警察向前；疫情不退，警察不退。”这不仅仅是一句口号，更是宁夏公安民警和辅警掷地有声的庄严承诺与实际行动。生命重于泰山，疫情就是命令，防控就是责任，宁夏公安民警、辅警定将不辱使命、勇挑重担，用金子般的热血忠诚，闪耀抗击疫情的警徽，唱响人民公安为人民的最强音，践行人民公安为人民的坚定诺言。

目　　录 MULU

·综合篇· ZONGHE PIAN

· 人物篇 · RENWU PIAN

综合篇

ZONGHE PIAN

感谢有你

1=♭E $\frac{2}{4}$

献给抗疫战线的白衣天使们

词曲：党永宁
编曲：杨晓晨

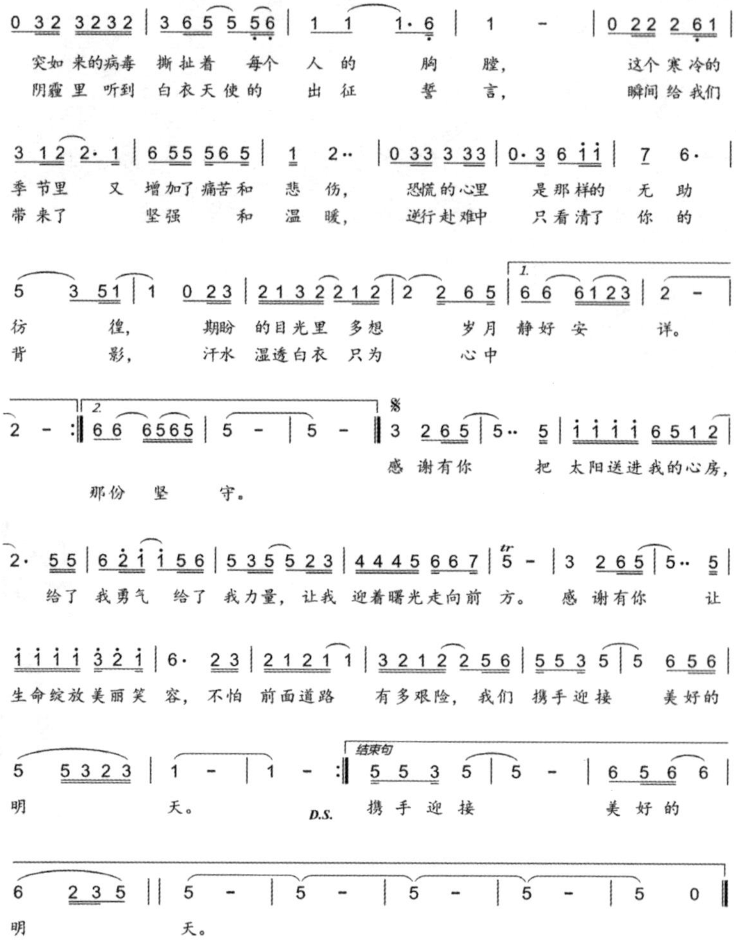

在抗疫前线，宁夏公安文艺工作者聚焦打赢疫情防控阻击战，积极开展文艺创作。他们用手中的摄像机、照相机、笔和键盘记录伟大时代，讴歌伟大人民，创作出鼓舞人心、振奋精神的文艺佳作，一首首原创作品，一段段动情旋律，传递着人间大爱，书写着无悔忠诚，抒发着家国情怀！歌颂赞扬着战斗在一线的白衣天使、公安民警，激励温暖着战斗在一线的勇士们！

每个时代总有人负重前行！歌咏志，词言心！画动人，声传情！谨以《感谢有你》，致敬逆行战“疫”的白衣天使们！致敬战斗在防疫一线的公安民警、辅警们！致敬战斗在疫情一线的所有人！

宁夏：锻造有温度的战斗堡垒为打赢疫情防控阻击战提供坚强政治保证

疫情就是命令，疫情就是警情。自新冠肺炎疫情防控阻击战打响以来，宁夏各级公安机关基层党组织和广大党员民警坚决贯彻落实习近平总书记重要指示精神，把打赢疫情防控阻击战作为当前最重要的任务，充分发挥基层党组织战斗堡垒和共产党员先锋模范作用，上下同心、众志成城，全力维护人民群众生命安全、身体健康和经济社会大局稳定。

让党旗在疫情防控斗争第一线高高飘扬

“我志愿加入中国共产党，拥护党的纲领，遵守党的章程……随时准备为党和人民牺牲一切，永不叛党。”1月28日上午，固原市公安局开发区分局率先践行习近平总书记“让党旗在疫情防控斗争第一线高高飘扬”最高指示，举行特殊党日活动，将党旗立在检查站、医院、社区等执勤点上。

战时冲锋号吹响，宁夏公安厅第一时间发出倡议书，号召基层党组织和广大党员不畏艰险、无私奉献，坚定站在疫情防控第一线。通过开展争创“我是党员我先上”、争做“疫情防控模范党员”活动，开展重温入党誓词、悬挂党旗、佩戴党徽亮身份等活动，精心打造“党旗飘扬、警徽闪亮”党建品牌，把基层党组织建设成坚强有力的战斗堡垒，把广大党员民警打造成能征善战的防控尖兵。

各级公安机关一把手充分发挥“领头雁”作用，始终坚守战“疫”前沿，和一线民警、辅警、社区工作者携手同行，抗击疫情，坚持做到守土有责、守土担责、守土尽责。

广大党员民警、辅警告别小家为大家，坚定逆行赴“战场”，年轻党员主动请缨，老党员冲锋在前，后备力量写下“火线”入党申请书300余份，冲锋在前、不辱使命，全力以赴做好防控工作。

银川市公安局交警分局成立临时党支部14个、党小组2个，208人递交请战书，一大批共产党员发挥先锋模范作用，奋战在“疫”线的陈天乐、许翔等41名青年民警、辅警纷纷递交入党申请书。中卫市公安局交巡警一大队大队长周海生夜以继日坚守在疫情防控卡点，他的妻子吴启慧是第三批支援湖北医疗队队员，家里只留下 13 岁的大女儿带着 3 岁多的小女儿。

在这场没有硝烟的战斗中，宁夏公安队伍里，357 对警医家庭、283 个“双警”家庭并肩奋战，39 个家庭一家三口共同战“疫”，543 名民警、辅警火线申请入党，92 名即将退休的老民警坚守一线，49 对计划结婚的新人推迟婚期……

一个个战斗堡垒巍然矗立，一名名共产党员冲锋在前，鲜红的党旗在疫情防控一线高高飘扬，成为一道感人的风景线。

守好卡点，因为身后是家园

“在这个特殊时期，人民警察就该‘疫’无反顾，共产党员更要冲锋在前，坚守一线。”灵武市公安局临河派出所临时负责人哈学云20多天没回过家，辖区8个疫情检查卡点他几乎每天都跑一遍，解决民警困难，保障卡点工作的正常秩序。

海原县公安局民警田兴慧在红羊检查站连续工作7天，长时间着防护服不喝水不进食不解手，因尿路结石突发，腹疼难忍被送往医院。疼痛稍有缓解，田兴慧的第一句话是：守好卡点，因为身后是家园。

为防止疫情扩散，宁夏公安机关全面启动入宁省界通道高等级勤务，随后又牵头在各市县之间，铁路、公路、机场等交通重要节点设立了疫情防控检查站，公安、医护、路政、城管等工作人员和志愿者队伍24小时严防死守，全力守好疫情防控第一道关口，用血肉之躯筑起一道道铜墙铁壁。

宁夏261个疫情防控检查站成立了临时党支部，在疫情防控最前沿充分发挥党支部战斗堡垒作用和党员先锋模范作用，联防联控，严防严控，凝聚起众志成城的战“疫”力量。

疫情防控检查站作为“防输入、防输出、防扩散”的第一道防线，连日来，严把关口、严守防线，不漏一辆车、不漏一个人、不留一个死角，有力有效防控疫情。2月5日—3月1日，共检查来宁航班、列车、汽车665901辆（架）次、人员1108618人次。

我是党员，我先上

他们，是儿子，是父亲，是爷爷；他们，是警察，是党员，更是旗帜。

“趁着还有几个月，多干点。”固原市公安局交警支队直属二大队刘惠民把这话挂在嘴上。大队领导考虑到他年龄大，又身患腰椎间盘突出、脑供血不足，想让他在队上值守，他却依然坚守一线。

在这场战役面前，宁夏 15000 余名民警、辅警中，近百名即将退休的老兵们不分昼夜奋战在抗疫一线。老党员关键时刻的担当，彰显胸怀与勇气；紧要关头的坚守，昭示着这支队伍的精神和气概。

“别看我年龄大，可我身体好！”“我老了，瞌睡少，最难熬的后半夜，我来上。”

…………

没有从天而降的英雄，只有挺身而出的凡人。

1月26日凌晨4时，永宁县闽宁镇园艺村出现了银川市第一例新冠肺炎确诊病例，找到密切接触者是当务之急。

永宁县公安局闽宁镇派出所所长任建华接到任务后，配合乡镇干部对园艺村进行封控，同时排查密切接触人群轨迹。要深入最前沿，大家除了口罩没有别的装备。“我是共产党员，也是所长，遇到危险我先上。”任建华在会上表态，其他党员也纷纷请战。

与时间赛跑，为生命护航。一周时间，每个人平均每天工作超过18小时，拨打电话上千个，通过整理确诊患者的活动轨迹、家庭关系网图及接触人员信息区域分布名册，共摸排确定接触者361人、密切接触者63人，为相关部门开展后续工作提供了可靠的第一手资料。

“疫情在前，警察向前；疫情不退，警察不退。”这不仅仅是一句口号，更是人民警察为人民掷地有声的庄严承诺和实际行动。

用自己的“辛苦指数”换取人民群众的“健康指数”

“我们多一份担当，疫情就少一份肆虐，百姓就多一份安康。希望广大公安民警、事业编警务人员、辅警继续秉持对人民群众极端负责的态度，迎难而上，用自己的‘辛苦指数’换取人民群众的‘健康指数’。”宁夏公安厅党委第一时间向全警及家属致信慰问，嘱托各级公安机关采取一切必要措施，为一线执勤人员提供必要的防护装备和后勤保障，嘱咐全警加强自我防护，保持战斗状态，为保障人民群众生命健康贡献更大力量。

宁夏公安厅相继颁发战时嘉奖令，对 49 个先进集体和 94 名先进个人进行通令嘉奖，下发对任建华等 7 名抗击疫情突出的先进典型学习的通报，编制《民警辅警疫情防控工作手册》，组建 10 余支战时思想教育团队、志愿服务小分队，组织实战教官、心理咨询师到一线向执勤民警讲授防控执法规范，开展心理健康辅导，全力鼓舞士气、激励斗志。

缺什么就补什么，需要什么就送什么。面对防疫防护物资紧缺等难题，宁夏公安厅充分发挥职能作用，想方设法为基层一线民警、辅警配备必

要的防护装备，提供有力的后勤保障。划拨使用50万元专项党费，及时慰问战斗在疫情防控斗争第一线的党员民警，争取防疫专项经费500余万元，采购价值310余万元的口罩、防护服、护目镜、测温仪、消毒液等防疫防护物资，累计发放39万余件，储备9万余件，有效确保了疫情防控工作的顺利进行。加强疫情防控期间战时维权工作，严肃查办谩骂阻挠、暴力袭击一线执勤民警、辅警的案（事）件，已对全区19起案件涉及的36名执勤民警、辅警开展了战时维权抚慰，发放维权慰问金2.4万元，进一步凝聚警心、鼓舞士气，为奋战在抗疫一线的民警、辅警撑腰打气，不让民警、辅警流血流汗又流泪。

宁夏全警用生命和汗水守护着万家平安，用信念与担当践行着初心使命，为全区疫情防控工作摸清底、兜住底，为坚决打赢疫情防控的人民战争、总体战、阻击战贡献公安的力量。

（摘自《人民公安报》 记者：苏婕）

在防疫阻击战中擦亮警徽

——宁夏公安民警防疫一线速写

疫情面前，警察向前。公安队伍，是疫情防控中一支极其重要的力量。从新冠肺炎疫情防控阻击战打响的那一刻开始，宁夏全区 15000 名公安干警和辅警闻令而动，日夜奋战，坚守卡点，维护治安，入户排查，打击犯罪。一支支公安突击队扛起千钧重担，一抹抹逆行的“警服蓝”闪耀在战“疫”一线。

请战声声嘹亮　逆行步步铿锵

疫情防控阻击战打响后，宁夏公安厅及时启动战时指挥调度一级响应机制和二级勤务响应机制，全区公安全警动员、全员参战，全力以赴战“疫”。

“最难熬的后半夜我上。”在宁夏的北大门麻黄沟防疫卡点，老民警王金枝主动请缨。1月25日，根据防控需求，宁蒙边界的麻黄沟要设立防疫检查卡点。58岁的石嘴山市公安局交警分局七大队民警王金枝得知后，第一时间报名要求去卡点执勤。考虑到他年龄大，面临退休，儿子也在医院急诊科接诊，大队安排他留队值守。“看不起年龄大的人？我身体好着呢，比年轻人还能熬夜。”王金枝硬是挤到执勤队伍中来。

有人即将退休，有人初为人父。固原市原州区公安分局北塬派出所警务人员李帅的妻子预产期临近，他却每天忙着在社区警务室排查人员，宣传防疫知识。担心自己接触人员多，风险大，他把待产的妻子送回了岳母家。2月10日，正在社区核查外地人员时，李帅接到妻子临产的消息，当晚请了一晚上假到医院陪产，第二天他将妻子和孩子托付给家人后，又返回了工作岗位。

哪里有需要，就向哪里集结；哪里有考验，就向哪里挺进！为了给疫情防控工作提供精准的数据支撑，宁夏在全区开展了逐户逐人的入户摸排筛查工作。这项限时完成的艰巨任务落到了基层派出所人员肩上。银川市长城中路派出所禁毒专干高婷负责南苑片区26个老旧小区的入户排查工作，这些老旧小区没有一栋楼有电梯，高婷就靠着一双腿爬上爬下。“手机上记录的步数每天都在1万步以上，遇到不太配合的居民，门都不给开，我就趴在墙上或者地上登记信息。”高婷说。

高科技助力防疫　出重拳严惩犯罪

向科技要警力，向科技要战斗力，宁夏公安部门近年来大力推动大数据智能化公安建设。“互联网＋公安”政务服务、移动警务、“雪亮工程”等一批高科技成果在此次疫情防控中发挥了重要作用。

中卫市黄河桥高速公路疫情防控检查站是进出中卫唯一的高速路口检查站，也是当地利用高科技手段助力疫情防控工作的站点。在中卫市黄河桥高速公路疫情防控检查站，入城车辆有序进行着消毒，旅客进入体温检测中心后，先接受热成像体温监测，体温正常后根据个人需求选择省内或省外通道。

中卫市公安局旅游分局治安巡逻大队负责人苏鹏说，自疫情防控工作开展以来，此站点是全市经过车辆和驾乘人员最多的站点，每日需投入检疫人员100余人次，因工作量大，站点最先投入热成像体温监测、车辆抓拍、移动警务终端等技术。

据自治区公安厅统计，宁夏公安通过对17类大数据进行关联碰撞筛查，精准刻画查询人、车行为与活动轨迹，为基层民警、各个警种在

疫情防控工作中提供强大的数据支撑，累计查询各类数据 1000 余万条。

疫情期间，各类谣言不断传播，妨碍疫情防控的违法行为、制造贩售假冒伪劣防疫物资和借机诈骗等案件时有发生。宁夏各地公安机关及时亮剑，严厉打击各类违法犯罪行为。

2 月 17 日，红寺堡区公安分局民警接到辖区群众张某报警，称其通过微信购买口罩被人骗取 17.7 万元。红寺堡区公安分局迅速组织精干警力对案件进行攻坚侦破。参战民警经过 24 小时连续奋战，通过对涉案资金流向追查，与相关省市类似案件进行研判串并，成功锁定犯罪嫌疑人李某某，并于 2 月 18 日晚在同心县河西镇将其抓获。开展防疫以来，宁夏公安已经侦办涉疫情类诈骗案件 19 起。

护航防疫物资　助力复工复产

远赴山东，南下荆楚，防疫期间，公路运输没有往日通畅、便利。宁夏公安在防疫物资运输、援助湖北物资运输等重要物资运输任务中，全程跟随押车往返，确保物资安全、及时到达目的地。

因疫情防控需要，宁夏决定在 15 天时间内完成原定于 5 月底才完工的自治区第四人民医院扩建工程。工期紧迫，施工方宁夏建工集团有限公司要从山东省淄博市张店区运回急需的建筑物资，但沿途各省区的防控卡点让这趟行程充满不确定性。自治区公安厅交管局第一时间选派 4 名民警组成交通保障组，连夜与沿途 4 省区交管部门进行对接，拟订往返行程预案，全程领航护送。4 名民警轮流驾车，不停不歇，52 个小时的争分夺秒，2600 公里的全力护航，让这批建筑物资最终安全运抵银川，确保了医院如期建成投入使用。

随着疫情逐渐得到控制，复工复产成为各地的当务之急。宁夏公安机关精准施策、精细服务，助力企业跑出复工复产加速度。2月15日以来，石嘴山市公安局坚持一手抓疫情防控，一手抓企业开工复工，通过实施“项目警官”、简化网上审批手续、开辟绿色通道、严打盗窃企业行为等措施，为全市企业提速开工复工打下良好基础。

石嘴山市惠农区一公司向政府提出更改生产线，生产防疫急需的次氯酸钠原液。然而因为疫情管控，企业员工无法到岗。辖区“项目警官”刘岩得知后，马上为企业提供专属服务。当天晚上，公安机关就联合疾控部门对企业的28名员工进行集中核验，排除疫情风险后，安排专车将工人接到了厂区。

2月23日，宁夏就已实现了全区215处交通阻断点全部打通，为复工复产打下了坚实的基础，公安部对宁夏等地强力推进交通秩序恢复、完成撤站撤卡任务予以表扬。“公安机关将全力以赴做好返程高峰期车辆通行排查登记、人员体温监测等各项疫情防控措施。确保交通通畅，提高通行效率，确保交通运输网络不断、应急运输绿色通道不断、必要的群众生产生活物资的运输通道不断，在有效防控疫情的同时促进有序复工复产。”自治区副主席，公安厅党委书记、厅长杨东说。

（摘自新华社客户端宁夏频道　记者：张亮）

宁夏战"疫"尽显最美"警色"

——宁夏公安系统抗击新冠肺炎疫情纪实

这是一场没有硝烟的战争。在这个特殊的战场上，宁夏公安系统全体干警成为战"疫"中一支关键力量。他们所到之处警徽闪耀，尽显为民本色。在城市入口处，他们是宁夏战"疫"中的第一道关口；在街道、在社区，他们是宁夏战"疫"中最忠诚的卫士；在收治患者的医院里，他们临危不惧，勇往直前，用"疫情当前，警察不退"的铮铮誓言和逆向而行的身影诠释着宁夏公安的责任与担当。

2月16日，自治区党委书记、人大常委会主任，自治区党委应对新冠肺炎疫情工作领导小组组长陈润儿批示：“在这次疫情战斗中，广大公安干警临危不惧、冲锋在前，做了大量工作。”

一声号令　全警出击势如虹

疫情就是命令，防控就是责任。自治区公安厅党委积极响应党中央和自治区党委的号令，认真贯彻落实党中央和自治区党委、政府以及公安部决策部署，把打赢疫情防控阻击战作为当前最重要的任务，全面进入“战时状态”。

面对来势汹汹的疫情，打赢这场疫情防控阻击战，需要坚定的信心、无畏的勇气，更需要迅速的反应和科学高效的部署。自治区公安厅第一时间成立由自治区副主席，公安厅党委书记、厅长杨东任组长的全区公安机关疫情防控工作领导小组，迅速动员部署，制订下发全区公安机关疫情防控工作方案和《公安厅党委关于坚决贯彻落实习近平总书记重要指示精神，加强党的领导，为打赢疫情防控阻击战提供坚强政治保证的通知》，先后5次召开厅党委（扩大）会议、专题工作会议、研判调度会议，制定公安机关做好疫情防控工作“八条措施”，及时启动战时指挥调度一级响应机制和二级勤务响应机制，严格落实领导带班、督导检查、信息归口、情况通报等工作制度，精细指导各地做好疫情防控工作。

疫情当前，兵贵神速。自治区公安厅全面启动战时响应机制，于2020年1月23日启动全区11个省际公安检查站一级查控勤务，设置机场、车站防疫检查卡点261个，配合卫生健康委、交通等部门24小时开展人员筛查、车辆盘查、物品检查工作。严格落实属地责任和联防联控责任，每日安排 984 名警员在全区 4 家定点医院、72 家发热门诊，协助开展秩序维护、管控检查，有效保障了就医秩序、医护人员人身安全和辖区居民正常生产生活秩序。

做好疫情防控工作，基础摸排、核查管控是关键。自治区各级公安机关坚持“查无遗漏，管有强度”，充分发挥“传统入户摸排 + 数据研判比对”作用，全力挖掘疫情重点人员信息线索，制定下发派出所和警务室配合入户排查及社区防范控制工作通知，建立与卫生健康委、交通等部门和基层组织信息通报机制，做到以情导控、逐人管控。抽调 2.3 万名公安民警、政法干部，以社区（村）为网格，组建入户核查党员“突击队”，带领基层网格员和群防群治力量，直面抗疫最前沿，全面摸排湖北等地来宁人员和本地外出返宁人员，坚决做到不放过任何线索、不出现任何遗漏，外防输入，内防扩散。全面加强社会治安巡逻防控，特别是集贸市场、机场车站、商场超市等人员密集场所的安全检查和隐患排查，持续加大可疑人员盘查、矛盾纠纷排查化解和 110 警情处置等工作力度。

为确保坚决打赢疫情防控阻击战，自治区各级公安机关强化违法打击，持续加大“两警”联勤联防联巡联控力度，全面提升社会面治安防控等级，先后督导检查公共娱乐场所、治安要害部位、重点行业单位 930 余处，严厉打击制假售假、哄抬物价、非法贩运野生动物等各类违法犯罪案件 3 起，处置非正常死亡野生动物 250 余头（只），收缴假冒伪劣口罩 5.4 万余只，全区社会治安秩序持续平稳。严格落实 24 小时网络巡查管控机制，全面强化涉疫情舆情宣传引导措施，依托“网警巡查执法矩阵平台”“净网志愿者”，及时监测处置涉疫情负面信息300余条，查处发布敏感谣言信息网民171人，行政处罚85人，有效遏制了全区网上谣言多发态势，持续净化网络舆论环境。

一面面党旗　织密疫情防控网

“各级党政领导干部特别是主要领导干部要坚守岗位、靠前指挥，在疫情防控斗争中经受考验，深入疫情防控第一线，及时发声指导，及时掌握疫情，及时采取行动。”这是动员令，更是宣战书。

在这场必须打赢的疫情防控阻击战中，自治区公安机关各级领导干部身先士卒，率先垂范，靠前指挥，用实际行动交出了合格答卷。在自治区公安厅党委的统一安排部署下，银川、石嘴山、吴忠、固原、中卫5市公安局积极行动、英勇奋战，党委班子成员按照领导干部分片包干、进驻督导、联系基层工作机制，各负其责、靠前指挥，带头站在疫情防控第一线。各县（区）公安局班子成员分赴包干疫情防控一线，与民警、辅警们并肩战斗，积极参加临时党支部活动。

一个党组织就是一座堡垒。在这场疫情防控阻击战中，越是形势严峻，越到关键时刻，越需要全区各市、县（区）公安机关党组织充分发挥战斗堡垒作用，把力量聚集在党的旗帜下。

“我志愿加入中国共产党，拥护党的纲领，遵守党的章程……随时准备为党和人民牺牲一切，永不叛党。”1月28日，一场特殊的主题党日活动在固原市抗疫一线举行。固原市公安局开发区分局全体党员、城南辅警党员代表、入党积极分子在检测站、医院、社区等执勤岗位上，面对党旗

庄严宣誓，党员代表和青年民警、辅警代表向分局党组织请战，并在请战旗上签名，8 名入党积极分子向党组织递交了入党申请书，全体党员向党组织缴纳特殊党费。面对这场没有硝烟的战争，固原市公安局开发区分局兵分八路，成立排摸登记组、隔离稳控组、查询查找组、高速公路检查组、社会面管控组、应急处突组、督导检查组、打击处理组。共产党员模范带头，冲锋在前、战斗在前，用实际行动践行着一心为民的誓言。

在防控卡点执勤，对重点防控人员逐一进行排查，不断向群众耐心解释，全面做好人员追踪管理，对 29 名武汉返乡人员和 672 名外省返乡人员实行“三个到位”“三个清楚”的管理……这是银川市西夏区镇北堡镇派出所干警的日常任务。疫情当前，这个辖区最广、警力最少、民警平均年龄最大的派出所，根据全所民警、辅警的年龄结构、从警经历和业务能力等特点，合理编组，成立了以党支部委员为先锋岗的西夏区密切接触者集中隔离点执勤工作组，两名社区民警和 4 名社区辅警组成“五村一社区”疫情防控检测点执勤工作组，一名户籍警加一名户籍内勤组成镇北堡派出所疫情检查点执勤工作组和信息核查工作小组、数据统计上报工作小组，确保各个岗位有人负责、人人都有责任的战“疫”部署，让辖区群众切实感受到人民警察永远和人民在一起。

疫情发生以来，自治区各级公安机关党委推动疫情防控一线成立临时党支部 200 余个，全部由公安处、科（所）队长担任支部书记。在公安干警中发出倡议，号召基层党组织和广大党员不畏艰险、无私奉献，坚定站在疫情防控第一线。动员广大党员干部和民警、辅警把打赢疫情防控阻击战作为最重要、最紧迫的任务来完成，调派充足警力进驻指定的涉疫救治医院，维护医疗秩序，组建成立各交通检查站、监测卡口临时党支部，把基层党组织建设成坚强有力的战斗堡垒，把广大党员民警打造成能征善战的防控尖兵，让党旗在疫情防控斗争第一线高高飘扬。

一枚枚警徽　无畏坚守显担当

越是紧要关头，越能映照初心；越在关键时刻，越显忠诚担当。在这个不同寻常的春天，面对疫情，宁夏各级公安机关干警第一时间挺在前面，当尖刀，做主力，与恐惧抗争，与疫情斗争，只为守好家园。

“虽然我年龄大，可是身体没问题，还可以顶得住。疫情当前，我不能置身事外。”这是年近 60 岁的银川市看守所服刑监区民警刘明保的请战书。

一个标准的敬礼，“车主好，请您打开两边车窗，减速慢行至前方处配合测下体温，谢谢。”这是参加同城大道卡点执勤的大武口区公安分局朝阳街派出所民警殷泰安每天不断重复的一个动作和一句话，他用自己的坚守诠释着一名党员民警的奉献。

“疫情不除，我们不退。我们将坚守阵地、顽强拼搏，让党旗在疫情防控斗争第一线高高飘扬。”“我们将始终以‘舍我其谁的担当、敢打必胜的作为’，坚决打赢疫情防控阻击战。”“初心在行动，使命在一线。我们将冲锋在前、攻坚克难，投身于疫情防控主战场。”一声声铿锵有力的誓言、一句句不辱使命的承诺在宁夏战“疫”一线响起，化为最坚决的行动。

凌晨4点30分，手机闹铃响了，银川市金凤区公安分局缉毒大队副大队长马涛摘掉手套，搓搓冻僵的手，将闹铃关掉。每次值夜班，他总是习惯隔一段时间就定个闹钟让自己时刻保持清醒。银川市亲水南街与正源南街的交会处，是银川绕城高速通往市区重要的卡口通道。为全面抗击疫情，做到不疏漏不遗漏，2月5日，金凤区公安分局按照上级的指示，根据实际情况，将金凤辖区原先的4个卡口增加为6个，此检查站由马涛带领一组人员驻守，严把防疫关口。亲水南大街卡口的工作量在几个点位上来说算大的。最多的一天共检查通行车辆3046辆，随车人员5004人。重点车辆人员核查、维护检查点秩序、防护物资调配、配合安置或隔离疑似患病人员、数据统计……一天下来，看似不大的检查点，马涛来来回回能走万余步。除此以外，还要随时处置突发情况，他脑中的弦始终绷得紧紧的。

“你未满月，但疫情就是命令，在全民防疫的时候，我无法陪你，我的宝贝会原谅老爸的，对吧！待疫情过后，我再好好补偿我的小公主……”2月4日，固原市西吉县公安局西滩派出所辅警虎上峰想念女儿时在朋友圈写下了这段话。2020年1月27日，初为人父的虎上峰接到单位电话，要求立即回所开展疫情防控工作。当晚，他就告别妻子和出生20天的女儿回到了所里。

“师傅您好，麻烦出示证件，您是从哪来的？车上几个人？有没有发烧的？下车登记一下。”这是虎上峰每天都要重复无数遍的话。1月29日，虎上峰被调整到偏城疫情防控检查站开展工作。面对车流量大、人员流动多，问询、登记、消毒、劝阻等烦琐的工作，他越发耐心仔细。“疫情当前，作为预备党员，能和我的战友们一起坚守战‘疫’第一线，我挺自豪的！”虎上峰说道。

疾风知劲草，烈火见真金。每一场特殊的战斗，都需要一批特殊的战士。在宁夏防控战“疫”中，坚守在一线的公安干警们就是这场战斗中英勇无畏、冲锋在前的战士，他们终将以必胜的信念和全力的付出打赢新冠肺炎疫情阻击战，绘出最美的“警色”。

（摘自《共产党人》　记者：何青芳）

兴庆公安：筑起安全屏障 守护百姓无恙

“全体民警、辅警落实落细各项防控措施，坚决确保防控工作有力有效，保辖区人民群众生命健康安全！科所领导全部靠前工作，战斗指挥在一线，把危险留给自己，把方便让给民警。”新冠肺炎疫情发生后，银川市公安局兴庆区分局局长王建荣每天都要去检查站、卡口、社区，时刻都在奔跑忙碌。

疫情防控工作启动以来，兴庆区公安分局党委针对辖区人员密集场所多、流动人口多、医院多等特点，第一时间动员部署，带领广大党员民警、辅警，不忘初心，牢记使命，发扬“勠力同心、拼搏奉献、攻坚克难、砥砺奋进”的兴庆公安精神，统筹协调、精准防治、联动保障，全力阻断病毒传播，始终把党旗插在防控第一线，练就阻击疫情“硬气功”。

防控工作伊始，为了最大限度阻断病毒输入，兴庆区公安分局围绕辖区7个防控检查站南北距离跨度大，恰逢春运、春节，车流、人流密集的特点，决定抽调刑侦、巡防和各派出所等26个支部党员民警、辅警，24小时轮值轮守，携手交通、医疗等部门，全方位开展疫情排查、阻断工作。

“人民的利益高于一切，警徽是我努力前行的动力，我们要为辖区群众的生命安全而奋战！”这是解放西街派出所所长吴学林的临战誓言。“各检查站、卡口，党员干部要主动值班，夜晚天气冷困难多，我和所领导先上。”吴学林是这样说的，也是这样做的。他的爱人也是警察，

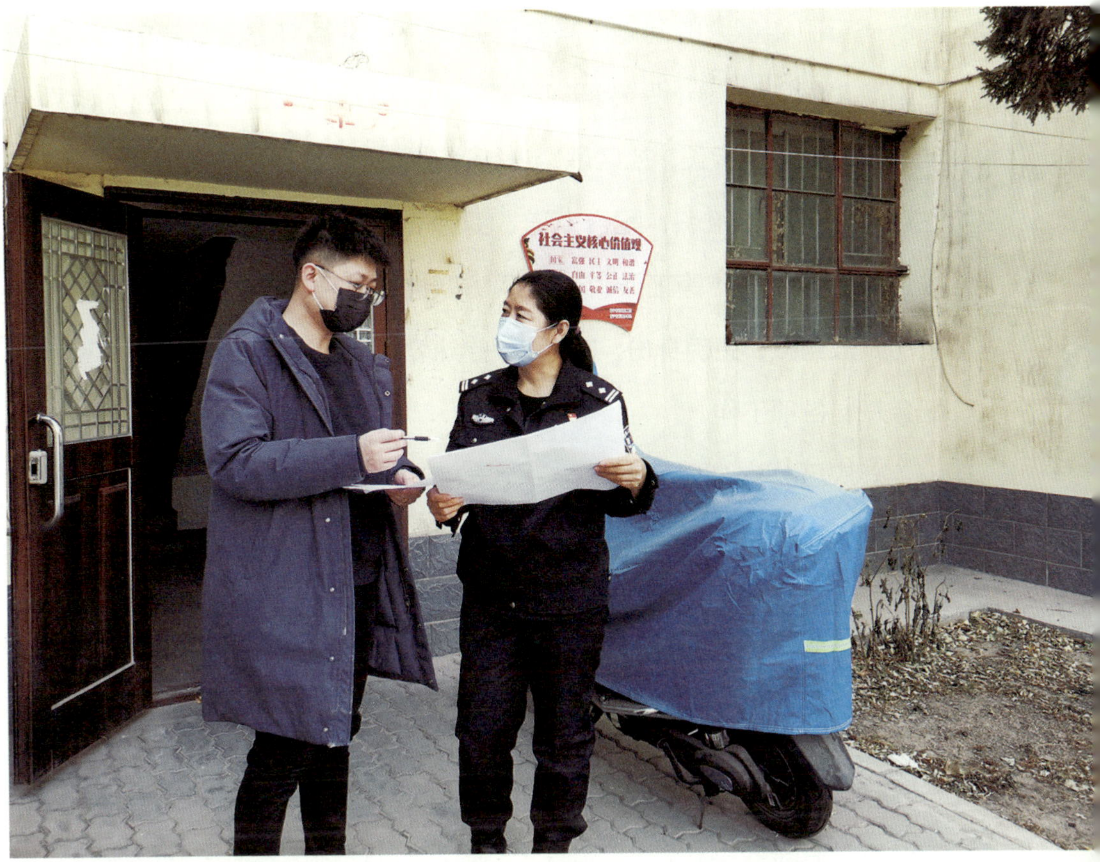

在社区工作，孩子前段时间生病，夫妻俩忙得顾不上回家，只能把孩子交给父母照顾。当家和国都需要他们的时候，他们没有任何怨言地选择了国。“一定要给出行人员测体温。”“不能让外人随便进入，进出要严格登记把关。”……当大家在温暖的家中看电视、聊天时，吴学林已经走访了 20 多个小区，并将走访情况记录到随身携带的小笔记本上，将防控措施有漏洞的小区及时反馈给相关单位。

疫情防控工作中，针对辖区外来流动人口密集，找寻、排查、筛查、阻断病毒工作量大的问题，兴庆区公安分局党委自觉践行新时代“枫桥经验”，落实“1+3+N”专群联动工作机制，结合“百万警进千万家”活动，抓住派出所所长、社区民警进街道、社区党组织任职的“小切口”，主动对接各级党组织，配合街道、卫健委、防疫等部门入户，电话开展排查、劝导、宣传等工作，落实联防联控，并要求全体党员民警、辅警主动佩戴党徽，亮明身份，在发挥先锋模范作用的同时，打消群众疑虑，配合开展各项工作。

兴庆区公安分局党委坚持一个支部一座堡垒、一名党员一面旗帜，发出致全体党员民警、辅警的倡议书，第一时间把党中央决策部署和各级党委要求传达给党员民警、辅警。发挥党支部战斗堡垒作用，把党建工作落实在疫情防控第一线，第一时间启动战时表彰奖励，对中山南街派出所、前进街派出所民警李佳丽等一批在疫情防控工作中表现突出的基层支部、先进个人进行选树、宣传，并针对疫情防控时间长、任务重、不规律、危险性高等特点，通过完善“宝贝计划”、改善食堂伙食、进行战时慰问等措施，解决民警衣食住行的问题，并为一线执勤、驻守、排查的民警和辅警配齐配全防护装备，开展规范的消毒培训，把关怀落实到基层党支部，把党旗插在疫情防控第一线，为打赢疫情阻击战提供坚强、有力的保障。

“4 名所领导对 8 个社区进行包片，带领社区民警对涉疫重点人员逐一入户回访，一个都不能漏。”新华街派出所所长马建平说。疫情发生后，新华街派出所对辖区 43 个小区 62 栋楼院进行疫情防控工作巡查，

零距
110125

发现个别小区未配备测温枪、消毒水等，便将存在的问题及时反馈至街道，要求立即整改。

疫情防控工作进入攻坚阶段，任务重，警力少，工作推进难度持续加大，兴庆区公安分局党委迅速反应、连夜研究，及时形成攻坚方案，党委书记王建荣、副书记姚勇进带头，班子成员分工负责，对银古路派出所、中山南街派出所和解放西街派出所等11个工作基数较大、攻坚难度较高的单位进行包干指导，党委班子成员深入社区、街道、检查站、封控区等疫情防控一线现场督导，了解工作推进情况，掌握难点、堵点问题，与派出所、社区民警共同研究解决方案，一线督导、一线指挥，做好疫情防控的战斗员，全力以赴推进各项防控工作落到实处。

“请党和人民放心，兴庆公安一定能打赢这场疫情防控阻击战，护山河无恙、百姓无恙，疫情不退，警察不退。”这是兴庆区公安分局全体民警、辅警的铮铮誓言。

（摘自《宁夏法治报》　记者：丁丁）

同心公安：让警徽在“疫”线闪闪发光

疫情来袭，同心县公安局党委第一时间响应，第一时间部署，第一时间防控，全体民警迎难而上，冲锋在前，让党旗在“疫”线高高飘扬，让警徽在“疫”线闪闪发光，用责任和担当书写着阻击疫情的信心与决心。

只要辖区安全，回不了家也值

2 月 10 日 8 时，天气依然寒冷。金玉刚裹紧棉大衣，戴着口罩，走村入户宣传疫情防控知识。“最近疫情形势严峻，最好不要出门，保护好自己。”金玉刚对群众再三叮嘱。

开展疫情防控工作以来，同心县公安局预旺镇派出所党支部书记金玉刚始终坚守在离县城 80 余公里的大山中，已经整整 20 天没回家了。他说：“只要辖区安全，我回不了家也值了。”

金玉刚发挥着一名老党员民警的先锋模范作用，带头制订防控应急预案，组建党员先锋模范岗，防控工作先行一步，防控措施周密细致，按照“一村一警”的模式“定人、包村、守点”，把有限的警力全部下沉到村社、车站、农贸市场等区域。同时积极发动治安联络员、治安积

极分子、义务巡防队队员120多人深入农户家中开展宣传，为疫情防控工作营造良好的氛围。

闻“疫”而动，因“疫”而战

“小路口管起来，小习惯养起来，小喇叭响起来，小聚会禁起来。”连日来，民警们拿着小喇叭在小区里不间断巡逻、喊话。在同心县河西镇派出所党支部书记罗煜的带领下，民警、辅警村村进、户户进，加强宣传、引导，让返乡人员主动打电话联系汇报、让居家隔离人员减轻心理负担，及时跟进随访，落实邻居监督。

“你好，车辆必须接受检查并消毒。”2月10日，民警正在检查进豫海镇的车辆。这个镇片大、面广、小区多，豫海派出所党支部书记谭兴发积极履行属地管理责任，细化联防联控、群防群控和稳防稳控措施。“一处都不漏、一个都不少”，这是他定下的核查底线。全所民警积极投入疫情防控第一线，第一时间发现问题、处置问题，守卫着辖区平安。

守好辖区田，耕好责任地

“家里有几口人？身份证号是多少？有外出人员吗？”丁塘派出所警务人员田地每天重复着这样的询问。4个多月前，田地主动请缨从机关下沉基层一线，当了一名社区民警。面对新的角色，他从零开始，深入每家每户、每个场所了解情况，主动对接乡镇、村摸排信息，这也为此次开展疫情防控工作提供了大量的基础信息。疫情防控期间，他吃住在派出所，担负起值班接处警、监测点执勤、信息报送、入户宣讲、信息排查等工作，以最快速度、最大力度构建起一张张坚实的疫情防控网。他笑着说：“我的名字就是我的目标，‘守好辖区田，耕好责任地’！”

同心县公安局治安大队民警丁立宏，在疫情防控工作中始终发扬青年民警带头作用，坚守在大数据支撑疫情防控工作的岗位上。每天面对上百、上千条数据，他和同事们逐个打电话核实，同时对各单位上报的数据进行统计，从不喊累。疫情不止，战斗不息。丁立宏说：“坚守在疫情防控一线，为战‘疫’奋斗，必将是我从警生涯里一段特别的经历。”

用实干诠释担当

2 月 5 日，同心县确诊 1 例新冠肺炎病例，豫海镇派出所豫西社区清水湾小区随即进入了最严防控模式，豫海镇派出所警务人员马剑也因此忙得连轴转。一方面要配合社区进楼入户走访登记，另一方面要配合小区做好进出人员的登记、检查、测温工作，晚上还要加班加点统计数据。为了更好地开展工作，马剑通过社区工作微信群告知住户分时段、分批次出小区购买生活必需品，有效缓解小区保安的工作压力。同时，每天分 3 次向住户发布疫情防控小常识，引导居民提升防控意识，合力构筑网格化、集约化的疫情防线。

2 月 10 日 14 时，辅警马少明才到执勤帐篷里吃午饭。“小马，再忙也要按时吃饭，下次不能这样了。”教导员心疼地说。马少明是河西镇派出所的一名辅警，负责河西镇马家河湾村、艾家湾村的社区工作。自参加疫情防控工作以来，他奔波在第一线，配合镇、村和卫生等部门对重点人员定期见面、定期测温、定期谈话，切实掌握涉疫重点人员活动

轨迹，连续几天都吃住在疫情防控卡点的执勤帐篷里。马少明说，在特殊时期，就要有作为、勇担当，发挥最大力量，为坚决打赢疫情防控阻击战做贡献。

在同心县防疫检查卡点最前沿，在巡逻防控第一线，在入户摸排的路上，在重点区域的检查点上……到处都能看到一张张富有朝气、写满坚毅勇敢的面孔，他们在疫情面前不推诿、不退缩，挺身而出、甘于奉献，用生命守护百姓，用实干诠释担当。

（摘自《宁夏法治报》 记者：何巧云 通讯员：苏玉萍）

52 小时 2600 多公里
宁夏交警一次特殊的押运任务

2 月 20 日，自治区第四人民医院传染病防治综合楼要按时投入使用，工期紧，任务重，受到社会各界高度关注。

2 月 4 日傍晚，自治区公安厅交管局接到上级指示，需要协助宁夏建工集团有限公司去山东省淄博市张店区拉运建筑物资。接到指令后，公安厅交管局迅速研究，决定选派吴铁军、王波、王儒、李嘉 4 名同志组成交警保障组，连夜与沿途四省份交管部门进行对接，尽可能周详地拟订往返预案。原本计划 2 月 6 日出发，因各方迅速配合，提前 1 天出发。

保障组人员匆匆安顿好家人，踏上征程。

从警 18 年，吴铁军已不止一次执行这样的紧急任务。“我上网查了一下，山东那边疫情不容乐观，建筑物资又急用，计划一路不停、不住，拉上物资就往回赶。”他说，不知道这一路上会发生什么事情，只能考虑好细节，做好应急准备，盼着把这些物资平安、及时地运回银川。

刚到陕西境内，建工集团派出的小轿车油箱便发出报警，沿途的服务区都关闭了，连跑 3 个加油站也加不上油，这下大家有点着急，吴铁军和同事开始紧急求助，为这辆车临时调配加油。

车“吃”饱了，人也得吃啊！沿途看着一个个关闭的服务区，宁夏

建工集团的工作人员心凉了，什么吃的都没准备。从2月5日13时30分出发一直到19时许，来到山西境内的服务区，交警总队民警王波从车上下来招呼他们一起去吃泡面。看着民警们像变戏法似的拿出泡面、火腿肠、鸡蛋、饼子、开水，工作人员笑了，竖起大拇指点赞。“交警的工作就是随时处于战备状态，出发时准备什么都有数，习惯了。”王波笑着说。

此程跨宁夏、陕西、山西、河北、山东5省区，行程2600多公里，每过一处关卡，检查都十分严格，测温、登记、消毒……2月6日凌晨1时30分，一行人来到山东境内，得知物资装好还需要时间，大家临时入住酒店躺了躺。

2月6日一大早，即将出发时，又出了岔子——其中一辆半挂出了问题，紧急调配其他车辆过来装货。14时许，总装载120吨外墙材料的3辆半挂车由淄博开始返程。保障组4人轮流驾车在前方开道，经由青银高速一路疾驰。沿途，山东遭遇降雪，河北、山西两省交界遇到堵车，山西吕梁段弯急沟深，保障组一一化解。2月7日17时许，120吨外墙材料安全运抵贺兰德胜工业园。

疫情不退　我们警察不退

在小区围墙外，银川市公安局金凤区分局北京中路派出所教导员张海洋用手机相机对焦母亲，将镜头拉到最近还是无法看清她的脸。

满头白发的老母亲站在阳台上，透过窗户眼巴巴地望着他。

疫情来袭，20 多天没回家的张海洋十分担心做过腰椎手术的母亲，入户走访路过母亲居住的小区时，他忍不住拨通了电话，和母亲隔墙遥遥相望：“妈，我很好，您放心，等疫情结束，我再来看您。”挥手告别母亲，张海洋掉头奔赴战“疫”一线……

疫情就是命令，疫情就是警情。自1月22日启动新冠肺炎疫情防控工作以来，按照自治区党委、政府统一部署，在自治区公安厅的指挥调度下，全区公安民警、辅警闻警而动、挺身而出、冲锋在前，始终把保护人民群众生命安全和身体健康放在第一位，义无反顾战斗在疫情防控第一线。

血肉之躯筑就“铜铁屏障”

“您好，请摇下车窗，打开后备箱，配合检查。”2月16日24时，惠农区麻黄沟疫情防控检查站，石嘴山市公安局交警分局七大队民警、58岁的王金枝对来往车辆拦停指挥。

宁蒙交界处的麻黄沟疫情防控检查站位于石嘴山市惠农区河滨工业园区，靠近内蒙古乌素图工业园区，来往车辆、人员较多。

凌晨3时，王金枝依旧坚守在岗位。此时，夜已深，人流、车流量少了，可零下十几度的低温冻得人直打哆嗦，王金枝使劲跺跺脚，并深吸几口冷空气来缓解疲惫，护目镜里起了一层雾气，慢慢又散去了。“加油，坚持，再苦再累，我们也要守好宁夏的北大门。”王金枝给自己和一起值守的同伴们打气。

疫情防控战打响后，宁夏公安厅及时启动战时指挥调度一级响应机制和二级勤务响应机制，全区公安全警动员、全员参战，全力以赴战疫情。

为了防止疫情扩散，宁夏公安机关全面启动入宁省界通道高等级勤务，随后又牵头在各市县之间、铁路、公路、机场等交通重要节点设立了疫情防控检查站，公安、医护、路政、城管等工作人员和志愿者队伍24小时严防死守，全力守好疫情防控第一道关口，用血肉之躯筑起一道道铜墙铁壁。

全区261个疫情防控检查站成立了临时党支部，在疫情防控最前沿充分发挥战斗堡垒作用和先锋模范作用，联防联控，严防严控，汇聚起众志成城的战“疫”力量。

“在这个特殊时期，人民警察就该‘疫’无反顾，共产党员更要冲锋在前，坚守一线。”灵武市公安局临河派出所临时负责人哈学云20多天没回过家，辖区8个疫情检查卡点几乎每天都跑一遍，解决民警困难，保障卡点工作的正常秩序。

疫情防控检查站是防输入、防输出、防扩散的第一道防线。连日来，公安等有关部门严把关口、严守防线，不漏一辆车、不漏一个人、不留一个死角，有力有效防控疫情。

危难关头他们挺身而出

永宁县闽宁镇园艺村出现了银川市第一例新冠肺炎确诊病例，找到密切接触者是当务之急。

1月26日凌晨4时，永宁县公安局闽宁镇派出所所长任建华接到任务，配合乡镇干部对园艺村进行封控，同时排查密切接触人群轨迹。要深入最前沿，大家除了口罩没有别的装备。“我是共产党员，也是所长，遇到危险我先上。”任建华在会上宣战，其他党员也纷纷请战。

与时间赛跑，为生命护航。一周时间，每个人平均每天工作超过18个小时，拨打电话上千个，通过整理确诊患者的活动轨迹、家庭关系网图及接触人员信息区域分布名册，共摸排确定接触者361人、密切接触者63人，为相关部门开展后续工作提供了可靠的第一手资料。

关键时刻的担当，最能体现一名党员的胸怀与勇气；紧要关头的坚守，最能展示一支队伍的精神和气质。

疫情防控期间，宁夏公安厅发出倡议书，号召基层党组织和广大党员不畏艰险、无私奉献，坚定站在疫情防控第一线。通过开展争做“疫情防控模范党员”活动和重温入党誓词、悬挂党旗、佩戴党徽亮身份等形式，精心打造“党旗飘扬、警徽闪亮”党建品牌，把基层党组织建设成坚强有力的战斗堡垒，把广大党员民警打造成能征善战的防控尖兵。

广大党员民警告别小家为大家，坚定逆行赴“战场”，年轻党员主动请缨，老党员冲锋在前，后备力量写下“火线”入党申请300余份，冲锋在前、不辱使命，全力以赴做好防控工作。

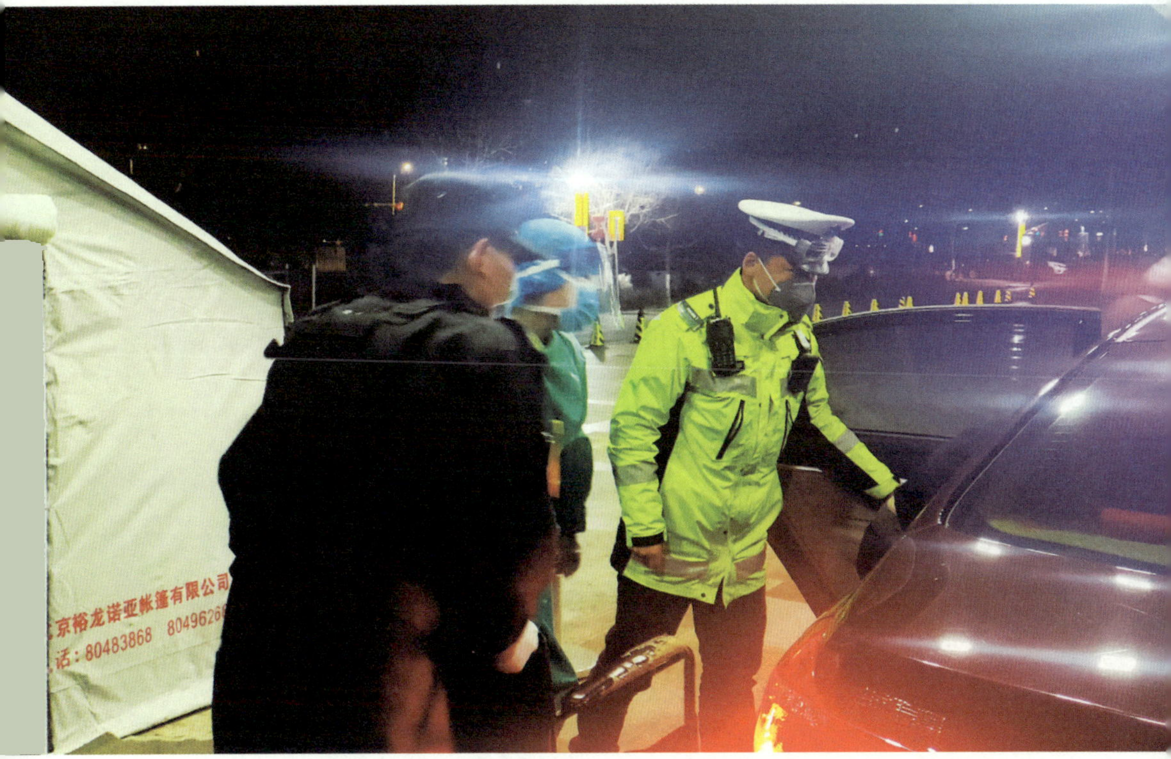

银川市公安局交警分局成立临时党支部 14 个、党小组 2 个，208 人递交请战书，一大批共产党员发挥先锋模范作用，奋战在“疫”线的陈天乐、许翔等 41 名青年民警、辅警纷纷向党支部递交了入党申请书。

海原县公安局民警田兴慧在红羊检查站连续工作 7 天，长时间着防护服不喝水不进食不解手，腹疼难忍被送往医院，病因是尿路结石突发。疼痛稍有缓解，田兴慧的第一句话是：卡点人少，我要第一时间回到岗位。

在疫情防控战中，全区公安有 283 个“双警”家庭并肩奋战，39 个家庭一家三口共同战“疫”，92 名即将退休的老民警坚守一线，49 对计划结婚的新人推迟婚期……

为表彰先进，鼓舞士气，宁夏公安厅迅速启动战时表彰机制，对疫情防控阻击战中成绩突出的 49 个先进集体和 94 名先进个人给予战时表彰奖励。

在这场没有硝烟的战斗中，在宁夏公安队伍中，一个个战斗堡垒巍然矗立，一名名共产党员冲锋在前，鲜红的党旗在疫情防控一线高高飘扬，成为一道感人的风景线。

盎然“警”色在“疫”线绽放

“爷爷，最近家里有没有外人来？最近没啥事，不要出门了。”

“叔叔，你儿子从外地回来后居家隔离，已经期满了，我们帮你申请解除隔离。”

连日来，固原市原州区公安分局开城派出所民警马玮玮走村串户摸查、登记，早出晚归，奔波在防疫一线，严防辖区出现漏管失控现象。

她所在的开城派出所辖区居民结构复杂，流动人口多，6 名民警需负责上万户排查、登记工作，工作量是平常好几倍。“每天 7 时上班，经常到晚上 10 时休息，中午顾不上吃饭。”开城所所长虎东辉说，“一天走几十里路，磨破了鞋说破了嘴，一天忙完，大家都不想说话了。”

哪里有需要，就向哪里集结；哪里有考验；就向哪里挺进。宁夏公安集全警之力，尽群体之智，逆行而上，全力投入疫情防控工作，在疫情面前绽放出盎然“警”色。

宁夏公安推进“万名警察进社区　防控疫情保平安”活动，抽调 2.3 万余名公安民警、政法干部，以社区（村）为网格，组建入户核查党员“突击队”，带领基层网格员和群防群治力量，全面摸排重点地区和外地来宁人员及本地返宁人员，严防失控漏管，严防本土传染，确保排查工作无遗漏、无死角、无盲区。全面加强社会面治安巡逻防控，特别是集贸市场、机场车站、商场超市等人员密集场所的安全检查和隐患排查，持续加大可疑人员盘查、矛盾纠纷排查化解和 110 警情处置等工作力度。及时发布通告，严厉打击防控疫情期间各类违法犯罪活动，确保社会治安持续稳定……公安民警用生命和汗水守护着万家平安，用信念与担当践行着初心使命，为全区疫情防控工作摸清底、兜住底，为坚决打赢疫情防控的人民战争、总体战、阻击战贡献公安力量。

“疫情在前，警察向前；疫情不退，警察不退。”这不仅仅是一句口号，更是人民警察为人民掷地有声的庄严承诺和实际行动。

（摘自《宁夏日报》 记者：张晓芳 刘惠媛）

奋战“疫”线勇当先

国家需要你，赶紧回去吧

左志新，银川市公安局交警分局金凤一大队党员民警。接到疫情防控工作命令，他第一时间返回工作岗位，按照要求负责正源北街与北绕城交叉口疫情检查点 24 小时疫情监测防控工作。他带领 6 名同志，8 小时轮换一次，平均每天检查过往 2000 余辆车、4000 余人。

面对每一辆车、每一个群众，他都认真记录车辆信息、人员情况，仔细检查货物，累了就在原地稍作休息，饿了就泡上一盒方便面。年前，父亲因常年眼疾需要紧急手术，而他那时正在执行自治区、银川市“两会”安保任务，白天上勤务、晚上查酒驾，身上担子压得很重，只能匆匆跑到医院看上父亲一眼，又急匆匆地回到单位上班。他本想乘着春节假期，可以照顾一下生病的父亲，谁料，仅仅 3 天就收到了紧急归队的通知。

就在左志新左右为难的时候，父亲对他说：“儿子，我是退伍军人，你也当过兵，现在又是人民警察，国家需要你的时候还有啥说的，赶紧回去吧！”听到这话，他悄悄转过身，抹了抹不争气的眼泪，带着对父亲深深的愧疚连夜赶回单位，并主动请缨到疫情防控第一线。

我们不上，谁上？

石嘴山市确诊第一例新冠肺炎病例后，根据市公安局疫情指挥部要求，在大武口恒源小区建立 24 小时封控点，大武口分局刑警大队、青山派出所全体民警纷纷请战。

“最关键时期，我们不上，谁上？先安排我，我第一个上，作为一名共产党员，危难时刻，就应该义不容辞向前冲！没有讨价还价的份！”刑警大队教导员文成祥铿锵有力地说。2 月 3 日，文成祥带领两名民警，穿着厚厚的防护服，戴上口罩、护目镜，全副武装奔向封控点，开始了第一天的战斗，他是第一个上“疫”区的人，极大地鼓舞了大家的士气。青山派出所所长寇大武一整天在封控点协调物资，排查被隔离人员基本信息。封控点实行两班倒制度，每个班组每天工作 12 小时，在这 12 个小时里，执勤民警需要紧盯着被封控的单元楼，一时一刻都不敢放松。

凡是进出的人，无论是谁，都要进行严格监测，执勤民警的工作场地是临时搭建的帐篷。“我们的工作任务就是紧盯人员不得随意进出单元楼，对群众做好解释工作，安抚群众不安的情绪，还要将采购的生活用品挨个送到住户家门口。”全副武装的民警马骏说道。尽管看不到他的表情，但却能感受到他对于战胜疫情的信心。

“疫情出现的第二天，也是让我最揪心的一天，确诊人员的家属出现咳嗽症状，在护送他去医院进行医学观察的路上，虽然大家都沉默着，但却能感受到彼此的焦灼。看到这名群众夺眶而出的泪水，一句‘加油，一定没事！’给了我们彼此最大的鼓励。”文成祥说。都说“男儿有泪不轻弹，只是未到伤心处”，返回执勤点，民警们再也忍不住了，流下了泪水。“疫情即战情，擦干泪水，投入战斗，不管是14天还是多少天，我们一定能战胜疫情！相信明天一定还是艳阳天！”

奋战三天三夜，开发疫情防控排查系统

大年初一，急促的电话铃声打破了清晨的宁静，一道急令。“是！请组织放心，我现在就出发！”疫情突如其来，自治区公安厅网安总队高琪来不及多想，匆匆唤醒还在熟睡中的孩子，向父母辞行，从陕西老家火速赶回单位。疫情就是命令，防控就是责任。“要尽快与运营商、铁路、民航等相关部门协调取得数据，全面核查信息；要尽快建立数据排查分析模型；要打通信息报送渠道，准确推送有效分析结果……”返回的路上，一道道命令犹如闪电般划过脑海，高琪迅速思考着工作对策。他明白，“大战”即将来临，接受考验的时刻到了。

返岗后，高琪二话不说，直接入住单位，把大数据组当成了自己的家，

在疫情防控指挥部的部署下，疫情防控数据分析战全面打响。工作初期，大数据组面临的第一大挑战就是对各路数据进行汇聚、分类、筛选，只有清除大量重复和无效数据，才能及时为基层提供有效的人员信息。最初的两天，大数据组常常因为数据挑选、去重这样的重复工作，再加上大量的核查任务，大家一干就是一夜。“只有划船向莲走，哪有莲花跟船来。”高琪明白，非常时期必须采取非常手段，只有主动拓展新思路，采取新措施，才能符合疫情防控的新要求。对此，高琪连续“白+黑”地琢磨了两天，从大数据分析和计算机编程的角度入手，组织大数据组自主研发出了“宁夏疫情防控情报分析系统”及“数据可视化分析平台”两个疫情分析研判系统，实现了从数据导入、自动筛选汇聚、自动分析研判到结果的可视化动态展示全过程自动化。两大“利器”在投入使用后，高效完成了对全区涉疫情数据的全面汇聚整理和分析研判，结合大数据手段及时发现高危人群和“密接”人群线索，为全区基层基础排查提供精准数据支撑。虽然工作取得了一些突破性进展，但更多的新问题和困难依旧在等着高琪去应对和克服，他没有丝毫懈怠，始终坚守在大数据分析战的最前沿。

高琪的妻子也是一名民警，夫妻二人都奋战在疫情防控一线，家中5岁的孩子托付给岳父母照看，一直早出晚归的他，忽略了对孩子、父母的照顾，始终心存愧疚。战友们常常说他是舍小家顾大家，他的回答很实在：“这都是我的职责所在，同事们更辛苦！”是的，疫情不退，战斗不止。高琪始终坚信，只有为党和人民事业的不断付出与努力，只有对内心理想信念的不竭追求和坚守，只有在紧急危难时刻的不懈拼搏和超越，才能谱写出属于自己的美丽人生。

建设美丽新宁夏

安顿好家里，他连夜赶回单位

为抗击新冠肺炎疫情，自治区公安厅网安总队民警贺庆辉连续30多天坚守在一线，充分发挥网安民警技术优势，为全区疫情防控提供了大量翔实的数据，践行了共产党员“不忘初心、牢记使命”的责任与担当。

1月23日，武汉紧急封城。

接到工作任务的贺庆辉二话不说，安顿好年幼的女儿和重病的父亲，匆匆看了眼刚去世爷爷的遗像，立马奔赴单位和同事们共同开展工作。

按照工作安排，贺庆辉成为大数据分析工作专班的一员，负责汇聚数据、核查和建立底库。疫情突然发生，各种数据和核查工作猛增，贺庆辉作为一名党员、一名网安民警，时刻冲在前面，连续熬夜加班，在最短的时间内将5万余条各种复杂不统一的数据逐条分析整理，为防控指挥部推送民航、铁路、重点区域、医院等相关数据，对重点数据与趋势情况动态实时了解和掌握。完成了基层统计上报的相关信息处理，通过在地图上进行二次开发，显示全区相关人群地理分布情况，为领导决策提供支撑。

一天十多个小时盯着电脑屏幕，贺庆辉的眼睛有时会出现瞬间失盲的状况，闭着眼睛按摩十多分钟才能渐渐恢复过来。一天十多个小时守在电脑前，他的颈椎、腰椎僵硬疼痛，在床上躺上一夜也恢复不过来。看着疲惫不堪的贺庆辉，同事都劝他回家休息一天，他却说：“数据比对时效性太强，我们早点出比对结果，一线防疫工作就更主动些。”

从第一次出家门的那刻起，贺庆辉与家人就基本没见过面，与妻子也是两地分居，全靠电话和视频联系。即使有机会回家，也是半夜时分。这个时候，女儿已经入睡，早上他匆忙赶到岗位，十多天没有机会抱一抱年幼的女儿，甚至没有和女儿说上一句话。因意外导致颅脑重伤瘫痪的父亲无法言语，只能靠轮椅出行，抗击疫情以来，全是母亲一个人照顾父亲，他没有机会推着轮椅带父亲出门晒一次太阳，没有时间陪父亲吃一顿饭。年迈的外公外婆打电话想和他这个唯一的外孙子说几句贴心的话，因为数据分析需要思维缜密，他往往短暂说几句就挂断了电话。一直身体健康的爷爷，在年前因突发脑干出血而去世，为了不让重病的父亲知道受刺激，贺庆辉让妻子请假照顾孩子，自己一个人背着全家的孝来到了爷爷的灵堂，直到疫情突发。

有了强大缜密的数据支持，奋战在抗疫一线的干警才能有的放矢，他们在管控方面作出了卓然业绩，而作为数据分析员的贺庆辉和他的同事们，也为一线的防控尖兵感到自豪。

贺兰公安：守好防疫第一线

“儿子，对不起，不能陪你过年了，你守好边疆，我在抗疫第一线，相信你会理解老爸的。”贺兰县公安局德胜工业园区派出所所长赵晓鹏给儿子发微信道歉。

除夕前，为了与在新疆当兵的儿子团聚，赵晓鹏连值了3天班——这次团圆他盼了一年。就在他到内蒙古阿拉善左旗时，接到停休指令。赵晓鹏立即中止前往新疆的行程返回所里。他既当指挥员，又当战斗员，摸排、防控、宣传、走访……“虽然大家不能回家，但是汤圆得吃。”元宵节当晚，赵晓鹏在天鹅湖社区为驻扎社区核查人口信息的民警以及工作人员煮汤圆，和大家一起在坚守中度过了一个元宵节。

55岁的交巡警大队副大队长殷保宁从接到停休通知的第一天起，每天奔波于8个查验点，24小时随叫随到，与每个部门沟通协调，为查验点送物资，他每天不厌其烦地重复着这些工作，叮嘱每个人注意自身防护，时刻关心着每一位同事生活中缺啥，全力以赴打好“点线面”防疫攻坚战。

2月17日凌晨2时，在京藏高速贺兰收费站口，交巡警大队辅警李凌峰正开展查控工作。为了疫情防控，他把女儿送到父母家中，20多天没有回家看过孩子。每天，他从早到晚连轴转，一天下来，要对近1000

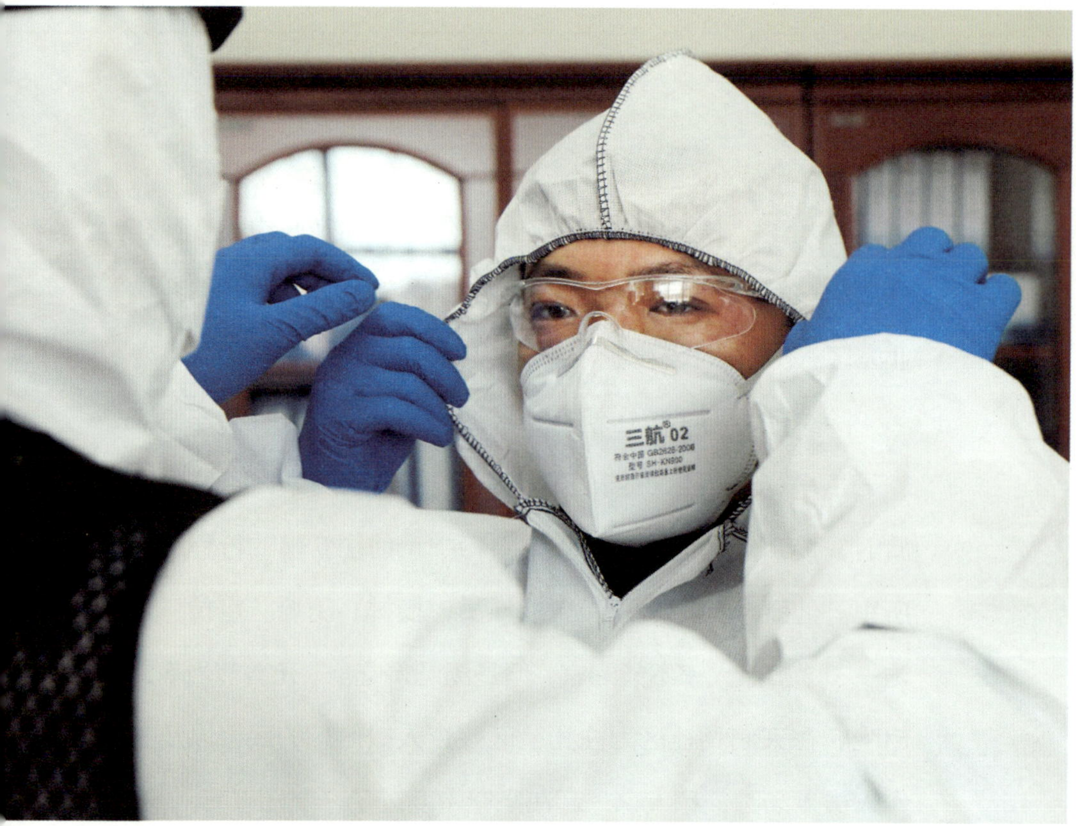

台车辆和上千人进行监测盘查，手脚冻僵已经是常事。

“李叔，您就听我一句，现在特殊时期，我们一定要全力支持疫情防控，婚礼咱以后可以补办。”1月29日22时，常信派出所民警马旭阳得知铁东村村民老李头家偷偷宰了牛，准备给儿子娶媳妇。他3次登门劝说，最终老李头一家欣然同意推迟婚礼。

“好在村民们都很支持，虽然很累，但累得值。”马旭阳白天承担走访入户、接报警等工作，晚上到卡口检查点，排查外来人员和车辆。这些天共入户走访1231户，走访4530人，排查出外返乡人员325人，劝说延期办红白事10户。

1月29日15时，儿子已经好几天没回家了。常信派出所辅警陈硕的父亲在家待不住了，他从自家小超市搬了40箱八宝粥拉到派出所。“娃们都辛苦了，这几天不见儿子回家，我就猜到所里很忙，疫情这么严重，也没有啥带的，八宝粥至少保证每个人晚上加班不饿。”老人的八宝粥让干警们的心热乎乎的。

“在疫情防控关键时刻，临床用血紧缺之时，贵单位积极组织广大公安民警无偿献血，先后有34人累计献血13300毫升，有效缓解了临床用血压力。”2月12日，宁夏血液中心为贺兰县公安局送来了感谢信，在这特殊时期，公安民警、辅警在工作如此紧张辛苦的状态下，依然踊跃参与献血活动。

“防疫形势严峻，大家非常辛苦！我已有34年的党龄，这是我自己的一点儿心意，请收下！”贺兰县公安局退休民警张文祥捐出了他省吃俭用积攒下来的2000元。他说：“我64岁了，就是想尽自己的义务。”

新冠肺炎疫情发生以来，贺兰县公安局广大公安民警担当尽责，日夜奋战在疫情防控一线。一名名党员挺身而出，一个个战斗堡垒巍然矗立，鲜红的党旗在疫情防控一线高高飘扬，警徽在疫情防控一线闪闪发光，战斗在哪里，哪里就有“警察蓝”坚定的背影。

抗疫时期的最暖情话

有一种浪漫，是执勤路上的相互陪伴；有一种牵挂，是工作间隙互道平安；有一种幸福，是擦肩而过的相视一笑；有一种爱情，他们既是夫妻，又是战友。在宁夏公安系统内就有 283 对“双警”家庭，他们穿着“情侣装”并肩作战在防控疫情的第一线，用不言劳苦的奉献精神，诠释着别样的风采。

特殊的职业

特殊的拍档

他们用行动告诉大家

有一种爱情叫“生死相依、并肩战‘疫’”

一句“注意安全，做好防护”是特殊时期最美好的情话

陆文学：中卫市沙坡头区公安分局刑侦大队大队长

朱　艳：中卫市公安局治安管理局出入境与外国人管理支队副支队长

值完夜班的陆文学，接到单位通知，疫情防控全警回工作岗位。战斗的警笛又一次被拉响，陆文学浑身充满了力量。“全警动员，为的就是全力做好疫情防控工作，为的就是牢牢掌握打赢疫情防控阻击战的主动权，疫情就是命令，防控就是责任！”

年幼的孩子，年迈的父母，面对突发的疫情，夫妻俩只能把孩子托付给父母。“你们去吧，孩子我们来照顾，疫情肆虐，你们都是警察，这个时候得上！”

夫妻俩都在疫情防控一线，早出晚归的他们没时间去父母家接孩子，更没时间陪伴年幼的孩子。孩子太想爸爸了，每天晚上孩子总会打电话：“爸爸，爸爸，你和妈妈什么时候接我们回家啊？”每每听到他们稚嫩的话语，陆文学的心里就会多一丝内疚和自责，但他又总说：“我们肩负着党和人民赋予的神圣使命，能做的就是更加坚定打好抗击疫情阻击战的决心，筑牢人民群众的生命线，让疫情早日结束，让更多的家人可以团聚！”

郭君享：盐池县公安局高沙窝派出所所长

张　佳：盐池县公安局交管大队辅警

“爸爸妈妈，是不是不爱我们了，为什么总是不回家？”

“爸爸妈妈很爱你们呀，只是现在有很重要的工作，等我和爸爸忙完了，就会回去看你们。”每次和 4 岁的女儿视频时，张佳心中总是说不出的难受。

自疫情防控工作开展以来，郭君享第一时间赶到抗疫第一线，联合镇政府工作人员进村入户，全面开展宣传、摸排、走访等各类工作。妻子张佳在大队的疫情卡点值守，对进出车辆进行严格登记、排查。

在这与疫情赛跑的关键时刻，两人全身心投入到疫情防控前沿阵地上，把儿子和女儿交给年迈的父母，携手逆行。考虑到一线工作与病毒接触的可能性极大，为了保证家人的安全，夫妻俩一致决定“疫情结束之前，谁都不回家”。

“作为‘双警’家庭，我们都能够投入到疫情防控阻击战中，深感使命光荣，责任重大。我们将继续努力，为全面打赢疫情防控阻击战贡献力量。”郭君享说道。

郭三军：盐池县公安局大水坑派出所副所长

刘凌云：盐池县公安局花马池派出所社区民警

2020 年的春节，与往年不太一样，大年初一一起吃了一顿饺子后，刘凌云和丈夫郭三军就再没有见面。

作为一名社区民警，刘凌云每天早出晚归，认真开展人员排查、跟踪管控、走访入户、重点场所检查等工作。郭三军每天坚守在307国道黄蒿沟检查站，带领全体工作人员对进盐车辆和人员进行认真检查、登记，严防疫情输入。

时间就是这么爱开玩笑，整整半个月，两个人各自坚守在工作岗位上，竟然没有一次“碰巧”能见到。因为工作忙，两人只好把儿子交给父母照看，刘凌云每天都说早早回，每天都不能早早回。

面对这位“失信”的妈妈，儿子也逐渐习惯了，不但没有责怪，反而叮嘱爸爸和妈妈：“要戴好口罩，勤洗手，早一点回家。”

张福琪：盐池县公安局花马池派出所民警

赵　莎：盐池县公安局刑侦大队民警

“喂，老公，你能正常下班吗？先回家看一下宝宝，我今晚要加班。”

“不行，我今晚要巡逻……”然后是两个人无奈的沉默，这是“双警”家庭张福琪和赵莎常有的对话。

自疫情防控工作开展以来，这对夫妻更加着急，他们身负重任。张福琪在花马池派出所值班备勤，巡逻防控，24小时连轴转，吃住全在单位。赵莎是刑侦大队的内勤，她每天负责上报各类工作情况、案件信息、报表数据、工作总结等，同时做好一线民警的保障工作，也是忙得不可开交。

近期，1岁的孩子又因感冒住院了，赵莎每天忙完工作还要匆匆赶到医院，陪孩子输液体。结束一天的工作后，张福琪本想着给妻子打个电话，问问孩子的情况，却不知不觉躺在椅子上睡着了。

张福琪经常对赵莎说：“我亏欠你太多了，亏欠孩子太多了，感觉

在单位好多天后回家，孩子都不认识我了，不让我抱抱是最让我难受的事，可是我真的没有办法。”赵莎却说：“我有过抱怨，有过不满，但我理解你，我也是警察，我知道我们的任务、我们的责任。面对疫情防控战，我们更应该克服一切困难，相互勉励，携手共进。”

胡瑞鹏：银川市看守所二监区负责人

卢红梅：银川市公安局网安支队民警

自阴历年二十九开始，胡瑞鹏便始终穿梭于所里、医院。监区节前各项工作需要他安排，医院住院的在押人员需要他负责，确保看押期间绝对安全，尽管繁重的工作任务让他有些透不过气来，但命令与责任面前他义无反顾，无怨无悔。他说："这段时间我们辛苦一点，大家就能安全一点。对我来说，别添麻烦是底线，能多做就多做。是党员，咱就得冲锋，咱就得担当！"

同为人民警察的妻子卢红梅，在疫情面前同样逆行而上，放弃休假，挺身而出，扛起责任，义无反顾地坚守在工作岗位。卢红梅说："都不知道多久没见到老胡了，只记得年前那次见面他说监区一名在押人员住院了，最近会比较忙，家里就交给我了。"

段文宝：盐池县公安局经侦大队民警

刘萍钰：盐池县公安局花马池派出所民警

"上班的时候戴好口罩，回家了一定得消毒，照顾好孩子和老人。"

"知道了，你也一样，想吃家里的饭菜，给我打电话，我给你送去。"简单的两句话后，段文宝走向了"半"隔离的宾馆。

在阻击疫情期间，段文宝被抽调到青银高速王圈梁检查站执勤，负责对进宁车辆进行逐一检查，每天要检查车辆1000多辆、人员近2000人。因为工作量大且接触外地人较多，每天休息的时候只能到"半"隔离的宾馆。刘萍钰负责所里的数据报送、后勤保障等工作，每天都忙得团团转。

在抗疫期间，段文宝和刘萍钰把两个年幼的孩子交给年迈的父母照顾。

儿子和爸爸视频聊天时说：“爸爸，你什么时候才能回来陪我玩。”每当听到孩子的这个问题，段文宝内心就会很愧疚，因为工作关系，陪伴孩子、妻子的时间很有限。但是乖巧的儿子也会给爸爸妈妈加油打气：“爸爸妈妈，你们要注意安全，多吃饭，这样才能打败病毒。”

付　政：银川市金凤区公安分局长城中路派出所辅警

王怡璇：银川市金凤区公安分局长城中路派出所辅警

付政和王怡璇已经结婚 10 个年头，家乡远在陕北，几乎每年都选择在派出所值班守岁过春节，9 岁的儿子，也在派出所陪大家度过了 5 个除夕夜。今年他们回陕北过年，疫情防控命令下来，趁儿子熟睡，他们义无反顾地踏上返银的路，只在枕边给孩子留了张纸条……

付政、王怡璇在同一个派出所上班，天天都能见面，却很少能说上几句话，各自忙着手头的工作，有限的交流也是谈论工作上的事。疫情攻坚战打响以来，付政被安排在值班室 24 小时接处警，身上的战术背心就没脱下来过，王怡璇是所里内勤，相当于半个小管家，保证入户核查期间每天近 460 人的两餐，人数统计、数据汇总、领取登记发放物资，后勤保障工作事无巨细且要尽心尽力，忙到凌晨一两点是经常的事。

“孩子在老家，父母帮着照看，我可以放心地工作。”工作起来劲头十足的小王，从早到晚紧绷着神经，手机不停地响，总能将各项要求准确无误地传达给每个小组。她笑着说：“特殊时期，能跟大家一起奋战在抗疫一线，我感觉很自豪。等我们老了，一起回味这段别样的经历，一定很难得。”最让小王放心不下的是，儿子的作业没人辅导，她只能抽空通过远程视频给孩子辅导作业。9岁的儿子哭着问他们什么时候来接他……她只能偷偷背过身去擦掉眼泪，笑着安慰孩子：“快了，等开学了就去接你……”

马　巍：吴忠市公安局交通管理局辅警

董小乐：吴忠市公安局民警

“爸爸妈妈放心，我会好好照顾妹妹。”电话中儿子懂事地说。挂了电话，董小乐默默地擦拭着眼角的泪水，转过身毅然投入到疫情防控的执勤中。

疫情防控一线民警任务繁重，很多同事顾不上吃饭，紧急时刻只能用方便面、火腿肠和冰凉的盒饭充饥。为了能让坚守在一线的战友们吃上一顿热气腾腾的晚餐，好不容易倒休的夫妻俩又开始研究起“送餐服务”。他们买食材、找厨师、忙打包、亲自送，8个小时在7个检查点送出了50份“爱心晚餐”。同事们开玩笑说：“你们这手艺可以转行开餐厅啦，简直是人间美味。”他们笑着说：“你好久没有吃过热饭了，现在吃什么都觉得香。”

在这场没有硝烟的抗疫战争中，有无数这样的“双警”家庭在默默奉献，他们冒着严寒，不分昼夜地奋战在抗疫一线，用责任和担当筑起一道道坚实的防线，全力守护着广大人民群众的健康和安全，谱写着“双警”家庭奋战在抗疫一线的别样浪漫。

抗疫一线的别样坚守

一个特殊的生日

“我永远忘不了这个生日 Party，我的愿望就是疫情快快结束，我们平平安安！”

2 月 6 日 23 时 29 分，贺兰县城关派出所民警贾智敏在抗击疫情一线岗位上许下了自己 26 岁的生日愿望。

每年生日都和家人过，但这次和以往不同。

贾智敏从大年初一开始就没有回过家，和同事们坚守在抗疫一线。日夜坚守在卡点上，对流动人员量体温、对车辆查来源，宣传防疫知识；深入街道、社区、宾馆，劝导群众不要走动、聚集；入户排查到深夜，采集来贺兰人员信息。

“即使不值班，也不回家住，工作不忙的时候可以帮助同事处警。”贾智敏笑着说。当天从13时到17时就接处警10多起，大多都是有关疫情的警情。

当晚，城关派出所灯火通明，一派忙碌景象。自疫情暴发以来，城关派出所民警每天都在夜以继日地工作。贾智敏正在核对白天入户采集的信息；杨元科从社区入户采集信息归来；张鹏、汪毅刚刚出警回来，正带着保安和业主做调解；执勤一天的魏航风尘仆仆从银川北防疫检查站卡点回来。

“都回来了吗？我们为小贾过个简单的生日。”城关派出所教导员马学军说道。一束鲜花，一个蛋糕，一句句祝福，贺兰县公安局党委第一时间为贾智敏准备了“战时礼物”。

“疫情防控关键时期，原本没想过生日的事，大家这么辛苦，就是想着和大家吃个蛋糕，缓解下紧张的工作。”23时29分，贾智敏和同事们唱起了生日歌，24时，城关派出所办公大楼灯还亮着，又一起警情指令来了。

抗疫一线的父子兵

“爸，你值勤一定要注意身体。”

“儿子，你在执勤时一定要做好防护措施，按要求落实各项规定。”

这是银川市公安局西夏区分局缉毒大队民警赵成朗和儿子赵子伟的微信对话。疫情来临，赵成朗和同为警察的儿子携手冲在疫情防控一线。

从1月24日除夕至2月6日，父子二人一共只见了3次面，更多的时间两人是在微信里说话。

赵成朗今年53岁，在缉毒大队年龄最长，儿子赵子伟是银川市公安局特警支队的一名特警。赵成朗患有糖尿病及其并发症，2019年10月中旬，他连续一个多月与专案组一同外出工作。高强度的工作让他的身体吃不消，在同事和家人的劝说下，他才到医院接受治疗。出院没多久，他又投入到疫情检查工作中。

“有困难你就说，身体吃得消吗？”大队长黄小杰问赵成朗。赵成朗只说了一句：“不碍事，挺过这些天就都好了。”他带领执勤小组队员24小时一直盯在检查站，认真检查过往车辆。赵子伟迈入警察队伍3年了，可在父亲眼中他还是个新兵，时时需要提醒。因为儿子工作特殊，接电话不方便，赵成朗便每天通过微信嘱咐儿子。如果发给儿子的微信超过4小时未回复，赵成朗才会给儿子拨打电话。

2月6日，赵成朗从新小线北绕城检查站疫情防控点轮换到办公室值勤，赵子伟依旧在银川火车站值勤。赵成朗、赵子伟是无数公安民警的代表。“越是最危险的时候，越是组织最需要的时候，我们越要赶赴一线和战友们并肩战‘疫’！”他们用实际行动把守土有责、守土尽责落实到具体工作中。

站好最后一班岗

2020年，对于固原市公安局交警支队直属二大队刘惠民来说显得弥足珍贵。

“我还有半年时间就要退休了，得尽自己最大的努力站好最后一班岗，为自己的警察生涯画上完美的句号。”临近退休的老刘总是把这句话挂在嘴上。有点花白的头发、白色的胡楂、微微佝偻的身躯，走起路来总会伴着咚咚的脚步声。

2020 年春节，面对新冠肺炎疫情，虽然大队领导考虑到刘惠民年龄大，又身患腰椎间盘突出、脑供血不足，想让他在队上值守，但他放弃了和家人的团聚，主动请缨前往疫情防控一线。

“这位驾驶员的体温有些高，再重新测一遍。”“您好，请出示身份证。”敬礼、弯腰、起身……标准的动作在每一辆车到来时都重复着。在北高速疫情检查站，进站车辆有序停靠着，刘惠民有序地检测、筛查驾驶员，与卫健委、疾控中心等部门工作人员一同并肩作战。

家人在得知老刘要前往疫情一线后十分担心，说他年纪太大没有必要去冒这个险，可他却执意站在了一线。

从晚上8点到次日早上8点，刘惠民和同事们需要轮班站岗执勤，除了承担驾驶人、乘客的监测筛查工作，还要疏导车辆保持道路安全畅通。每天近12个小时的工作，一天下来年轻民警都有些吃不消，刘惠民有时也累得站不住，可他心里却劲头十足。他常说："能在一线工作的时间不多了，只要我还坚守在岗位一分钟，就要站好60秒。"

疫情防控重于山
责任扛肩护民安

为坚决防止疫情从境外输入，扎实有效抓好抓细疫情防控工作，严格推进各项管控措施组织到位，宁夏公安厅专门成立外国入境国内隔离期满返宁人员集中接运工作专项督导组，检查、参与银川、吴忠、固原、中卫等四地承担境外返宁人员集中接运分流任务的研究部署和协调对接工作。

专项督导组车建农、欧阳挺聪、李高锋、葸慧 4 人，按照厅党委的安排部署，先后集中接运全区 5 市 5 批 150 余人，

历时 50 天。每一次接到指令，他们都立即开展接运任务各环节、各节点的组织谋划、协作配合、部署实施等工作。

每到一处，首先要对集中接运分流场地及健康检测评估点进行细致勘查，提前调查研究接运分流场地的位置布局、安全警戒、车辆疏导等工作。主动与当地公安、卫健、交通等部门共同会商接运方案的所有细节内容，并根据各地实际部署情况，提出意见建议，进一步加强安全保障措施的有效落实，做到每项工作、每个环节、每次配合都有责任人、组织者和具体实施人，以细之又细的态度和行动确保接运分流工作不出漏洞、不留隐患。及时做好接运车队在省外夜间行驶许可的协调对接工作，确保接运环节衔接顺利、平稳有序。全程跟进掌握途中返宁人员思想动态和人员安全情况，采取“一跟一”措施盯紧途中返宁人员，确保不发生任何疏漏及问题。

每次在不同接运场地，专项督导组都提前与负责交通引导、检测棚搭建、警力配置、警戒线划定、分流车辆停放等工作的人员进行仔细沟通，周密安排每个环节的工作内容，始终坚持做到公安、卫健、交通等三部门在健康检测评估和人员分流工作中协同配合、高效便捷、安全分流。在督导核查涉及银川市境外回宁人员居家隔离疫情防控工作中，设计并做实“七项督导内容”，挨个逐一登门走访，确保了核查人员信息精准，疫情防控措施扎实到位。

专项督导组以高度负责、严格认真的态度，在每一次的任务中以严谨细致、万无一失的责任心，用实际行动践行了“疫情就是命令，防控就是责任”，持续保持“战时状态”，全力以赴投入到疫情防控阻击战中，顺利完成了厅党委交办的工作任务。

守国门，宁夏边检在行动

疫情就是命令，防控就是责任。新冠肺炎疫情发生以来，面对春节出入境客流高峰及异常严峻的疫情形势，宁夏出入境边防检查总站全体民警坚守岗位、主动作为，举总站之力忠诚履职，默默守卫国门安全，守护旅客平安，采取积极应对防范措施，确保口岸安全顺畅和营区安全稳定，让党旗在国门防控疫情战场上高高飘扬。

面对疫情：闻令而动，加强防护

疫情防控工作刻不容缓。春节前夕，宁夏边检总站根据疫情发展形势，第一时间成立了新冠肺炎疫情防控指挥部，学习传达习近平总书记重要指示精神和上级部署要求，迅速制定了总站《疫情防控工作方案》《口岸疫情防控操作流程》《执勤执法民警新型冠状病毒预防指引》《口岸疫情突发处置方法》等6项制度措施，制定《疫情防控内部管理措施》，以高度的政治责任感和紧迫感狠抓疫情防控工作各项措施落地落实。总站为口岸执勤一线民警筹措和采购口罩、医用手套、防护服、护目镜、医用酒精、消毒棉片等防疫物资，确保了春节期间口岸勤务工作顺利开展。一线执勤队每日定期对口岸限定区域、办公室等执勤场地和重点部位进行防疫消毒，在LED显示屏滚动播放宣传片，广泛开展防疫知识普及，定期组织民警进行体温监测，指示外省

归队休假民警居家隔离，实行错峰就餐以及开设爱心理发室等暖警举措，确保通关环境安全卫生，构筑起内部防护的安全长城。

正视疫情：建立机制，注重防控

总站一线执勤队按照疫情防控工作要求，建立日报告和零报告制度，对银川河东国际机场出入境航线中来自重点疫区的旅客进行信息筛查研判，并通过与海关、口岸办、机场公司等相关部门建立的疫情信息通报协作机制，实时掌握出入境疑似发热病人信息，提前部署执勤勤务工作，确保安全高效联动处置。自疫情暴发以来，银川空港口岸无人员感染现象，一线执勤民警的艰辛付出既维护了口岸通关高效顺畅，又有力确保了广大出入境旅客的健康安全。

总站疫情防控指挥部每日利用《学习强国》网络平台召开疫情防控工作例会，听取各单位防控措施落实情况和人员动态、健康情况，通报宁夏地区及银川空港口岸疫情动态，党委、政府防疫部署和总站疫情防控措施，充分利用网络平台宣传疫情防控知识，教育引导所属民警不信谣、不传谣、不造谣，坚定全体民警坚决打赢疫情防控阻击战的信心和决心。

抗击疫情：坚守奋战，不辱使命

每逢节假日，都是边检民警们最忙碌的时候，2020 年这个春节更是特殊，计划中应该在大年三十开始的春节系列文化活动和欢乐喜庆的节日气氛，随着疫情的发展彻底不见了踪影。疫情不止，战斗不息。从节前至今，总站民警全员上岗，连续作战，执勤现场和总站机关忙而不乱。

在广大市民们“宅在家里就是对防疫支持”的时候，边检民警们放弃休假，离开家人，全天候战斗在疫情防控第一线，用自己的实际行动守好国门。关键时刻，方显党员本色。总站各级党组织和领导干部特别是相关负责同志，坚决贯彻落实习近平总书记关于疫情防控工作的重要指示，严肃防控工作纪律，主动放弃节假日休息，坚守岗位、全程跟进、靠前指挥，积极投身于疫情防控工作，当先锋、做表率、勇担当，全力以赴防止疫情蔓延扩散，用实际行动做到了守土有责、守土担责、守土尽责。

总站在春节期间共验放出入境人员并检测体温 3598 人次，验放出入境航班 26 架次，对口岸限定区域及重点部位消毒 56 次，对营区重点场所消毒 89 次，向出入境旅客开展预防新冠肺炎传染宣传活动 58 次，发放口罩 500 余个。在共同战“疫”的关键时刻，广大党员民警挺身而出，冲锋在第一线、战斗在最前沿，舍小家为大家，用无声而有力的引领，践行着入党誓言和初心使命，让党旗在疫情防控斗争第一线高高飘扬。

银巴，零下 20℃的坚守

银巴路公安检查站的风很大，这是银巴检查站给人的第一印象。到检查站时正值中午，按理来说入春后气温有所回升，但是下车的那一瞬间，刮来的大风还是让人直打哆嗦。

银巴检查站四周空旷，只有检查站孤零零地建在这里，风有多大，从检查站上空飘扬着的旗帜就能判断出来。

“今天这风还不算大，风大的时候车都抖，不过我们早已经习惯了。”西夏分局巡防大队副大队长马旋跺着脚说道。

银巴路公安检查站是环宁检查站中的一个执勤点，负责对通过银巴路口进入银川的人员、车辆、物品进行安全检查，地理位置非常重要，被称为银川的西大门。这里距离市中心

40 多公里，正常时期，日平均车流量 800 辆左右、人流量 1500 人左右，是出入银川的交通要道。

为做好疫情防控工作，自 1 月 23 日开始，马旋和 8 名巡防队的同事驻守在这里，对过往车辆、人员、物品进行检查、测温和劝返等工作。4 人一个班，24 小时坚守岗位。

“大年二十九那天我们接到命令来这里开展疫情防控工作，集体在请战书上签了字，然后把请战书搬到防控一线。虽然请战书被这里的大风刮破，但我们没有把它收起来，它是我们抗击疫情的见证，是我们检查站所有人对于疫情防控工作的态度。我们在，请战书在！”马旋指着立在检查站的请战书说道。

“您好！请问您从哪里过来的？”

“请把证件拿出来给我们看看。”

“请记得做好防疫措施，祝平安！”

面对每天往返的车辆，马旋他们都要重复这些话。他们的主要职责是指挥过往车辆有序停放在检查站周围，对车辆进行检查、消毒，引导驾驶员和乘客到检查站里面进行登记与测量温度，对外地车辆进行劝返。工作虽然简单，但对他们是很大的考验。马旋等人的工作全部要在室外进行，检查站 24 小时有车辆通过，这也就意味着他们全程要在室外坚守。白天有太阳晒还能坚持得住，到了晚上则让大家头疼。为了做好保暖工作，检查站给所有人都配备了军大衣，每天一到后半夜，温度都在零下 20℃左右，军大衣冻得硬邦邦的，冷风直接透过衣服往身体里面钻，口罩挡住的热气在眼睫毛上都结冰了。

疫情防控工作开展时正值春节期间，经过检查站的车辆最高峰时每天达千辆。检查站周围空地有限，登记人员多，车辆往往在检查站外面排起长队，驾驶员不理解有怨气。为此，4 名在岗的执勤民警要沿着长队耐心劝说，不停提醒驾驶员提前关闭空调、打开车窗、准备个人证件。他们穿梭在长长的车队里，低头敲窗，车窗打开一瞬间飘出来的热气才能帮助他们抵挡片刻的寒意。

除了日常检查工作，他们还要积极应对各种突发事件，确保及时妥善处置。2 月 6 日 16 时许，一辆蒙字牌照的轿车驶入检查站，车主马某急忙从车上下来向民警求助，称其姐姐马某某在车上突发心脏病，需要紧急送往医院，想让民警给予帮助。马旋接到求助后，安排好检查站的执勤工作后，立即协助求助者马某以最快的速度将患者送往自治区人民医院西夏区分院救治，为抢救患者赢得了黄金时间。

2 月 6 日入户排查工作开始，马旋所在的西夏区巡防大队警力也要下沉到社区进行排查。为了尽快完成入户排查任务，马旋和在检查站执勤的同事们放弃第二天的休息时间，也参与到排查工作中。在检查站执勤时几个人趁着车少轮流眯一会儿，第二天再去入户排查。为了方便早上按时上岗，他们住在单位，平均一天睡眠不到 5 个小时，有 20 多天没有回过家，可就是这样，谁也没有叫过苦。

面对滚滚的车流、飞扬的尘霾、嘈杂的噪音、强光的直射、机械的重复，他们没有丝毫动摇，默默坚守在银川的西大门。现在我明白了马旋说的那句话，不是他们习惯了检查站的大风，而是他们的职责所在，初心所致。

银川交警战“疫”纪实

2020年的春，被绊倒在家门之外，我轻轻地来到你的门前。只是希望，你那扇因疫情而紧紧关闭的大门，能够被我心头的这盏灯照亮。

是的，我们虽在另一个战场，却依然是满怀热忱，不惧艰险，奋勇向前……

是的，入户排查，摸清底数，这是新的战斗，我们绝不因丝毫的麻痹大意，让潜在的灾祸在我们面前悄悄隐藏……

是的，全覆盖、地毯式排查，您隐隐推开道门缝，与我并不太多的交流，依然隐藏着太多的风险，可我们从不介意、从不退缩，永远坚定如磐……

“我报名！”“我要去！”“我单身，让我上！”“把我名字写上！”“有任务记得叫我！”“通宵班找我，我扛得住！”……这是银川交警分局金凤区交警一大队40名战士纷纷向大队请战参加入户排查的场景，他们每一个人都在请战书上庄重签名，摁上鲜红的手印，犹如一面面战旗，耀眼地飘扬。

金凤一大队教导员　张学忠

“爸，您要听医生的话，好好配合治疗，我这边防疫任务太重了，不能回去照顾您，您自己要多保重。”满怀歉意的张学忠挂掉了因患急性尿潴留住院的86岁老父亲的电话，便匆匆投入到紧张的防疫战斗中去。

春节前夕，张学忠的母亲刚刚去世，本来要赶回陕西老家为母亲守“新灵”的他，被突如其来的疫情阻挡了去路。疫情来临，他毅然取消行程，投入到疫情防控工作中去，在全力以赴配合大队长做好指挥、保障工作的同时，他带领大队民警、辅警承担起金凤区7幢楼500户人员的排查任务。排查的小区设施老旧，没有电梯，他只得强忍关节疼痛，爬楼梯走访群众。即使在母亲去世、父亲生病以及高强度工作的多重压力下，他仍时常用自己的微笑鼓舞着身边的人继续奋战下去，直到这场战斗胜利。

金凤一大队事故处理民警　李雯

“妈妈，为什么你每天都回来得这么晚？我们的作业不会做都没有人讲。”“对不起，宝贝，妈妈最近实在是太忙了，等病毒都没了，妈妈就回来好好陪你们。”这是金凤区交警一大队民警李雯和双胞胎儿子的对话。

疫情期间，在石家庄陆军学院服役的丈夫不在家，李雯不但要照顾家中的老人和孩子，还要完成繁重的入户排查任务，每天都是早出晚归，双胞胎儿子没人照顾，尤其孩子通过《空中课堂》学习她不在身边，这让李雯很是焦虑。可是疫情当前，她必须舍小家顾大家，全力投入到抗疫战斗中去。

金凤一大队事故处理民警　魏晓良

魏晓良患滑膜炎的老伤腿，长时间行走便会加重膝关节损伤，大夫千叮咛万嘱咐要求他保护好膝盖，切不可过度劳累。

疫情发生后，魏晓良坚决请战，要求加入到入户排查队伍中。考虑到他的身体状况，大队领导几次拒绝，可最终还是拗不过，同意了他的请求。怀揣大把止疼药，这位硬汉毅然奔赴“战场”。他始终秉持着一个原则，绝不可让自己排查过的住户出现疑似病例。正是凭借严谨细致的工作作风，他圆满完成了排查任务。

绕城快速路交警大队民警　张旭旺

他是个“90 后”小伙，脸上时时洋溢着快乐的笑容。身为一名警察，他肩负着一份责任，承担着一份使命。

按照原计划，张旭旺过年期间要带着新媳妇回西安老家探望父母。

当疫情来临时，他主动退了车票，投身到抗击疫情一线。连日来，他参与疫情卡点防控、值班备勤、案件办理、路面巡逻管控……化身为工作中的“多面手”，哪里有需要他就往哪里去。许多对疫情防控政策不理解的返程群众，都在他耐心细致的解答和引导下，纷纷表示支持配合民警工作。

绕城快速路交警大队新警　丁靖轩

1995年出生的新警丁靖轩，家住内蒙古鄂尔多斯，刚参加工作一年，从警年限短，是大家眼中的小警察。上班前母亲的话还在耳边萦绕，同学的鼓励还在耳边响起……

春节放假前夕，他期待着假期快点到来，想着上班挣钱了，应该回家探望父母。然而，突然到来的新冠肺炎疫情，改变了他的计划。面对疫情，他主动请缨，坚守防疫一线，用实际行动诠释着"'非典'时你们保护'90后'，这次换'90后'保护你们"的誓言。连续的高强度工作，使年轻的丁靖轩看起来有些憔悴。面对父母的牵挂，他每天都要抽出一点点时间报平安："爸爸妈妈，不用担心我，我很好！"私下里有同事打趣他："帅哥，你还年轻，还没有结婚呢，不要这么向前冲。"他却认真地回答道："我没有成家，责任、牵挂就少一些，国家和单位有需要，我先上！"一句看似玩笑的对白，却体现了一位"90后"民警的责任与担当。

他总是说："不累是假的。想家了，空闲时候和家人打开视频看看就可以了，但是既然穿上了这身警服，就必须冲在前线，这样才对得起警察的担当。"疫情就是警情！作为一名新警，他将继续坚守在工作岗位上，逆行而上，与战友共同抗击这场没有硝烟的战争，实践"疫情不灭，我们不退！"的铮铮誓言。

这样感人的事迹还有很多，像金凤一大队的袁丽、闵敏等同志，她们都是年龄偏大的女同志，但是疫情暴发后油然而生的使命感和责任心，促使她们咬牙坚持、毫不懈怠，一丝不苟地完成了所有的排查任务。辅警任静、王小静、姬振华、裴俊林，大灾面前不言退，即使身体疲惫不堪，也要完成自己的排查任务，用实际行动，彰显了银川交警“疫情不退我不退”的感人情怀和坚定信念。

隔着口罩，你看不清我们的脸，却感受得到我们的心跳。这心跳，犹如一盏高高燃起的灯，带给我们美好的祈愿……

隔着口罩，我看不清你们的脸，但我依稀觉得，口罩下的你们，一定拥有这世上最美的容颜……

直击疫情一线

——走进前进街派出所

银川市公安局兴庆分局前进街派出所管辖着银川市人流量较大的市中心片区，忙碌的时候，电话不停、警情不断。随着一场突如其来的新冠肺炎疫情，一场没有硝烟的战“疫”就此打响，派出所全员取消休假，投入到疫情防控阻击战中。

所领导班子带头逆行

在办公室看到前进街派出所所长陈川的时候，首先映入眼帘的是那布满血丝的双眼。经了解得知，原来他带班值守已经连续10个日夜了，240个小时连轴转。当问及原因的时候，陈川笑笑说："疫情来得突然，人员都调去参与社区疫情防控工作了，为了确保疫情可控，我必须带着我们这个班的人员连续值守。"

当我看到陈川的警服有点脏的时候，这个"75后"所长露出了不好意思的表情。他解释道："我1月23日开始在所里值班，为了疫情防控工作，到今天也没时间回家。我爱人前段时间腿骨折了，现在还拄着拐杖，我都没法照顾。"

在采访中，陈川多次赞扬所里的两个副所长："刘宏杰和我差不多年纪，为了疫情防控，他也和我一样，从除夕到现在就没回过家，前几天更是连续5天白天带队入户排查，晚上则沿街巡逻。他早上8点多就出去了，晚上十一二点才回来，回来后还要统计整理录入数据，睡觉都在凌晨两三点以后了，每天睡眠最多四五个小时。肖作鹏是1984年生的小伙子，但因为长期拼命工作造成腰椎间盘突出，前段时间押送人员又不慎把腰扭伤，现在每天站起来就坐不下去，只能抽时间到医院扎针缓解，扎完针后手扶着腰还在坚持工作。"

上行下效，人人都是拼命三郎

从所长办公室出来后，我去了四五个办公室，也许是受到所领导忘我工作的影响，我发现里面仅在的一两个人都在电脑前忙碌地整理台账，实在不好意思打扰他们，于是就到一楼值班室找到了"暂时空闲"的接警民警应国雄聊了起来。

"前进所现有民警10人，事业编民警4人，辅警20人，除了你在楼上见到的和值班人员，其他人都在社区做疫情防控工作。为了打赢这

社会主义
核心 价值观
国家 富强 民主
文明 和谐
社会 自由 平等
公正 法治
公民 爱国
诚信
104229

场疫情防控阻击战，所里好多人都付出了巨大的牺牲。”应国雄介绍道，“老同志朱东平今年退休，可是他说‘疫情不退我不退’，主动请缨到一线摸排，每天都走两万多步。另一名老同志金学礼也56岁了，患有严重的胃溃疡，可他从疫情发生到现在没按时吃过一顿饭，胃疼只能靠吃药坚持。辅警张明星的母亲脑溢血躺在ICU，可是他一直在所里抗击疫情，只能通过电话了解母亲病情的最新情况。辅警王院东连续工作了30多个小时，在开展入户排查工作时突然晕倒在岗位上。所里的双辅警家庭李陟华和妻子吴芳把8个月大的孩子交给岳母照顾，并肩战斗，共抗疫情。辅警王晓瑞的丈夫是宁东公安分局辅警，疫情发生后，他们一直奋战在一线，孩子连续5天发高烧，他们却抽不出时间回家去看看。”

这许许多多的牺牲换来的是，所里的5个排查小组深入辖区共入户走访31226户，核查人员52324人，录入数据31000余条。截至2月14日，全所共计对涉及本所的28072条数据及未知的70191条数据进行了筛选甄别，还对上级下派的3200余条指令进行了有效甄别。

疾风知劲草，烈火炼真金。疫情防控是没有硝烟的战场，更是检验党员民警初心使命的考场。前进街派出所全体民警、辅警在非常之时担非常之责。他们不忘初心，坚守岗位，他们义无反顾，披星戴月，他们不问缘由，不论代价，勇敢逆向而行，为的是打赢这场抗击新冠肺炎疫情的阻击战，守卫一方百姓安宁。

防控一线的担当者

他们来自不同地方、不同部门，但在防控新冠肺炎疫情中，他们舍小家为大家，始终坚守岗位，不顾自身安危，无私奉献，成为战“疫”一线的最美逆行者。

精准统计的马春天

数据是疫情判断的科学依据。为了给上级提供精准施策的数据，吴忠市公安局将全市公安机关疫情重点数据的统计分析、信息核查、深度研判任务交给了年轻的指挥部副主任兼情报科科长马春天。他不负众望，根据全市疫情变化的具体情况，精心设计制作了新冠肺炎疫情工作数据统计表，民警工作量分配统计表，各县、市（区）疫情工作数据统计表。

十余天来，他带领并肩作战的全体工作人员，放弃休息，每天吃住在单位，加班加点，通过设计运算公式自动统计分析，运用关联比对、碰撞分析、时空研判等技战法，对确诊患者的人车电网像等活动轨迹研判，挖掘与确诊患者密切接触者，将杂乱无章和错综复杂的数据管理得井井有条，确保了数据统计分析的实时、准确。

自开展疫情防控以来，马春天团队共处理核查各类数据 13759 条，核查统计 11775 条，核查率达到 85.58%，查找密切接触者 44 名，核查可疑车辆 12 辆、可疑人员 18 名，为一线防控提供了精准的数据支撑。

主动请缨的吴琦

新冠肺炎疫情阻击战打响后，吴忠市公安局利通区分局古城派出所事业编警务人员吴琦主动请缨到吴忠汽车站防疫点执勤，24 小时值班处理各类警情，对进站车辆做防疫登记，对每一位群众进行测温，对车站每一个角落消毒，并开展疫情防控宣传。利通区发现首例病例后，辖区一家宾馆是最早收治密切接触者的集中隔离观察点，也是任务最重的站点，吴琦写下承诺书，全天候负责宾馆出入工作人员的身份验证、登记、测温和消毒工作，同时负责被隔离人员的安全工作。

他在依托建立的单位、场所、居民等多个微信群，第一时间发布疫情最新消息，叮嘱居民做好防护，尽量不出门，出门戴口罩等。他将分局印发的预防疫情海报、宣传资料第一时间张贴到各小区、各单位、各场所，联合警务专干、社区干部、物业保安等群防群治力量共同开展宣传工作。与其他部门联动联控，线上线下向辖区群众讲解最新的疫情动态、管制措施及预防指南，告知群众尽量不去人员密集场所，减少近距离接触。吴琦义不容辞地战斗在防控最前沿。

入户排查以来，吴琦负责富平社区、阳光骄子社区、怡园社区和古城中心村的排查工作。面对 17 个小区，吴琦带领两名辅警同社区工作人员开展 8 类人员排查，排查数据出来以后，他仍不放心，再次贴条告知、平台查询、电话排查，做到不漏一户、不漏一人。短短几天时间，排查 6700 户 17600 人，统计 8 类人员 970 人，为上级决策提供了翔实数据。

2018 年 3 月，吴琦通过招考成为了一名社区警务人员。两年时间，吴琦对自己管辖的 17 个小区、商业网点、公共场所的各项情况烂熟于心。他经常进社区，与群众打成一片，拉家常，交朋友，做到了辖区发案少、秩序好，赢得了群众的认可。

为民守门的马建宏

大年三十，辅警马建宏放弃与家人团圆，主动请缨到新冠肺炎疫情阻击战最前沿的管控组和入户组工作。马建宏负责福满园、福馨园小区 6 户 30 人的居家隔离看护任务，每天他都要给隔离群众做思想工作，讲疫情形势、疫情防控政策。在他耐心细致的劝说下，隔离群众从思想上认识到疫情形势的严峻，提高了自我防范意识，大家主动隔离，不出门，不与他人接触，定时主动报告位置。为了给隔离群众解闷，马建宏还通过微信与他们聊天，力所能及解决他们生活中的各种实际困难，直到隔离期满。这 6 户人家现在说起马建宏，都会竖起大拇指。

从 2 月 6 日起，熟悉辖区二中梁片区的马建宏又接到入户登记核查任务，他与其他同志一道入户登记，摸排 11 省来固原人员和其接触轨迹。3 天时间他们走家串户 700 家，摸排人口 2200 人，率先完成了固原市疫情防控工作领导小组布置的阶段性任务。任务刚一结束，他又被派到固原市疫情重点人员集中隔离点，看护与确诊病例有过密切接触的 7 名人员。他昼夜坚守，瞌睡了就在沙发上眯一会儿，口罩戴久了，耳朵都被磨出了血。从除夕到岗，马建宏没有回过一次家。

2007 年，马建宏成为固原市公安局开发区分局的一名辅警。13 年来，他先后在开发区分局兴原路派出所、西兰银物流园派出所工作。他担当作为、冲锋在前，积累了较为丰富的工作经验，曾是不少新入警同志的“师傅”，被评为全区公安机关优秀警务辅助人员。他的妻子周燕也是分局的一名辅警。马建宏还是民警查案破案的得力助手。2015 年 7 月，开发区某公司有虚开增值税发票的重大嫌疑，涉案金额上亿元。分局抽调责任心强的马建宏参与侦办，他与专案组民警一道辗转新疆、上海等 10 省（区、市），行程近 10 万公里，收集了嫌疑人的大量犯罪事实和证据，并将嫌疑人抓获归案。“扫黑除恶”专项斗争开展以来，马建宏被抽调到专案组协助侦办辖区涉黑案件，多次辗转内蒙古、银川等地取证，参与调查各类人员 200 余人。工作中还时常伴随着危险。2011 年，随民警抓捕吸毒人员时，嫌疑人突然拔出匕首刺向马建宏，幸亏他躲闪及时没有被刺中，匕首距他的胸膛仅仅只有 2 厘米。

对家，他亏欠太多。每当提到孩子的时候，马建宏就红了眼眶。只有 7 岁的儿子过去他总是带在身边，只要值班备勤，大家都会见到小家伙。疫情阻击战以来，马建宏小两口同时加班，孩子只能留在年迈的爷爷家。

夫妻并肩作战的周海生

“记得勤洗手，多饮水，要把口罩戴好，做好防护，认真检查……”

“你也穿暖和一点，按时吃饭，一定要保重身体。”

每天早晚两次，中卫市公安局交管局交巡警一大队大队长周海生和在中卫市人民医院消化内科工作的妻子吴启慧都会准时给驻守抗击疫情一线的对方发一条温馨提示，用这种简单的方式相互叮咛，相互提示，相互鼓励。

疫情发生以来，人民警察和医护人员责无旁贷地站在了疫情防控的第一线。面对疫情，周海生顾不上年迈的母亲，顾不上年幼的一双女儿，义无反顾地投入到这场战“疫”中。为了从源头上切断疫情传播途径，周海生积极联系旅游分局、交通运输、路政、医疗等部门，在中卫高速出口设立疫情防控卡点，24 小时不间断实施疫情防控检查。他既是指挥员又是战斗员，带领大队民警、辅警夜以继日坚守在疫情防控卡点，对来往车辆逐一排查，对所有人员进行体温监测，对车辆进行登记，坚决做到外防输入、内防扩散，全力筑牢疫情监管防护网。

妻子吴启慧是医院的青年骨干。疫情发生后，她临危受命，紧急调往疫情防控最前沿的传染科隔离病房工作。为了不浪费隔离服和口罩，吴启慧吃饭、喝水、上卫生间都尽量忍着。她还踊跃报名参加了援鄂医疗队，被确定为第三批援鄂医疗队队员，随时待命准备出发。周海生知道妻子的辛苦，也明白妻子所处的环境有多危险，更理解妻子作为医务工作者的坚守。夫妻并肩战“疫”传佳话。在疫情面前，他们断然放下家庭，并肩奋战在这场没有硝烟的战场，用责任和使命筑起安全防线。

一张写满“爱”的通行证

“我们公司十分感谢固原交警的特事特办，解决了我们棘手的难题，让我们的紧急医疗物资能畅通无阻送达。”1月30日，固原交警二大队接到一位运输疫情防控物资公司负责人的电话，倍感欣慰。

连日来，宁夏公安交管部门全警在岗、全力以赴，认真做好春运交通安保和疫情防控应急工作，加强执法管控和指挥疏导，协助卫生健康部门做好对驾乘车辆、人员、货物的卫生检疫工作，开辟绿色通道，保障救护车辆、防疫车辆、防治药品和医疗器械等运输车辆优先通行，全力配合做好疫情防控工作，全力保障人民群众基本出行和生活物资运输。

防疫期间，各省（区、市）均采取了道路限行措施。固原交警对疫情防控检测点实行 24 小时值勤，对外省市进入固原的车辆逐一进行安全检查，确保不让一辆未经疫情安全检查的车辆进入固原。1 月 30 日，一辆外地运送医疗物资的车辆在固原交警的特许下安全将紧急医疗物资送达。

针对这一情况，在对出入车辆进行疫情防控严查的同时，为认真贯彻固原市委、政府关于做好疫情防控工作总体要求，全力保障疫情防控及生活急需物资运输安全、高效、顺畅，固原市公安局交警分局党委科学研判、周密部署，决定给运输疫情防控物资和民生物资的车辆办理通

行证，对于放置通行证的车辆，启动免检程序，一律立即放行，切实保障运输医疗救护、疫情防控、菜篮子工程和群众生活急需物资的车辆快速通行。1月30日连夜印制通行证1000张。

通行证发放范围主要包括生活物资类、应急物资类、应急处置类三大类。其中，生活物资类包括运输禽、肉、蛋、奶、菜等生鲜农产品车辆，运输居民生活必需品车辆和成品油市区配送车辆。应急物资类包括运输医疗、防疫救护器材设备车辆，运输疫情防控相关物资生产原材料车辆和援助物资车辆。应急处置类包括应急指挥车辆，医疗救护、卫生防疫、工程抢险等特种车辆以及其他用于应急管理的车辆。

对于放置通行证的车辆，各疫情防控站开辟绿色通道。在临时设置的执勤点，民警采取优先、快速放行措施，在确保安全的前提下，不受道路限行、禁行等交通管制措施限制。除优先通行外，对持证车辆发生一般以下道路交通事故的，公安交警部门一律按照简易程序快速处理；发生一般以上事故的，必要时积极协助相关部门转运物资，依法快速处理事故，尽快恢复交通。

未办理上述通行证的运载疫情防控和生活急需物资，以及社会爱心捐助的车辆，各疫情防控点核查后，符合保障条件的也可优先快速放行。相关车辆发生道路交通事故也得到了优先快速处置，确保车辆不滞留现场。

宁夏公安呼吁广大市民，在遇到运输疫情防控物资的车辆时，请不要与他们争道抢行，为他们让出一条“爱”的通道。

义无反顾
坚守疫情防控第一线

铁军不畏风雨骤，关键时刻显担当。疫情防控期间，宁夏公安干警义无反顾坚守在疫情防控第一线，让胸前的党徽光彩熠熠。

执勤时他们不敢喝水

2月4日，石嘴山市应对新冠肺炎疫情指挥部通报，大武口区居民祁某被确诊感染新冠肺炎。按照指挥部要求，石嘴山市公安局疫情指挥部立即安排警力，对祁某居住的单元开展隔离工作。

2月4日9时许，大武口刑侦大队民警周晋宇接到通知后，准时来到祁某家楼下，开始了12小时的守护之旅。

周晋宇的工作地点在距祁某家单元楼门前3米的绿化带中新搭建的一顶帐篷里，里面放置着一张简易的办公桌、一把椅子和两张行军床。虽说有床有椅子，可周晋宇并不能一直坐着或躺着，他要时刻不离地守护被隔离的单元楼，安抚被隔离群众的情绪，并为被隔离群众答疑解惑。

12个小时，有居民要出来倒垃圾，也有的提出要外出买东西，周晋宇耐心地一遍遍进行着解释。“一天下来，确实感觉口干舌燥，但又不敢喝水……”周晋宇说道。为什么不敢喝水？周晋宇说，工作时上洗手间不方便，为了减少麻烦，他们都尽量不喝水，吃饭也尽量少吃一些。

27岁的周晋宇毕业于铁道警官学院，上班已经是第六个年头了。疫情发生后，大年初二，周晋宇来不及给父母打声招呼，就从银川家中来到单位上班，再没回过家。

周晋宇的父亲周云华也是一名警察，在银川铁路公安处车站派出所工作，也奋战在抗疫一线。

“我爸爸每天的工作主要是配合防疫部门对火车站进出旅客进行监测核查，尤其是对来自疫情严重省区的旅客进行重点核查，并配合乘警把列车上出现高烧、咳嗽等疑似症状的旅客移交给卫生防疫部门……”周晋宇说。

父子俩都在疫情前沿，母亲对他们的安全很担心，尤其是周晋宇作为家中的独子，母亲更是放心不下，经常打电话提醒周晋宇做好防护工作。

“我怕我妈担心，一般都是报喜不报忧，像今天在小区隔离，我也没敢告诉她，怕她‘瞎操心’。”周晋宇说。

对于儿子的工作，同为警察的父亲却非常赞赏。“既然是警察，就要尽职尽责，关键时刻就要冲在前，挺得住，顶得上。”父亲在电话中勉励儿子。

晚上 9 点，青山路派出所民警杨科来到帐篷前，接替周晋宇继续执行隔离任务。

晚上更加难熬，随着时间的流逝，小区的路灯和住户房间里的灯渐渐熄灭，寂静的夜里，连一阵风吹树枝的声音都显得那么清晰。帐篷是简单的篷布，从四周吹进来的寒风让人不仅寒冷，更觉得饥饿。但杨科看了看帐篷内单位送来的方便面和热水壶，摇了摇头，坐下来继续查看单元楼内的人员信息等。

戴着橡胶手套的双手冻僵硬了，杨科不敢摘下手套，只能稍稍活动一下双手。这时，母亲的视频电话打了过来，杨科忙摁掉，给一同执行隔离任务的辅警说了一声，到帐篷外给母亲回了电话。“科儿，干什么呢？”杨科回答：“妈，我在宿舍，准备休息了，有什么事吗？”“你爸头疼得不行，高血压又犯了，你什么时候能回来啊？”“等疫情好一点了，我一定马上回家。”杨科向母亲保证道。

杨科的父亲 1 月 10 日因脑溢血在宁夏医科大学附属医院进行手术，1 月 20 日刚刚出院。1 月 24 日，杨科春节假期回到家中，不承想只待了 1 天就接到了单位取消休假的通知。杨科没有把家里的困难告知单位领导，毅然从同心家中回到单位。

“父母需要我，但国家更需要我！”杨科坚定地说。

漫长的一夜过去了，2月5日早9点，杨科郑重地向来接班的同事报告："该隔离单元无人员进出！"

我的腿不碍事

春节前夕，新冠肺炎疫情席卷而来，灵武公安全警动员，奋力开展疫情防控工作。交巡警大队辅警王泽辉腿伤刚好，便主动请缨到车流量大的西港饭店卡点参与执勤任务。

妻子向来支持他的工作，可听到执勤一站就是好几个小时，不免心疼，小声提醒道："你腿伤还没好利索，一站几个小时，能行吗？"王泽辉边收拾装备边说："我是共产党员，又是中队的骨干，我必须上，腿不碍事。"看到丈夫态度坚决，妻子不舍地目送他离开了家。

连日来，王泽辉因久站，腿时有不适，可他依然坚守在岗位，认真地对过往车辆和人员进行安全检查，一遍遍提醒驾乘人员做好自身防护，从未请过一天假。王泽辉用实际行动践行着一名共产党员的初心和使命。

我想以党员的身份奋战在抗疫前线

"我不回家了，所里疫情防控任务重，为了更多人的平安，我还是坚守岗位吧。"2月1日，连续上班10天的李卫东坚定地告诉所长，自己不回家了，要和同事们共同抗击疫情。谁能想到这个放弃休息的小伙，刚来所里上班时还曾经萌生过退意。

2019年9月16日，李卫东通过公务员考试入警。但是工作了没多久，李卫东竟然心生去意。究其原因是老家固原离银川太远，工作量大，对

工作不适应。后来，在所领导的耐心劝导下，李卫东渐渐释然，打消了离开的念头。

警校培训3个月后，李卫东对“警察”这个概念萌生了与之前不同的想法。培训结束后他连喘口气的工夫都没有，固原老家更别说回去看看，就直接回到所里报到，一心扑在了工作岗位上。1月10日，正是所里开展基础信息采集录入大会战的时候，全所上下忙个不停，值班也从3天一个班改成了2天一个班，大家得连轴转。此时的李卫东与同事们并肩作战，越来越适应和热爱自己的警察职业。

“就是觉得愧对对象，本来打算带她见父母，等疫情过了再带她见家人。”自打入警那天起，李卫东就没有回过家，本想着年前他跟同事调换了班，春节期间带着对象回家见父母，多陪陪父母。不料疫情来了，他毅然决然地选择坚持在岗，不管是值班还是休息，李卫东都住在所里，忙着工作。

“您户口是哪里的？身体怎样？最近与外地人接触了吗？外地有人来拉鱼吗？”细心的李卫东仔细询问海吉星物流园的卖鱼商户，了解到他们不对外销售，只是居住在这里，才放下心来。2月6日，贺兰县公安局结合“百万警进千万家”活动，187名警力奔赴抗疫一线，李卫东也是其中的一员。

“我其实一直都有要加入中国共产党的想法，我想以党员的身份，不忘初心，奋战在抗疫前线。”李卫东激动地说道。

圈粉这些即将退休的“60后”老警察

“我是党员不能退！”

2月14日15时50分，贺兰县的气温骤降，寒风飕飕。

往日喧嚣的贺兰县意湖路沿街非常寂静，依稀有几家商店开门营业，宾馆、KTV大门紧闭，空气中弥漫着消毒药水的味道，三三两两来往的居民行色匆匆。“收银员怎么不戴口罩？把口罩可要戴好！”“进超市的人员可要进行登记啊，来我看看。”余炳成正在检查疫情防控工作。

说起余炳成，如意湖社区的居民都很了解他，亲切地称他“老余”。他是贺兰县公安局城关派出所如意湖社区警务室民警，1978 年当兵，1982 年入党，1991 年入警，2020 年 11 月年满 60 岁的他就要退休了。但他丝毫没有松懈，和战友们一起坚守在防疫一线。

“老余基层工作经验丰富，我们遇到啥困难就找老余，他从来不推辞。”如意湖社区党支部书记陈思说，“这次抗击疫情，老余可是我们的中坚力量，随叫随到，时刻和我们并肩作战。”

“特殊时期我必须坚持，党员、军人、警察都是我的身份，这个时候我不能退。”从 1 月 21 日开始，老余就和社区网格员开始了疫情排查工作，排查出辖区内有从武汉回来的 9 名大学生以及 17 名务工人员，其中更有 1 名是 1 月 20 日从武汉乘坐飞机抵达银川，航班中有 1 名新冠肺炎确诊患者，情况十分紧急，必须入户核查。

“我得去核实，这是我辖区的，我得叮嘱她自我隔离，得去给她量体温。”老余带着社区网格员赶往对方家中，社区网格员都劝他别上楼了，年纪大了，更容易感染，可老余没有停留。

“来，我加你微信，有什么需要告诉我，我这几天都来。为了家人的健康你们就别出去了。”经过一番紧张的检查核对、测量体温等工作，住户也配合居家隔离，老余这才安心地走了。

“疫情工作才刚刚开始，我得整理所有人员的档案。”干了 14 年的社区工作，在社区警务各项琐碎的工作内容中，老余有着自己的工作方法，人员信息、情况说明等等都一一归档。

2 月 7 日 19 时 30 分，老余整理完疫情关注人员档案，手头工作也基本干完了，这才想起来已经过了下班的点。老余的儿子在医药公司上班，儿媳是附属医院呼吸科的护士，新冠肺炎疫情暴发后，夫妻两人在岗位一线至今也没有回过家，1岁的小孙子只能托付给老余两口子，老余只能家里、派出所两头跑。

路旁的灯发出黄灿灿的光，回到家，老余消完毒准备吃口饭，再帮助老伴儿带孙子，突然电话一阵响："余叔，您赶紧来月湖名邸小区，有一户从安徽回来的居民拒不配合隔离工作，情绪比较激动，赶紧呀余叔！"

"好好，我立马过来。"老余速速吃了两口饭就走了。但凡老余出现，疫情期间的小问题、小事情就没有解决不了的。"你可别多想啊，我们这是正常的'百万警进千万家'活动。你从安徽回来，居家观察14天，需要啥我给你买，你还不信我这个老头子？"经过一番劝说，居民意识到擅自出门走动的严重性，保证按照疫情防控相关规定在家隔离观察。

"余警官，我头天告诉你，真没有想到这么晚你来了。我们南方人的习俗就是元宵节吃汤圆。谢谢，你们辛苦了。"2月8日19时，元宵佳节，忙了一天的老余和同事们依然在岗位上，匆忙干完手头的工作，他心里记着有个从南方回来的居民在家隔离，前一天给他打电话说需要一袋元宵、一瓶烧酒，于是他便买好亲自送到居民家门口。

"你也快退休了，年纪大了，家里儿子媳妇在抗疫一线，孙子还小，你还得顾着家里！疫情期间很危险，这个年龄也是最容易染病的，你过年就别值班了，社区工作有年轻人。"城关派出所教导员马学军劝老余。

"这可不行，我的辖区我得守护！我当过兵，是老党员，疫情不退我也不退休。”老余就是这么倔强，从疫情暴发那一刻起，巡逻走访、咨询求助、调解纠纷、接处警情、服务群众，这都是他的“必修课”。

当好战“疫”内防外控指导员

“我是组织的一员，哪里有需要，我就出现在哪里。作为老党员、老民警，在这个特殊时期更应该以身作则。”54岁的大武口区公安分局朝阳街派出所教导员金玉明，年龄与所里年轻同志相比大很多，但在平常的工作、生活中，他没有因自己年龄大而摆资历、少做事，他始终以共产党员的标准严格要求自己，兢兢业业、履职尽责，尤其在疫情发生后，他更是主动申请到卡点抗疫一线工作。

在做好外控的同时，金玉明还指导全所扎实做好内部防范，在派出所出入门口铺设消毒地毯并不间断地喷洒消毒液，对来访与办理业务人员一律进行严格的体温测量，指定人员每日重点对所内食堂、宿舍、办公室等公共区域和卫生死角进行全面的药水喷洒消毒和清理等防疫工作，定时对楼道、公共设施、垃圾箱等进行清理消毒，在保护自己的同时又保障了办事群众的安全。

当好战“疫”卡口一线引导员

殷泰安，1966年1月出生，大武口区公安分局朝阳街派出所副所长。参加工作以来，殷泰安干一行爱一行。虽然身为派出所副所长，但他也是基层的社区民警，有着自己分管的“责任田”。与平时的执勤工作相比，这次疫情防控工作任务更加艰巨。

面对来势汹汹的疫情，殷泰安始终坚守为民初心，以群众的安全作为首要任务，即使在身患冠心病做过心脏搭桥手术的情况下，他还是主动请缨冲在前沿。一个标准的敬礼——“车主好，请您打开两边车窗，减速慢行至前方处配合测下体温，谢谢。”参加同城大道卡点执勤的殷泰安每天不断重复着一个动作和一句话。他在寒风中坚守，严格指挥引导过往车辆定点停车，对车上人员进行防疫筛查，以自身行动诠释着一名老党员的奉献。

当好社区防疫知识宣传员

孔连荣，1963年5月出生，自参加公安工作以来先后在石炭井分局、市公安局、大武口分局等部门工作。2009年5月，他被调整到朝阳街派出所担任社区民警。

参加公安工作39年，孔连荣参加过无数次春节执勤，与往年不一样的是，今年他担负起了在疫情战斗一线的重任。他说："面对疫情，全国人民都在争分夺秒与时间赛跑，我是警察，更是一名共产党员，这个时候我更要不折不扣地完成好各项工作任务！"他是这样说的，在开展社区摸排核查重点人员与宣传疫情防控等工作中也是这样做的。

"大家要做到出门戴口罩，在家多开窗通风，平时少扎堆、勤洗手。"孔连荣一手拿着宣传资料，一手持着小喇叭，深入社区为群众宣传普及防疫知识。他说，这样做主要是为了让老年人群体做好自我防护，他们很多人不识字，也不会使用微信等新社交工具，有了小喇叭，可以确保疫情防控宣传全覆盖。他的热心得到了过往群众的高度认可和广泛赞誉。

当好社区群众健康安全守护人

1965年1月出生的薛培基，是朝阳街派出所的一名老民警，自从加入公安队伍以来一直扎根在基层派出所，把自己的光和热都无私地奉献给了他所热爱的公安事业。

疫情来袭，接到全警进入战时工作状态的通知后，作为一名老党员，他始终牢记职责所在。不论是卡点值守还是深入社区开展走访摸排工作，他总是带领辅警、户管走在最前沿。他的身影出现在社区的每个角落，耐心宣传讲解疫情防控知识，与社区网格员、志愿者、卫生防疫等部门工作人员一道摸排重点疫区往来人员。

同时，他还不厌其烦地反复叮嘱辖区群众戴好口罩，少出门，做好自身防护。走访中他还力所能及地帮助群众排忧解难，用自己的一举一动体现着“为民”二字，践行着从警初心，诠释着一名老民警的担当。曾有居民问他：“老都老了，还这么拼命干什么？”薛培基笑笑说：“能够保护一方平安，对得起自己头顶上的警徽就行。”

这些可亲可敬的“60后”，虽然都已年过五旬，但他们依然坚守岗位，尽职履责，全身心投入工作。岁月不经意间染白了他们的双鬓，却不曾改变他们无私奉献的忠诚本色。抗击疫情，他们主动作为、迎难而上，用实际行动书写着人民警察的忠诚与担当，用党员的先锋模范作用引领着年轻同志勇敢向前！

战"疫"一线尽显巾帼风采

她们原本柔弱
从警就注定坚强
面对疫情
她们选择无畏地站立在寒冬
阻击疫情一线
她们是孩子，是母亲
也是警察，是党员
面对集结的号令
她们用义无反顾的誓言践行忠诚
用女性特有的坚韧和细腻
扛起疫情防控的重任
展现巾帼风采

金凤区公安分局国保大队民警　于春红

这个春节，大年三十、初一于春红都在岗位，原想交班后利用剩余的假期回老家看看一年多未曾见面的父母，可初二下午接到单位通知，要求初三全员上班。面对突如其来的疫情，金凤区公安分局所有人员齐上阵，没有请战书，没有战前动员，但每个人的心中都铆着一股劲：阻击疫情，人民警察义不容辞！

于春红说，为了第二天检疫站的工作保质保量完成，她头天晚上早早就上床休息，但是一晚上翻来覆去只睡了两个小时，脑海里一帧一帧放映着执勤时会出现的各种状况和要应对的措施。

同是警察的爱人为她设置了6点的起床闹铃，并且早早起床做好早餐；女儿则拿来抗病毒合剂喂她喝下去。临出门时，老公、女儿两人紧紧和她拥抱，为她鼓劲加油。第一天在检疫站执勤，于春红穿了3双袜子脚还是冷得不行。为了保护唯一的一套防护服，减少上卫生间的次数，她一天没喝一口水。

一站一天，回到家，于春红的腰和脚痛得仿佛已经不是自己的了。完成任务顺利交班，她心里暗暗佩服自己，为自己的坚持喝彩。第二次执勤，开车行驶在灯火通明的正源街，看到往日里车水马龙的大街上几乎没有几辆车时，于春红的心里一阵暗殇。为了往日的繁华，她内心的信念更加坚定——没有一个严冬不可逾越，没有一个春天不会到来，只要心中有爱，这场战“疫”，我们必赢！疫情在前，警察不退，这是我们立下的铮铮誓言！

西夏区公安分局网安大队民警　马俊玲

今年的大年三十、初一，马俊玲都在单位上班，初二是她的生日。早上下班回去休息了一会儿，原本她想回固原去看看父母和家人，但车走到半路，就接到了初三全警上班的通知。遥望着远方就要回去的家，马俊玲给父母打了个电话，即刻返回。

此次疫情，马俊玲在北京路和银川市绕城高速公路路口，联合多部门对过往车辆和人员进行检查。每次上岗前，她要穿上警服，还要佩戴警用装备，穿上厚厚的防护服行动很不方便。“单位的防护服不够，几乎都保障给女民警，每次上岗前，局长和队长都再三叮嘱要注意安全，下班后把防护服喷上酒精挂起来下次再用。”在执勤中，有外省进宁的群众不理解，非要坚持进城，需要做思想工作才能解决问题。

2 月 3 日，寒冬中 12 个小时站下来，马俊玲觉得自己都快冻僵了，护目镜上结了一层厚厚的冰，可她却说：“我是共产党员，疫情在前，警察不退，这是我们立下的誓言！请党和人民放心，我们一定会守好我们的城市。”

兴庆区公安分局解放西街派出所民警　郭延淼

大年初一，郭延淼在户籍室上班。一年没有回家的她，早已经买好初二晚上的火车票准备回青海看望父母，可下午接到单位通知取消休假。郭延淼打电话告诉父母自己回不去了，父亲叮嘱她说：“我们在家都挺好的，你要服从组织安排。你是党员，要把活干在前面。”

回到所里，得知检查站和卡点值班的警力紧张，没有安排卡点值班的郭延淼告诉所长吴学林：“我是党员，让我去一线检查站执勤吧。”

每天去检查站、下社区，这个25岁的瘦弱小女警天天忙碌着。“我家又不在这，我也没啥负担，我啥活都能干。”她说，“我不能回家与父母相聚，因为我肩负重任，必须逆风飞翔！作为一个‘90后’姑娘，我选择了人民警察这份光荣的工作。从学校毕业来到宁夏工作，一个远离家乡、父母却处处美好的地方！在我的生命里，这里已经是我的第二故乡。”

西夏区公安分局刑警大队技术中队教导员　吴佳璠

吴佳璠，作为“80后”女警，正是上有老、下有小的时候。她的丈夫在金凤区公安分局刑警大队，工作比她还忙，已经多日没有回家。但是面对工作任务，作为“双警”家庭的她，作为一个1岁孩子的母亲，既要在高强度的疫情防控工作中战斗，又要全力做好技术中队的各项工作，只能把孩子交给年迈的父亲看护，可她从没喊过苦、叫过累，也从未向组织要求过照顾。

她说：“这是一名警察应有的担当！”问她怕不怕疫情，她说不怕是假的，外出执勤检查肯定会有风险，但是为了肩上的使命她必须去做，不是为了追求荣誉，而是为了群众的安全，为了对得起自己头顶上的警徽。2月4日，是可爱的儿子团子1岁生日，吴佳璠利用中午吃饭的间隙，在朋友圈发了一条“我的小臭臭今天1岁了，爸爸妈妈因为工作的关系不能陪你一起过生日，祝我的宝贝永远健康、开心！”的消息之后，又

信息准确可追溯
智慧疫-入口登记二维码
青铜峡市公安局温馨提
凡进入青铜峡市辖区的车辆及人员，请
码，真实填报个人相关信息，提交成功后到
核验通过后，方可进入，请您积极配合。（

赶紧回到执勤岗位上。缺席孩子 1 岁生日的珍贵时刻，吴佳璠有些遗憾，但她并不后悔，从穿上警服的那一刻开始，她就在诠释从警和入党时的铮铮誓言。

西夏区公安分局刑警大队技术中队民警　张洁

张洁，一名“96 后”女民警，自 2018 年 9 月分配至刑警大队技术中队担任技术民警以来，始终保持着良好的政治本色和警察品格。她热情开朗，待人诚实，在对警察这个神圣职业的无比热爱中，用无悔青春实现着自己的人生价值，用青春激情感染着警队的每一位队员。别看张洁瘦瘦高高，却有着一股不服输的倔强劲儿。平时对工作就认真负责的她，当得知大队疫情防控压力大增的情况后，没有畏惧和退缩，自告奋勇主动要求到一线参战。

执勤第一天，因车流量大，她一站就是四五个小时，体重只有 45 公斤的她值完班后已是筋疲力尽。她毫无怨言，深知自己守护的不仅仅是一道防线，更是背后首府银川的安全……

银川市拘留所辅警　哈红霞

疫情暴发后，拘留所的日常医疗防护工作就成为重中之重，尤其是巡诊、测量体温、发药和消毒工作。关键时刻，哈红霞安排好家里的两个女儿，坚守在工作岗位上，协助监管门诊部的医生巡诊发药，按照要求每天对被拘留人进行体温测量和登记，给监区的各个角落消毒，力所能及地为抗疫做着自己的贡献，以实际行动兑现了“疫情就是命令、监区就是战场”的庄严承诺。

银川市看守所综合科辅警　王海萍

凌晨两点，王海萍被一阵急促的电话铃声吵醒，电话那头，传来婆婆焦急的声音：“孩子一会儿工夫拉了4次，哭闹不止。”儿子才1岁多，白天婆婆就打电话说孩子有些腹泻，因为着急完成手头的工作，王海萍只是简单地叮嘱了几句，并没有太在意。而此刻的她一边为自己的粗心大意懊恼不已，一边一遍又一遍地给丈夫拨打着电话。一遍、两遍……连着打了7遍都没能将睡梦中的丈夫吵醒。

王海萍的丈夫是永宁县公安局刑警大队的民警，年前就在办理一起偷羊案，本来可以利用春节好好休息几天，可接到局里的命令后，便又义无反顾地投身抗击疫情一线，与同事一起加班加点入户核查疫情确诊人员轨迹及密切接触人员相关信息。丈夫在抗疫一线执勤备勤，自己在监所内执行封闭管理任务，6岁的女儿、1岁多的儿子均由年迈的婆婆一人照顾，而此时儿子腹泻不止，王海萍第一次感到无助。寂静的夜，漆黑的楼道里她一遍遍拨打着丈夫的电话，终于第11通电话接通了。王海萍哽咽了，一边埋怨丈夫未及时接听电话，一边叮嘱丈夫赶快买些止泻药送回家去。

银川市看守所狱侦科辅警　桂苏霞

桂苏霞的父亲患有肺癌，先后几次辗转宁夏、山东两地进行治疗，此时又即将前往山东老家进行手术。尽管如此，这也丝毫没有动摇桂苏霞请缨执行第一批封闭管理任务的决心。封闭管理后，桂苏霞每天都会给家里打电话，询问父亲的身体状况，但挂断电话的那一刻，她却总是抑制不住自己的泪水。2 月 3 日夜里，桂苏霞从疼痛中醒来，不知道为何眼睛疼痛不已，并且看不清楚。就这样坚持到了早晨，眼睛已经肿成了小灯泡，所医务人员检查后确认是结膜炎。所领导指派医务人员带桂苏霞去眼科医院检查，但却被她拒绝了，她拿着医务人员开的几瓶眼药水回备勤区休息了一上午，便又重新返回了工作岗位。

桂苏霞的丈夫是银川市公安局特警支队的一名民警，作为“双警”家庭，加班、停休已成为桂苏霞夫妻俩的生活常态。桂苏霞说，对父母他们深感愧疚，也错过了孩子成长中太多的第一次。每当想起这些，她就觉得亏欠老人、孩子太多太多。

面对疫情

她们克服困难

始终坚定值守、忠诚奉献

用实际行动

谱写着女警的故事

这场战“疫”有你们，必胜

“我年轻又是党员，能扛，让我上！”“我是老党员、老民警，这个时候更应该冲在前面，给年轻人做表率。”“我自愿 24 小时在所里待命，个人的力量虽小，但我要全力以赴。”“我的身体没问题了，我要回到工作岗位上和战友们一起抗疫。”

一个个站起来的身影
一句句铿锵有力的回应
关键时刻

他们挺身而出、勇担使命

在防控一线默默奉献着自己的力量

他们是防疫先锋

“我年轻又是党员，能扛！”

手机闹铃响了，金凤区公安分局缉毒大队副大队长马涛摘掉手套，搓搓冻僵的手，笨拙地将闹铃关掉，一看，凌晨 4 点 30 分，他走进移动板房，准备暖暖身子。因为值夜班，害怕自己在休息的时候不小心睡着误了事，他总是习惯隔一段时间就定个闹钟让自己时刻保持清醒。

亲水南街与正源南街的交会处，是银川绕城高速通往市区重要的卡口通道。为全面抗击疫情，做到不遗漏，2 月 5 日，金凤区公安分局按照上级的指示，根据实际情况，将金凤辖区原先的 4 个卡口增加为 6 个，此检查站由马涛负责带领一组人员驻守，严把防疫关口。

“让女同志和老同志白天值，把我排到晚上吧，我年轻又是党员，能扛！”马涛自告奋勇把自己排到了夜班。初春的空旷夜晚，冷风依旧刺骨，不一会儿脚就冻木了，护目镜上的气还未散去，眼睛又被风吹出了泪花。空旷的街相比白天的喧嚣显得极为安静，马涛回到板房，掏出手机，再次翻出了 2 月 2 号小儿子过生日的照片，“周岁生日快乐”，他小声嘟囔着，眼角湿润了。他明白，这个年，有多少人像他一样回不了家，不能度过本应与家人团聚的特殊时刻，因为他们的肩上扛着“责任”二字。

亲水南大街卡口的工作量在几个点位上来说算大的，最多一天共检查通行车辆 3046 辆，随车人员 5004 人。重点车辆人员核查、维护检查点秩序、防护物资调配、配合安置或隔离疑似患病人员、数据统计……一天下来，看似不大的检查点，马涛来来回回能走上万余步。除此以外，还要随时处置突发情况，他脑中的弦始终绷得紧紧的。作为检查点公安负责人，为了更好地与其他部门配合，安顿好执勤人员的休息、饮食，他一有好的想法或消息就会第一时间与站长进行沟通，几天下来，大家就熟络了。“小马，你别‘溜达’了，快来吃饭吧，都凉了。”马涛经常听到站点上的工作人员呼唤他，饭虽然凉了，但心里暖暖的。“谢谢你们，辛苦了，再见！”一位群众登记完信息挥挥手走了。“基本上每天都能听到群众的这些话，一句辛苦了就足够了，一切都值！”虽然看不到笑容，但大家都能感受到马涛心里那股高兴劲儿。一次遇到一个反复核验后体温仍然偏高的人员，按照要求，必须要送到指定医院检查，对方不配合，很抗拒。站点上的年轻人搞不定，焦虑地来回踱步，马涛示意他们先缓缓，等对方情绪稳定后，他从政策、情感、心理，也从自己身边的例子一点点说起，不一会儿，对方特别配合地同意去医院检查了。“我非常能理解他们的心情，不论是感染上病毒还是普通的感冒发烧，这时候其实最需要别人的关怀和爱。”一句话点透了在场的年轻人。

带病请缨参战，坚守抗疫一线

自疫情防控工作开展以来，疫情牵动着每一个人的心，也牵动着生病在家康复的西夏区公安分局西花园路派出所民警宋占雄的心。作为一名老党员、一名多年奋战在公安一线的老民警，宋占雄主动请缨要求回到工作岗位，带病坚持工作，用实际行动为警徽争光。

宋占雄自担任派出所班组负责人以来，勇挑重担，带领班组人员全身心地参与到值班备勤、调解纠纷、办理案件等各项工作中，熬夜加班已是家常便饭，宋占雄的身体一直处于高负荷、紧张的工作状态。

2019 年 12 月 29 日值完班后，宋占雄继续带领班组人员加班加点结束 4 名违法行为人的行政拘留，12 月 30 日 22：30 左右回家中，因心脏不适，被家人立即送入医院进行了急救。2020 年 1 月 9 日，宋占雄做了心脏射频消融手术。在恢复期间，宋占雄还一直念叨着未完成的工作，用微信或打电话的方式督促班组人员完成时限将要到期的案件。

大年三十，在微信群里看到全体民警、辅警团结一心、全力以赴为坚决打赢抗击疫情攻坚战的宣誓时，宋占雄按捺不住了，主动请缨要回到所里工作。派出所领导考虑他身体还很虚弱，告知其还是在家好好养病。

“现在疫情这么严重，哪都离不开人，自己的身体自己清楚，我在家怎么能待得住呢？同志们都为抗击疫情舍小家顾大家，奉献着自己的一份力量，我作为一名老党员、老公安民警，要率先垂范，我要回到工作岗位上和战友们一道抗击疫情。”终于回到岗位上的宋占雄根据所支部的工作安排，担负起了值班备勤、接处警、调解纠纷的工作，以所为家，全天连轴转。每天面对庞杂的工作，他秉持着不卑不亢、落落大方的工作态度，处理着接处警、调解纠纷等烦琐的日常工作，没有一句怨言，用初心和担当站好每一班岗。

这是属于他们的战“疫”答卷

一个支部就是一个战斗堡垒，一名党员就是一面旗帜。疫情当前，他们用自己的实际行动书写着战“疫”答卷。

连续奋战 18 个昼夜的 57 岁老党员

王学宁是苏银分局长河派出所一位阻击疫情的“先锋兵”。自开展疫情防控以来，他连续奋战 18 个昼夜，时刻以最美逆行者的担当和必战必胜的信心，充分发挥着一名老党员的模范带头作用。

1 月 24 日，苏银分局全员停休上岗，迅速展开全方位的疫情防控工作部署。作为苏银产业园防控疫情的第一道“防线”，青银高速滨河新区出口防疫站需要立即启动，开展 24 小时不间断的防控监测。接到指令后，王学宁第一个主动请缨，也就是从这一天起，他便以一名 57 岁“普通老兵”的身份与大家一起冲锋奋战。由于防疫站一些相关设施设备还在连夜完善，工作环境比较艰苦，尤其是在夜晚，防护装备密不透风，白天工作的汗水在刺骨寒风中逐渐凝结成冰，硬邦邦地贴在身上，又难受又冻。

要守好岗，后面可是万千群众的安危，不能掉以轻心。看着来回踱步却始终坚守岗位的王学宁，防疫站的工作人员对这位老同志的坚守既心疼又无奈。直至第二天早晨，分局抽派一名年轻民警替换王学宁，此时已经坚持了十几个小时的他，双腿麻木，坐在回单位的车内倒头便睡着了。

“疫情这么严重，作为一名老党员，社区就是我守护的战场。”被替换下来的王学宁，本应在家休息调整，但他深知疫情防控工作任务繁重，单位人手又不足，便不顾单位和家人的劝阻，再次投入到社区警务管理工作中，这一干又是 10 多个昼夜。“老王真是拼了命了。”王学宁的拼劲打动了同是 50 多岁的老战友顾汉，“一起工作这么多年，老王总是不吭不响地干在前面。”正是凭着老党员的担当，王学宁白天与社区工作人员走街串巷，一天十几公里挨家挨户宣讲防疫知识、发放防疫知识手册、张贴宣传海报、悬挂宣传横幅；晚上又化身“数据统计员”，对辖区的各种情况逐一梳理分类、造册登记。尤其是辖区 11 名湖北返银人员的居家留观工作，成为了压在他心里的一块石头。为了让这块石头落地，他把每天通过微信视频督查测量体温干成了常态。

“老王虽然年龄大了，但总有一股不服老的劲头，干什么都是踏踏实实、认认真真。”提到王学宁，长河派出所所长李波说，“尤其是在这次疫情防控工作中，比年轻小伙子都能奔波，前前后后就没休息。”作为苏银分局的一名老党员，王学宁是干一行爱一行，时时干在前、冲在先，以一名党员的先锋模范作用带动鼓舞身边的同事勇敢向前。

抗疫一线的“60后”民警

马忠海，西吉县公安局一大队民警。55岁的他，警龄35年，党龄24年。大年初一，马忠海接到全警停休备战抗击新冠肺炎疫情的指令后，不顾自己常年多病的身体，主动请缨，深入到火石寨检查站开展疫情防控工作。

作为老党员、老民警，他仍然冲锋在前、干劲十足，全身心投入到这场疫情防控阻击战。半个多月，马忠海充分发挥党员模范带头作用，没有回过一次家，严格盘查过往的每一辆车、每一个行人，测体温、查物品、登来历、记去向，不放过任何可能影响疫情的线索和情况，累计盘查登记过往车辆1200余辆、行人2300余人，为把好西吉县西北大门默默奉献自己的力量。

马忠海以实际行动彰显了共产党员、公安民警在困难面前勇于担当、无私奉献的优秀品格和敬业精神，同时也激励着更多的年轻党员民警以更加昂扬的斗志、饱满的热情奋战在抗疫前沿。

“疫情当前，我怎么能退后”

从大年初一至今，永宁县公安局杨和派出所党员民警王瑞军仍奋战

在疫情防控第一线，家里两个年幼的孩子全靠妻子照顾。

“哈哈，你媳妇不会有意见吗？”同事调侃道。

“不会，她已经习惯了，疫情当前，我怎么能退后呢。”王瑞军笑嘻嘻地说道。就是这样一个乐天派，在疫情防控中总是主动担当作为。在辖区巡逻过程中，他发现许多商铺店主防控意识薄弱，扎堆聊天的老头老太太也有很多。为引导大家正确理解、积极配合疫情防控工作，他走遍了辖区营业的商铺，为大家积极讲解疫情防控知识，发放宣传彩页。

疫情防控初期，所里的后勤保障还不是很到位，缺少消毒用的酒精。王瑞军看到后，想到大家每天工作总是很危险，就跑遍市场，自掏腰包买了喷壶和 4 桶酒精，一一派发给所里每个人。

守护平安是我的职责

在石嘴山大武口区青山路派出所防控战线上，有这样一对“夫妻兵”。他们在不同的岗位上，用忠诚守护平安，为全面打赢疫情防控阻击战共同努力、逆行而上，他们是协警赵建平和妻子阿丽玛。

赵建平是青山路派出所协警，50 岁。疫情来袭，从大年初三开始就没有休息过，每天跟着民警不是走访入户核查信息，就是开展治安防范工作，忙得连轴转，偶尔休息回到家里，累得都不想动。妻子阿丽玛，47 岁，在家专心照顾丈夫和两个儿子。看着丈夫忙得不可开交，她主动向青山路派出所副所长王占义提出了“参战”请求，希望为疫情防控工作贡献自己的微薄之力。得到王占义的同意，2 月 9 日，阿丽玛到青山路派出所“报到”。随即，被分配跟随社区民警吴红开展入户登记工作。

“守护平安是我的职责，我虽然是一名协警，但我觉得我就是人民警察中的一员，我要坚守好岗位，打赢这场没有硝烟的战斗。”赵建平说。阿丽玛则说：“疫情面前，我们是夫妻，更是战友，我愿与你一起共同抗击疫情。”

心疼，6 岁警宝隔空向爸爸要抱抱

一段 10 余秒的视频，却瞬间让人泪目。

视频画面中，一个 6 岁的女孩子对着家里的摄像头，想和爸爸共同欣赏她的画作，向爸爸隔空要抱抱。视频的最后几秒，她终于忍不住哭了，对着摄像头哭着喊“爸爸、妈妈”……

视频中的小女孩叫瑶瑶，只有 6 岁零 1 个月，是固原市公安局派驻西吉县吉强镇前嘴村第一书记张琳的孩子。

疫情发生后，张琳和在固原市粮食和物资储备局工作的妻子刘茜同时返回了工作岗位。

张琳每天配合村干部及时做好疫情防控登记排查、宣传防范等工作，常常是早上群众还没起来，他们已经去敲门了，晚上直到村子里最后一户人家的灯光熄灭，他们才回到村部。

刘茜所在的单位，承担着疫情期间粮油和应急物资储备保障，工作任务也很重。

这种情况下，夫妻俩不可能把孩子带在身边。

双方父母身体都不好，为不给老人额外增添负担，他们只能把孩子一个人安顿在家里，工作间隙通过家里安装的摄像头，看看孩子的情况。

视频画面，是夫妻二人在查看视频记录的时候看到的。

孩子一个人画了画，拿起来冲着摄像头想给爸爸妈妈看。当时，夫妻俩正在工作岗位上，都没有回应。最后，瑶瑶终于忍不住哭了起来……

刘茜看到视频后含泪发到了朋友圈：“那一声声爸爸妈妈揪得我心疼……孩子爸是警察，也是我们娘俩指望不上的人……”

虽有埋怨，但是刘茜还是很理解支持丈夫的工作：“我知道，这样的特殊时期，像我们这样无助又无奈的人很多，警察、医生、护士，那些自愿前往防控一线的党员干部，还有我的同事们，他们哪个不想安安静静、舒舒服服地待在家里，哪个不想陪陪家人，可是，他们肩上有责任，他们必须逆行！”

宝贝瑶瑶，虽然你的爸爸不能给你一个温暖的抱抱，但是他却给了更多人一个安全的“拥抱”。将来有一天，你一定会理解爸爸，更会为爸爸而骄傲！

（摘自中国警察网　作者：苏婕　刘小强）

一身警服三代传承
集结号下两代人同战“疫”

“吃饭了吗？爸爸这儿封闭出不去，没办法给你送饭，你把身体照顾好。出门一定要做好防护，保护自己也是对别人负责。”2月13日中午，银川市公安局监所管理支队民警李军跟女儿视频聊天。他们已经有20天没见过面了。

李军家是一个警察之家，妻子李素梅是银川市看守所女子管教大队民警，女儿李斯妤是金凤区公安分局刑侦大队民警，女婿金英杰是兴庆区公安分局富宁街派出所的民警。这次疫情防控，一家四口全部上了前线。平时见不到面，牵挂和想念都是通过电话、视频来表达。

1月23日，银川市公安局监所管理中心全面启动封闭式管理模式，中心所有后勤管理保障都交由李军负责。李军成了将近3000人的大管家。

民警、辅警工作所需和困难，被监管人员动态，消毒、加强防护等疫情防控工作，封闭式管理期间人员餐饮、住宿、洗澡等生活问题，食材检查把关、厨房卫生、物业水电暖等各种事项，他都亲自过问，仔细检查，确保万无一失。

“每天早上7点先去厨房查看，再到院子里巡查，我们这儿大概700亩大，每天总得转几圈。”李军说。

妻子李素梅和李军在一个院子工作，但工作七八天，两人见面不过两次。

从警29年来，李军先后在多地担任领导职务。

2017年的一天，李军在检查工作时，突然晕倒在地。“当时不省人事，被同事送去医院抢救。”而在此前他已晕倒过3次。工作劳累、长久失眠都是他发病的原因。“前前后后晕倒过5次，这样的身体状况太影响工作。”为此，他主动申请辞去领导职务，成为一名普通民警。

虽然不再是领导，但李军的工作热情和责任心却一点没少。

疫情防控命令一到，监管中心需要封闭管理，要留2名人员值守。“我没有考虑过李军，他身体不好，家里老父亲生病在床需要陪护，而疫情防控第一批留守的人一定是最累的。事情繁杂，很多事情还理不出头绪，需要耗费很大心力，李军实在不是合适人选。”监管支队支队长王宇说。但挨不住李军再三请求，他成为单位疫情防控冲在最前面的人。

“虽然不是领导了，但这身警服依然穿在身上，职责刻在骨子里，更何况，作为一名共产党员，冲锋在前是应该的。”李军说。

“父亲是一名警察，小时候觉得特别自豪，很荣耀，认为警察就是英雄。”李素梅说。长大后，她毅然选择接过父亲的接力棒，继续做一名“英雄”。每次帮群众解决完问题，换来群众真心实意的感谢，这份成就感，更坚定了她最初的选择。

李军的父亲也是一名从警 30 多年的民警，老一辈的爱岗敬业、忠诚奉献，让李军和李素梅深受影响。而李军和李素梅的职业初心和本色，又影响到了女儿李斯妤。

一家四口两代人，从春节前夕开始都各自坚守在抗击疫情的一线。李斯妤和爱人金英杰每天入户核查、协助社区工作人员检测体温、核查重点人员、治安巡逻，连续多日战斗在疫情防控的岗位上。

（摘自《宁夏日报》 记者：智慧）

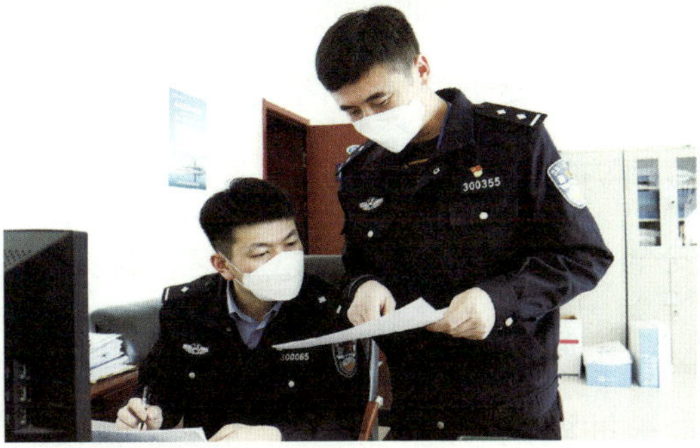

儿女出生时两次缺席

2020 年这个春节，对吴忠市公安局治安支队副支队长徐亮来说有些特别。

2 月 9 日，他的妻子顺利生下了一个男孩，儿女双全，组成了一个“好”字。“等疫情解除了，我会好好陪你和孩子。”2 月 10 日，徐亮对妻子许下诺言。这是他第二次缺席陪护假。

深怀愧疚的徐亮奔向阻击疫情一线。疫情防控工作开展以来，徐亮加班加点制订应急预案、社会面管控工作方案等文件资料，积极与卫健部门沟通联系，做好数据收集整理汇总等工作。白天在办公室工作，晚上到卡点执勤，为了不给家人增加感染风险，他吃住都在单位。

2月8日，他仍然坚守在工作岗位。陪护假审批手续履行到一半，在没有和妻子商量的情况下，他主动放弃假期，向支队递交了继续参与疫情防控工作决心书。“没有大家的安宁，哪有小家的安居，只有大家安全了，小家才能安全。”这是徐亮写给妻子的家书。

说起家庭，徐亮坦白内心怀有愧疚。女儿2016年7月出生的时候，他被抽调到市局，因工作需要一直没有请假。这个春节，他原本打算在家好好照顾妻儿，但是这场突如其来的疫情把他和家人的计划打乱了。

妻子明白，作为人民警察、共产党员，冲在一线是丈夫职责所在，她选择理解他、支持他，叮嘱他注意防护。

（摘自《宁夏日报》　记者：苏峰）

一家三口警察
同日赴战“疫”前线

1月24日，正值除夕。团圆饭还没端上桌，电话响了。“单位下达了封闭执勤的紧急通知，明天一早就走。”放下电话，银川监狱民警马千里说。妻子哈荣蓉一怔，没有多言。

第二天一大早，简单收拾了一些个人用品，马千里匆忙赶往单位，出了门又折回来，嘱咐妻子：“我去值班，得封闭好几天，两个孩子就辛苦你了！”

丈夫前脚刚出门，在银川市公安局金凤分局国保大队工作的哈荣蓉也开始收拾行装，准备出发——她也接到了去卡

口执勤的通知。没有办法，她只得拜托婆婆帮忙照顾两个年幼的孩子。

就在同一天，马千里的父亲——永宁县公安局国保大队民警、有着20多年党龄的老党员也接到了战“疫”通知，上了前线。

一家三位警察，同日奔赴战“疫”前线。

在银川监狱，像马千里这样与家人一同在抗疫一线的家庭不在少数。

还有他，还有她，还有他们……携手抗疫。

不计名利，看淡得失，只为更多家庭团圆、健康无忧。

（摘自《宁夏日报》 记者：秦磊）

疫情结束想好好陪陪孩子

每每看到小女孩张开双手隔空求抱抱的画面，都能触及乔祯的泪点，因为这总会让她想起自己的女儿。

乔祯是中卫市公安局滨河派出所的一名社区民警，更是一个 4 岁孩子的母亲，她与丈夫——中卫市公安局沙坡头区分局巡警大队大队长寇明伟并肩冲锋在前，无法照顾孩子，二人心中充满愧疚。

防控疫情一线，寇明伟每天带队巡逻，巡查酒店和娱乐场所，清理各类闲杂聚集人员。

从农历腊月二十八开始值班，寇明伟没有休息过一天，偶尔回家一次也匆匆与家人道别。作为网格长，他的辖区内有最大的蔬菜批发市场，每天人来人往，他必须做到心中有数。

“师傅，你是从哪来的？请出示一下身份证和驾驶证。近 14 天与疫情重点地区人员有没有过接触？请测一下体温。”寇明伟和他的同事坚守在沙坡头区的大街小巷已经 10 多天了，每天 24 小时轮班在街面巡查、执勤、登记。

作为一名社区民警，乔祯负责11个小区8000多户2万多人。由于对辖区情况了解，乔祯带领辅警承担起走访排查及宣传等工作，每天都有忙不完的活。“特殊时期，不止我一个人，大家都在往前冲。”乔祯说。

疫情突如其来，双方老人来不了中卫，夫妻二人只好将女儿留在家里。“女儿很独立，安全意识很强，这可能和我们的工作忙有关吧。”乔祯说。虽然如此，她心里也会担心，一有时间就拨通电话和女儿视频，随时了解女儿的情况。

“疫情结束了就想好好陪陪孩子。”乔祯说。

（摘自《宁夏日报》　记者：刘惠媛）

站好最后一班岗

疫情来势汹汹，海原县公安局全体民警、辅警奋战在疫情防控第一线。这些人中，有一些临近退休的老党员、老民警，他们用兢兢业业的行动，站好警察生涯的最后一班岗。

参加工作 36 年的海原县西安镇派出所民警金玉宏一直扎根基层，临近退休却遇上突如其来的疫情。好多同事都劝他在办公室备勤，不要去一线执勤，但他迎难而上："我作为一名老党员，怎能退后呢？一定要带领年轻同志冲在最前线！"

金玉宏每天都要进村摸排人员信息，宣传疫情防控知识。

走访工作强度相当大，年近花甲的他依然和年轻民警一样，宣传、核录、疏导、劝返……每项工作、每个细节都一丝不苟，从来没有因为年龄大而有丝毫懈怠。他说：“从警生涯就要结束了，真有点恋恋不舍，但遇到这种情况，作为一个老党员、老民警，要义无反顾地在第一线站好最后一班岗。”

同事喜欢叫他“老金”。“他就像老父亲一样，在工作中严格要求我们，在生活上百般照顾我们。”年轻民警李志虎说。“我们担心老金身体吃不消，一直在劝他多休息一会儿，让年轻民警多干一点。可老金犟得很，坚持在一线执勤，挨家挨户宣传疫情防控相关知识。”西安镇派出所所长李成鹏说。

战“疫”打响后，海原县公安局临近退休的老党员、老民警纷纷主动请战，带着忠诚誓言，义无反顾地奋战在阻击疫情的最前线。

（摘自《宁夏日报》 记者：王文革）

长大后我就成了你

在疫情防控一线，他们都是社区民警，是父女，亦是战友。

“入户要注意方式方法，一定要戴口罩、勤洗手，辖区不放心的地方就多去看看……”1月28日，银川市兴庆区公安分局前进街派出所社区民警李佳丽接到父亲李玉忠打来的电话。父亲是平罗县公安局城关镇派出所星海社区民警，有着十几年基层公安工作经验，抽空就指点女儿。

1月23日晚，刚回到平罗准备与父母过个团圆年的李佳丽接到返回单位的通知。与此同时，李玉忠也接到了同样的指令。父女俩分别连夜赶往单位。

路上，李玉忠给女儿李佳丽发去微信：“你到岗后，要到辖区农贸市场、宾馆等重点场所进行防控，多联合社区居委会开展走访。”

（摘自《宁夏日报》　记者：李锦）

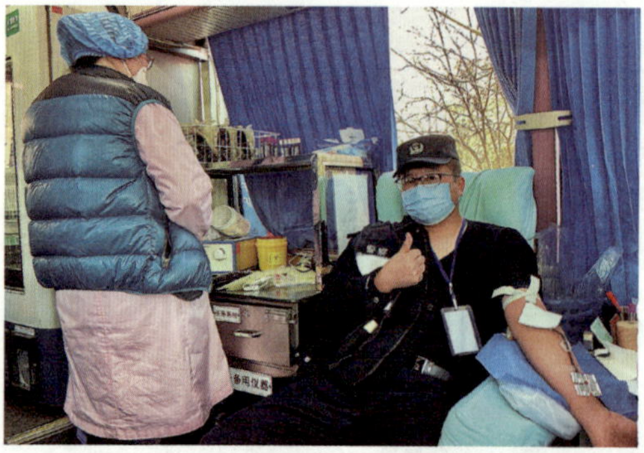

我是退伍军人，必须挺身而出

“爸爸，你什么时候回家啊？”“爸爸，你为啥不回家吃饭？”好久没有见到爸爸的久久，奶声奶气地问。

2月7日12时，在抗疫一线工作10多天的贺兰县公安局城关派出所辅警李捷终于回了趟家，却没有上楼进家门。最近工作在抗疫一线，接处警、录信息、调纠纷……为了安全，他在车里吃了饭，妻子端来他最爱吃的鸡蛋面，妻女在车窗外陪着他。

“你放心去吧，我知道现在形势严峻，派出所工作忙，记住别忘了打电话报平安，想吃啥告诉我，我给你送单位去。”

妻子眼里泛着泪花，催他赶紧吃完返回岗位。

李捷狼吞虎咽地吃完饭，临走时，两岁半的女儿久久给爸爸敬了个礼，这是爸爸以前教过她的动作。李捷给女儿回了个礼，毅然驱车赶往单位，这温情的一幕被妻子拍了下来。

春节前，李捷就和同事们开展“百万警进千万家”、春节安保等工作，值班备勤连轴转了十几天，还没来得及喘口气，他们就接到了全员停休阻击疫情的指令，大家誓言“疫情不退不回家”。

“作为一名警务辅助人员，更是一名退伍军人，我已婚，已有子女，无家庭负担，自愿 24 小时在所待命。力虽小，愿尽绵薄，义无反顾，随时听候命令，请求所领导安排一线防疫阻击任务。我保证：在岗在位、随叫随到、绝不退缩、严格遵守纪律、保守工作秘密，为打赢防疫阻击战贡献微薄力量。”心中的使命驱使李捷写下请战书，如同当年当兵一样——祁连山下的戈壁滩练“三九”，格尔木风雪高原斗严寒、抗缺氧，甘肃舟曲泥石流灾害现场搞搜救、清现场。“战胜灾难的决心和信心始终支撑着大家，这次疫情也一样。”李捷说。

（摘自《宁夏法治报》　记者：马涛）

丹心入警营　此生许国家

“妈，我真的不累，队里啥都有，你不用来送东西。”

“这么多天你不回家，过来让我看看你。”

“我接触的外人多，你把袋子挂在门口栏杆上，别靠近，我给你敬个礼，你回去吧。”

2月9日，银川市公安局金凤区分局刑侦大队门口，刑警王楚给来送东西的妈妈远远地敬了个礼，目送妈妈转身离去。由于工作任务紧，不想给父母添麻烦，尽管单位距家不到1公里，但王楚从大年初一开始已经连续18天吃住在单位，常常工作到深夜，睡眠严重不足。

王楚的爸爸也是一名警察，疫情防控期间想女儿，便在

午饭间隙到警队探望，也被女儿拒之门外。

26 岁的王楚从警 4 年来，先后参与侦破多起重特大案件。鉴于她的突出表现，2019 年，银川市公安局授予她个人三等功。

大年初一，接到紧急通知后，王楚立即赶往银川市火车站进行疫情排查。初二，银川市公安局要求全警返岗战“疫”，她便留在单位和战友们继续工作。其间，接到一起紧急核查任务，因为涉及人员较多，她连续工作两天两夜，困了就趴在桌子上打个盹，醒后继续工作，把所有人员核查清楚后将名单上报给分局。

2020年，在侦办“1·30”故意杀人案中，在刑警大队大队长张霆的带领下，王楚和重案中队民警一起对案件进行研判，确定犯罪嫌疑人李某有重大作案嫌疑，并将其在家中抓获。连续工作18个小时后，最终将犯罪嫌疑人送往看守所羁押。疫情期间，刑侦大队连续接到3起诈骗案件，王楚迅速对案件研判分析，冻结对方账户，为群众挽回损失13万元。

（摘自《宁夏法治报》　记者：张怀民）

今天是女儿援鄂第 20 天

今天是女儿杨静援鄂的第 20 天了。2 月 17 日，杨学祥和田玉兰夫妻在心里默默地计算女儿到湖北支援的日子。

杨学祥和田玉兰夫妻俩都是灵武市公安局白土岗派出所辅警，女儿杨静在吴忠市人民医院骨二科担任护士长。新冠肺炎疫情发生以来，这一家三口携手并肩，毅然走向

各自的战场。

“我和老杨每天都要与女儿视频，因不想影响她的工作、休息，很多视频只有短短的十几秒，她在视频那端给我们报个平安，我们就踏实了。”

“我很骄傲我们一家都能站在抗击疫情的一线，也盼望女儿早日平平安安地回到我身边。”说起女儿，田玉兰的声音有点哽咽。

自灵武市公安局党委部署疫情防控工作以来，白土岗派出所严格落实、强力推进。大年初三，杨学祥申请到任务最重的211国道长流水卡点执勤，这个卡点每天通行的车辆大多都是货车，每个班次下来，头上、身上都沾满了尘土。为了确保检测“不漏一人、不漏一车”，杨学祥严格按照程序提醒司机配合卫健、乡镇等部门工作人员逐个测体温、登记。遇到性格急躁的驾乘人员嘟囔排队时间长时，杨学祥总是笑呵呵地劝导、安抚。为了提高效率，杨学祥每天在排队等候的车队旁穿梭，逐一提醒驾驶员和乘客准备好身份证，打开车窗，准备检查，同事们都笑他平时下社区锻炼出了铁脚板。

田玉兰是所里的社区辅警，前段时间刚做过手术，疫情防控工作开展以来，她主动回到岗位担起了信息核查工作。每到一户，她都要不断重复“最近家里有没有陌生人，平时把口罩戴上，讲卫生、勤洗手”等话。

田玉兰性格外向，为人随和又热心肠，能和群众打成一片，经常和群众坐在一起聊天，扎实的群众关系反而成了疫情防控工作的“拦路虎”。入户走访登记时，群众一看是田玉兰，都热情地想请她进家门，但都被拒绝了。她知道在这个敏感时期，入户核查信息要做好自我防护，时刻

注意和群众保持一定距离。细心的群众发现田玉兰眼睛布满了血丝，都劝她多注意休息。

田玉兰负责的枣岗子村有住户 3000 余名，为了确保核查工作顺利完成，善于思考的田玉兰采取标记登记。她在实地走访、见人见面核查中，对不同省份、不同区域回乡的人员做好不同标记进行登记统计，凭着这个方法，田玉兰率先高质量地完成了入户核查任务。

杨静性格像母亲，倔强好强、正直善良。自疫情阻击战打响后，杨静便再也坐不住了，瞒着家人向医院递交了请战书，成为宁夏首批援鄂抗疫医疗队的一员。从她的日记里反映出了她随队出征的决绝和对家人的愧疚。

直到临上飞机，杨静才给父亲发了一条告别的语音。“我的女儿我了解，从小主意就正，她知道自己要做什么。”看着女儿发来的消息，杨学祥回复：“去吧，这是一项光荣使命，好好照顾自己，做好自身安全防护，抽空给家里报个平安。”

刚知道女儿支援湖北的消息时，田玉兰正在卡点上工作，瞬间泪水便模糊了眼睛，身体止不住地颤抖。虽然伤心，但她迅速平复情绪，坚持完成了卡点的各项工作。她支持女儿的选择，也体谅女儿不告诉他们就出征援鄂的心情，可她还是不能不担心。当得知女儿在湖北省襄阳市中心医院东津院区重症监护室，直接接触重症病人时，她给女儿留下“照顾好自己，等你平安回家”这句话。

一家三口同时抗疫，每天的聊天都是父母对女儿的叮嘱和女儿对父母的关爱，都是鼓励，都是加油，都是期盼平安。

跨越1580公里的牵挂

“放心，我和儿子永远是你坚强的后盾。”

2月4日，看着妻子侯月珍拖着行李箱笑着离开，平时不善言辞的米学宏在转身的一刹那眼泪夺眶而出。

回想起几天前在家中的一幕，他一把将脸上的泪水擦干，奔向岗位。

“老米，我是通知你，不是跟你商量，我要到武汉去支援一线。”看着侯月珍一脸严肃的表情，米学宏沉默了。

“你也是年过半百的人了，能行吗？”

“怎么不行？平时我注重锻炼身体不就是为了能在这个岗位多奉献一些吗？我有多年的医护经验，这个时候必须上！”

米学宏是个有着 32 年公安工作经验的老民警，面对从事医护工作多年的妻子，他明白这是多么重的一份责任。

“如果是我也会这么选择，如果此时此刻做这个选择的人是我该有多好……”米学宏心里想着，点了点头。

“这就对啦！走！陪我去超市买尿不湿！”

“什么？你用那个做什么？”

“前方特别忙，而且医用物资紧缺，大家都是这么做的，我得多买几包。”侯月珍说完，拉着米学宏去了超市。

侯月珍就这样成为惠农区第二批驰援武汉医务人员中的一员。

“我到了，勿念。”几个小时后，一条短信，相隔 1580 公里。

55 岁的米学宏是惠农区公安分局河滨街派出所社区民警。面对突如其来的新冠肺炎疫情，他和妻子共同站到了疫情防控的最前沿。

虽然患有严重的高血压，但他从未因为头晕、乏力这些症状而推脱工作。当得知麻黄沟疫情查验站执勤工作没有安排他时，他立刻找所长沈建华“理论”起来。

“沈所，怎么没有安排我到麻黄沟执勤？”

“麻黄沟疫情查验站人手够用，能安排开，你年龄大了，又有高血压，同志们一合计，一致决定让你负责所里的日常工作。”

“那可不行，我不能搞特殊，疫情形势如此严峻，作为一名老党员，我可不当逃兵。”

沈建华拗不过这个“老顽固”，只能把核查外省来惠农人员的工作交到了米学宏手上，他这才罢休。

河滨街派出所辖区厂矿企业多，常住人口少，多为外地来惠农打工人员，人员结构复杂。“家里在湖北工作的孩子回来了吗？”“有没有发烧、咳嗽？”米学宏每天都要和社区工作人员一起对辖区每一栋楼、每一间平房进行全面排查。

高强度的工作让他的身体有些吃不消，沈建华再三劝他回家休息，但都被拒绝了。

“放心吧，我没事！”

2月8日，在河滨街道滨园社区入户排查一天的米学宏回到派出所，一有空隙便看一眼手机，确认手机音量是否调到了最大。

“你平时不爱看手机，今天怎么啦？”同事见状问。

原来，一天前，侯月珍在电话里叮嘱他，培训结束就投入到紧张的工作中，如果她不主动打电话，米学宏也不能打扰她。他是看有没有妻子的电话。

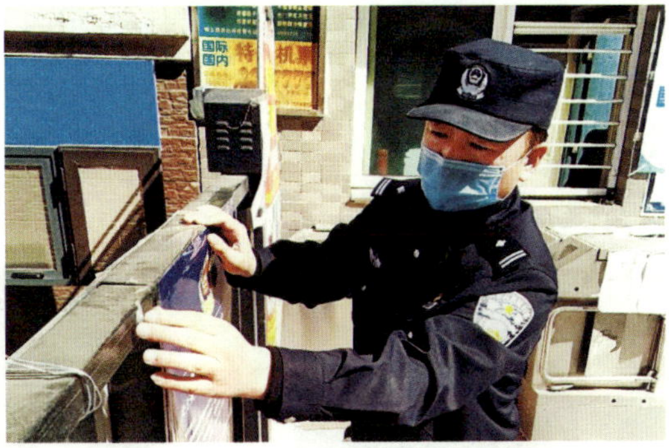

我会平安归来

2月19日12时，银川河东国际机场，正午的暖阳穿透清冷的空气，洒在每一个即将出征的援鄂医疗队员的身上，映衬着一张张自信的笑脸。

在送别援鄂医护人员的队伍中，几位人民警察的身影格外显眼。原来是兴庆区公安分局党委副书记、政委姚勇进带领政治处相关人员赶来慰问第5批援鄂医疗队员、民警裴涛的妻子陈慧瑜。政治处民警崔敏把一束鲜花递给陈慧瑜说:“嫂子，我们等您回来！”

这句话也代表了兴庆区所有公安民警的心声。

裴涛是银古路派出所社区民警，已经连续坚守疫情防控

110170

岗位 20 多天。今天上午才在分局党委的安排下来到机场给即将踏上征程的妻子送行。

说起这个春节，一场突如其来的新冠肺炎疫情，让有着 15 年社区工作经验的裴涛感触颇多。1 月 25 日，庚子鼠年大年初一的晚上，刚刚值完班，回到家里。褪去了一身疲惫，与身为银川市妇幼保健医院外科护师的妻子、岳母和两个宝贝女儿，围坐桌前，正准备享用团圆饭时，裴涛接到了回岗就位、抗击疫情的命令，虽有不舍，但他依然第一时间回到了工作岗位。

裴涛负责的宝南社区，占地 1.7 平方公里，坐拥龙盘家私城、立达水暖汽配城和昆仑建材等 5 个大型市场，营业网点多达 2300 多家，出租房屋多，流动人口密集，治安环境复杂，阻断病毒的任务艰巨、繁重。

回到所里，裴涛迅速联系各市场、营业网点负责人，要求其暂停营业，并通知在家过年的商户暂时不要回银。与社区、街道、市场管理和卫健部门人员一起，挨家挨户对外地来银人员进行走访筛查。“入户、测温、登记、录入……这一干就是 3 个昼夜，筛查了 100 多户，回到家已经是大年初四的晚上 9 点多。”

晚上一进门，发现妻子准备好饭菜，和女儿等着他。裴涛一扫连日的疲惫，赶紧洗手、上桌。此时妻子小声嘟囔了一句：“今天院里开了动员大会，我写了去武汉的请战书，你支持我不？”

听到这话，一向顺从妻子的裴涛犯了难，他知道妻子是银川市妇幼保健医院的业务骨干，可家里两个女儿，一个上小学三年级，一个才刚刚 1 岁 6 个月，自己的工作又没日没夜，她走了，这个家怎么办？

妻子的坚持让裴涛“服了软”，妻子是共产党员，是医护人员，国家有需要，她必须站出来。

在通往机场候机楼的路上，裴涛对妻子说：“女儿有我和老妈照顾，不用担心，武汉气候潮冷，要多穿一点，注意保暖，一定要穿好防护服，戴好口罩，保护好自己……”通往机场候机楼的路很短，裴涛需要对妻子说的话却有很多。

在候机楼门口，看到前来送行的分局领导，陈慧瑜接过鲜花紧紧依偎在丈夫身边：“医院也考虑我们是警医家庭，孩子还小，一直没有批准我的申请，直到今天征求了他的意见才让我去的。”说这话时，陈慧瑜深情地看了裴涛一眼。

为了让妻子安安心心赴鄂，裴涛给70多岁的母亲做工作，把两个孩子托付给父母，解决妻子的后顾之忧。

安检了，裴涛把妻子紧紧拥在怀里，用手轻轻拭去她脸上的泪水，小声说：“走吧，我们等你回来。”

陈慧瑜走到安检口时，突然转过身来，深吸了一口气，揉了揉通红的双眼，回头朝裴涛和送行的公安民警坚定地挥了挥手说道：“我会平安归来！”

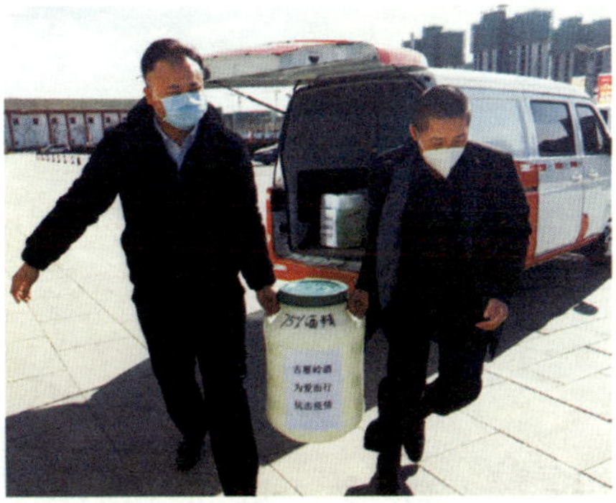

微信里的情与爱

妞，我的宝贝，离开你21天了！乖吗？妈妈在一个叫保康的城市和病毒战斗……我的妞啊，你才刚满两岁，可妈妈相信，你长大后一定会明白，也会为妈妈骄傲，为了你能自豪地告诉别人“我妈妈是抗击病毒战斗中的战士”，妈妈也是拼了……

为了你，为了所有小朋友，为了所有我们的亲人和我们的家园，妈妈一定要加油！

爱你的妈妈

2020年2月17日于湖北保康

这是参加宁夏援鄂医疗队的王艳悄悄在手机备忘录里为女儿，也给自己写下的一段话。幼小的女儿似乎还不知道发生了什么，她只知道自己已经好久没有见到妈妈了。

“1月28日，王艳作为宁夏援鄂医疗队第一批队员，奔赴湖北，支援武汉。到今天，已经有21天了。”李正隆提到主要负责重症患者诊疗救治的妻子时有点哽咽。

1月26日，正月初二，刚从上海进修回家不足1个月的王艳，主动请缨，报名支援武汉。报名后，她给忙于工作的丈夫和父亲各发了一条微信。为了征得丈夫和父亲的支持，她在微信中写道：“我是共产党员，又是呼吸内科医生，这一切都是我应该做的。”

父亲收到女儿的微信，虽然担心，但还是给她回了一条鼓励的信息：“女儿，你们这次去湖北，任务艰巨而光荣，你们代表的不仅仅是医院，更是宁夏党委、政府和全区690多万人民的重托，一定要尽心尽责，救治病人。”

李正隆是自治区公安厅制证中心技术员，妻子王艳是自治区人民医院呼吸科主治医师。新冠肺炎疫情发生以来，夫妻俩在不同的“战场”，各自坚守。

收到妻子的短信，李正隆紧张地停下了手中的工作，妻子刚刚回来不久又要走了。他想得很多，年迈的老人、年幼的孩子都离不开他们，两个人一起离开，谁来照顾这个家？况且，抗击新冠肺炎，危险重重。李正隆沉默许久，他知道妻子是一个主意很正的人，决定的事也是她深思熟虑的，就在手机上写下："亲爱的，即使万般不舍，还得送你踏上征程，你我均不善言辞，多少次，只能默默转身，偷偷哽咽，明知山有虎，偏向虎山行。你是我们的勇士，切记，一定一定保护好自己，才能发挥更大的作用。等你平安回来。"

李正隆是退役军人，2005 年 11 月退伍后到公安厅制证中心工作。工作上，李正隆努力钻研业务，以不断提升解决制证技术难题的能力为切入点，全面提升综合素质，成为全区制证业务行家里手。他围绕制证中心的业务工作，为制证业务技术保驾护航，充分利用公安制证业务微信群、技术服务电话，解决基层窗口的技术问题。2019 年，因制证中心搬迁，他从 7 月开始至 10 月 7 日加班加点，组织搬家，同事们戏称他为"泥猴技术员"，还被不满两岁的小女儿嫌弃为"臭爸爸"。

送走妻子后，李正隆也踏上了自己的抗疫之路，在做好本部门抗疫值班工作，照顾老人、孩子的同时，毅然报名参加了退伍老兵组织的"橄榄绿"车队，瞒着家里人免费接送医务人员上下班，还做起了医务工作者的编外宣传员。

李正隆是个干活不要命的主，有同事给他发来微信，让他注意身体，他回信息说："我爱人去了一线，作为党员，我希望尽自己所能为她、为所有在抗疫一线的人再多做点事情。"得知社区、物业、车队缺少消毒用的医用酒精，李正隆便自掏腰包捐献医用消毒酒精，用党员的担当和使命奋战在"疫"线。

女儿上了前线，女婿整天忙得不见身影。当得知李正隆下班后，又参加"橄榄绿"车队，岳父给女婿发了一条微信："我们 1 家 5 口，3 名

党员，疫情面前，党员不上谁上。”

李正隆的岳父是一位有着 40 年党龄的老党员，面对女儿和女婿的选择，他只有鼓励，并选择照顾好孙女，不让他们有后顾之忧。他又写道：“家中娃娃有我们看护，尽可放心，盼望早日归来。”

妈妈上了前线，爸爸也见不上面，女儿每次和他们视频都会说：“爸爸妈妈，你们在哪儿呀，我想你们……”

每次跟女儿视频时，王艳总是情不自禁地落泪。王艳刚到襄阳，便被安排参加科室危重患者讨论及救治工作，刚回到宿舍就收到危重病人讨论会的紧急通知是经常的事，每次想跟女儿视频也要抽时间。

作为医生，她惦记着患者的病情；作为女儿，她惦记着年迈的父母；作为母亲，她惦记着女儿；作为妻子，她惦记着和她一样奋战在疫情防控一线的丈夫。“每每想到这些，我就告诉自己一定要坚强。有支持牵挂我们的家人亲友，有一起并肩作战的战友，只要我们万众一心，定能早日战胜疫情。”

疫情仍然严重，前方仍需要医护人员，王艳每每想起来到襄阳后爸爸发给自己的短信，就在心里暗暗发誓，一定竭尽全力，与大家齐心协力，守望相助，早日战胜疫情。虽然累得没有力气脱下厚厚的隔离服，很想回家抱抱女儿，但在第一批医疗队员还有几天就工作满 4 周，按照国家卫健委规定应该撤回的时候，面对依然严峻的形势，王艳毅然向组织提交请战书：“书记，我请求留下继续战斗。”

2 月 8 日，元宵佳节来临之际，自治区人民医院领导班子走访慰问疫情一线医疗队队员家属。面对前来慰问的领导，李正隆说：“我爱人能在这样一个充满爱和温暖的大家庭中工作，我感到非常骄傲和自豪。”

李正隆给医院党委写了一封感谢信：“首先非常感谢在百忙之中还关怀职工的家属。值此危难之际，我们不想给组织添麻烦，我们不想组织为我们分心。我们是党员之家，也是典型的警医家庭，心意收到了，再次表示衷心感谢。也请院党委放心，我们一定积极配合有关疫情防控工作，稳定好大后方。”

一条条没有甜言蜜语、没有嘘寒问暖的微信，是他们情与爱的写照，这情很深，这爱很博，是一个共产党员的大爱。作为党员家庭、警医家庭的他们，在疫情面前，只想让自己变得强大一点，再强大一点……

人物篇

RENWU PIAN

那一天

1=F 4/4
♩=72

作 词:任建国
作 曲:党永宁

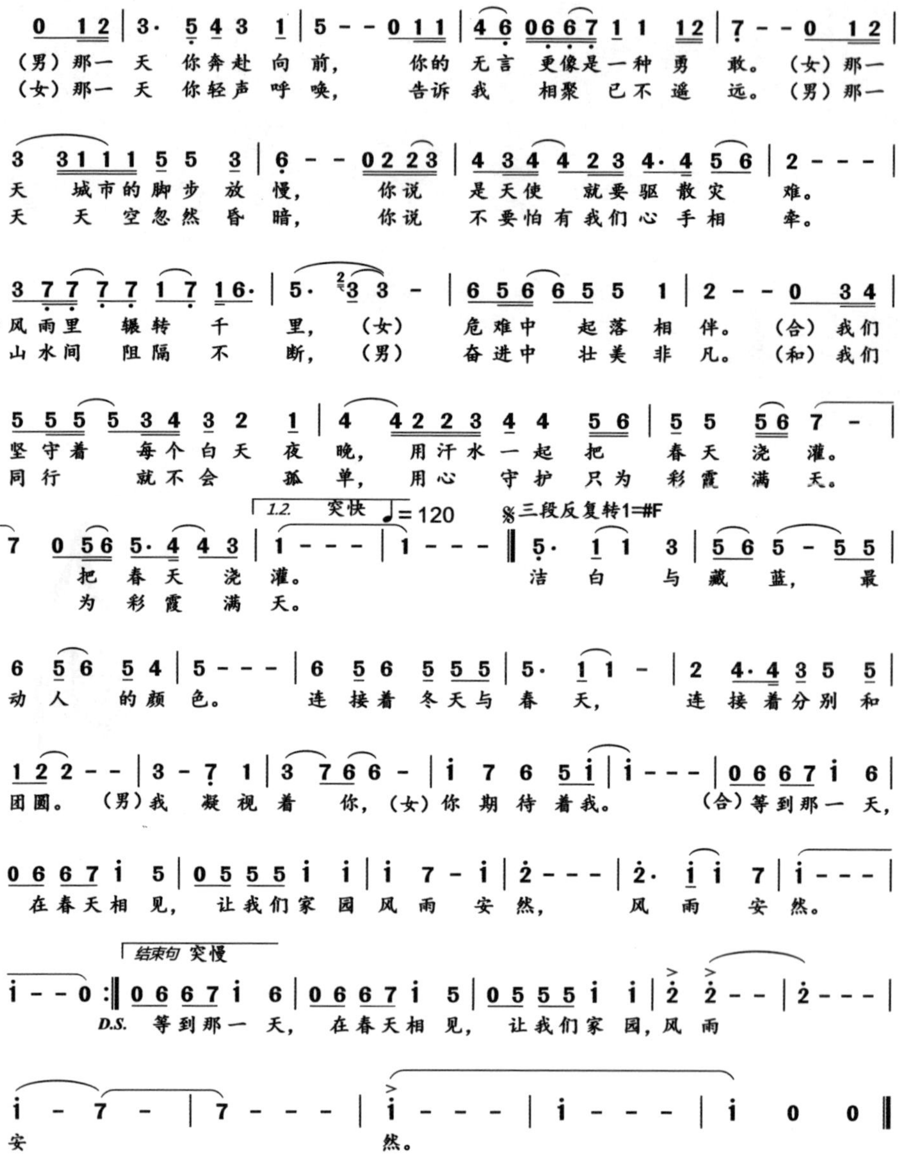

歌曲《那一天》，是献给抗击疫情这场特殊战役中一线民警的赞歌。

胡银萍：不负韶华守初心 精研细判战疫情

疫情防控工作开展以来，在公安厅党委的坚强领导下，自治区公安厅科技信息化局局长、警务技术二级总监胡银萍，以高度的政治责任感、使命感，严格落实中央、自治区和公安厅党委部署要求，主动担当，身先士卒，狠抓落实，从 1 月 21 日带领公安厅情报指挥中心全体民警、辅警以及抽调工作专班的人员高效有序开展社区（村）疫情排查防控、大数据核查、防范境外疫情输入等工作，为全区疫情防控工作作出了积极贡献。

靠前指挥、奋勇担当，全力做好疫情防控统筹协调工作

自疫情防控工作开展以来，胡银萍带领自治区公安厅情报指挥中心党支部和疫情防控工作专班临时党支部，充分发挥党支部战斗堡垒作用，定岗定责，明确职责分工，全面动员参战党员民警最大限度发挥自身潜能和工作主动性，教育引导全体民警、辅警进一步提升政治站位，把打好疫情防控阻击战作为最重要、最紧迫的工作，启动战时指挥调度机制，全警动员，全员取消休假（含周末），全力以赴，着力推动情报信息搜集研判、人员落地排查管控、内部安全防范控制等各项防控措施落实。特别是按照自治区党委应对疫情工作领导小组、自治区疫情防控工作指挥部和公安厅党委的部署，带领情报指挥中心先后牵头承担“社会管理和交通保障组疫情重点人群排查工作专班”“境外新冠肺炎疫情输入防控工作专班”具体工作任务，全力做好疫情防控综合统筹协调和入境人员盯控工作，高位谋划、精准实施，组织精干力量先后制定下发《关于做好疫情防控战时状态各项工作的紧急通知》《关于深入开展疫情重点人员信息研判核查工作的通知》《关于进一步加强全区社区（村）疫情防控工作的紧急通知》《关于组织开展境外来宁人员情况核查的紧急通知》《关于切实做好“三返人员”核查管控工作的通知》《自治区公安厅关于进一步加强“外防输入、内防反弹”疫情防控工作的通知》《关于进一步做好新冠肺炎常态化疫情防控工作的通知》等重要文件10余份，指导基层公安机关有序高效开展疫情防控。

周密部署、突出重点，扎实开展社区（村）排查防控

在自治区党委政法委、公安厅党委的领导指挥下，组织专班部署落实各地公安机关成立由公安民警、政法干部牵头的社区排查防控组 2332 个，抽调人员 7000 余名，先后开展了三轮次的社区（村）大排查、大起底、大防控工作，共排查 200 余万户 1 千余万人。针对“疫区来宁人员、疫情严重地区来宁人员、宁夏籍从疫区和疫情严重地区返宁人员、疫区和疫情严重地区以外地区曾在湖北驻留的来宁人员等四类来宁人员的密切接触者、确诊患者和疑似患者的密切接触者、身体出现不适症状人员”七类人员开展第一轮拉网式、地毯式排查；针对“确诊患者和疑似患者的密切接触者，与确诊患者和疑似患者的密切接触者有过见面交往的人员，‘三隔离’人员的密切接触者，务工来宁、返程、返企人员，疫区和疫情严重地区来宁人员，外省（区、市）来宁人员，规模聚集人员”七类人员开展第二轮精准排查；针对确诊患者和疑似患者的密切接触者、

与确诊患者和疑似患者的密切接触者有过见面交往的人员、“三隔离”人员的密切接触者、“三返人员”等九类人员开展了第三轮精准防控。同时，根据境内外疫情形势变化，坚持专班不撤、人员不减、思想不松、力度不降的工作原则，全区社区排查组全部转为社区防控组，在持续做好重点人员监测管控的基础上，加大对“三返人员”、高危地区来宁人员的排查管控力度，切实做到全面深入、扎实细致、有力高效。截至6月15日，全区累计排查人员16451949人次，累计集中隔离71442人次，居家隔离1567182人次，医学隔离3541人次，及时有效阻断了疫情传播蔓延。

深度挖掘、精细研判，以大数据研判支撑精准防控

胡银萍带领工作专班充分发挥大数据、“互联网+”等技术资源优势，积极协调有关部门，获取疫情重点地区来宁人员相关数据，与公安厅有关部门集中资源开展研判分析，梳理疫情重点人员信息，分批分次推送各地落地核查管控；组织专班开发上线了“疫情防控系统”，为疫情防控打好数据信息基础。自1月22日至6月底，累计下发疫情重点人员信息79355条，累计集中隔离7588人，居家隔离25212人，医学隔离537人，核查推送的数据中共有16人被及时确诊，有效防止了疫情传播扩散。

积极协调、联防联控，全力做好境外疫情输入防控工作

在自治区公安厅党委的直接指挥下，胡银萍带领情报指挥中心全体人员会同出入境管理总队以及卫健委、自治区外办等部门集中力量，及时预警掌握从境外尤其是疫情重点国家（地区）入境返宁重点人员动态信息，第一时间向自治区卫健委、区域警务合作指挥部、海关、边检口岸及人员属地单位通报人员动态信息，多部门联动协作，全力筑牢入境后集中隔离、入境后就地自行隔离、入宁集中隔离或居家隔离的“三道防线”。紧盯入境来宁人员动态，自2月27日境外疫情输入防控工作开展以来至6月底，全程跟踪掌握境外来宁人员3182人，闭环式接运管控乘坐商业包机入境来宁人员210人，核查管控确诊病例密切接触人员1100余人，部署工作专班先后向外省市及各有关单位发函、通报、报告、指令等200余期，全部落实隔离管控措施，确保境外来宁人员“零感染”。每天编报工作情况上报自治区领导，其间共刊发《情况专报》（呈报自治区主要领导）250余期，自治区领导先后10余次在有关材料信息上作出批示，肯定工作效果，明确政策措施，提出具体要求。同时，根据疫情防控形势变化和自治区领导部署要求，组织工作专班及时调整防范重点对象，分别与19个省（区、市）12个空路、43个陆路入境口岸建立了信息常态化联防联动机制，精准掌握从航空、陆路、水路口岸入境返宁人员信息，已对各口岸和协作省市推送返宁人员全部在返宁第一时间落实管控措施，为全区实现疫情防控“三个没有发生”作出了积极贡献。

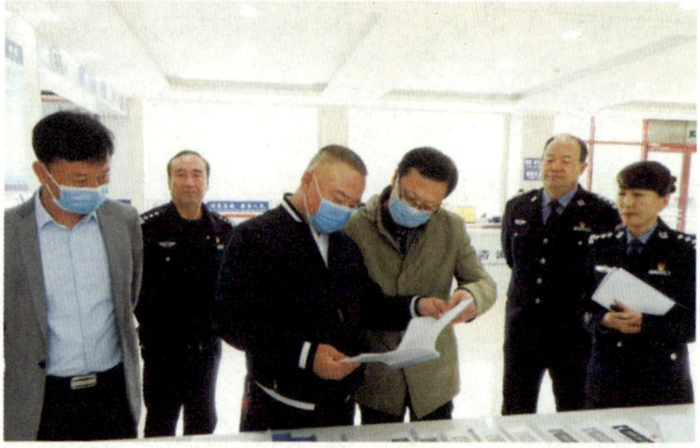

王维勇：
防范境外疫情输入的尖兵

自全国首例境外输入型新冠肺炎病例在宁夏确诊以来，自治区公安厅出入境管理总队副总队长、党支部副书记、二级高级警长王维勇，按照公安厅防范境外疫情输入风险专班工作安排，全力以赴投入战“疫”工作，身先士卒，不分白天黑夜，加班加点落实有关工作措施，为防控境外新冠肺炎疫情输入和实现宁夏在住外国人“零感染”的目标作出了应有的贡献。

防范境外疫情输入，掌握相关数据是基础。防控工作伊始，他即带领有关同志加班加点，仅用 3 天时间就完成了自 2000 年以来宁夏居民持有因私出入境证件的 100 多万条数据的梳理工作，在与国家移民管理局下发的有关数据进行比对、去重和取差异后得出精确数据，下发各地，利用公安大数据为基层公安机关开展防控工作提供精准的指导和技术支撑。同时，本着向科技要警力、要效率的主导思想，王维勇率先想到利用旅店业住宿登记系统提高对境外来宁人员的发现能力，并第一时间主动联系有关软件承建公司，扩充系统功能模块，增强对相关重点人员的发现能力，以便落实有关疫情防控工作，实现了来宁境外人员在宾馆办理入住手续的第一时间有关工作人员就能准确获知信息，在节约警力的同时极大地提高了工作的及时性、有效性和针对性。他深知

疫情防控工作需要自治区、市、县三级公安机关协同合作、勠力同心才能达到最好效果。抗疫期间，他先后多次深入全区 5 市调研基层工作中好的经验、做法，督导落实工作措施，整理后向工作专班汇报，提出合理化建议，为后续工作的改进提供了依据和支持。在工作中他积极主动，担当作为，顾全大局，先后多次与自治区外办、外国专家局、教育厅、宁夏大学、北方民族大学和宁夏医科大学等单位有关工作人员联系，向其宣传国家移民局推出的便利政策，并推送国家移民局宣传推介文章，通过他们向在宁夏留学、工作的常住外国人通报有关政策，以稳定其情绪，避免其因证件到期等原因急于入境，有效缓解了疫情自境外输入的风险。

徐景武：尽心的战“疫”指挥官

一场突如其来的新冠肺炎疫情牵动了全国人民的心。连日来，自治区公安厅治安总队全员上阵奔赴一线，作为千千万万个逆行者中的一员，他们用最执着的坚守和信念，演绎着一个个不为人知的感人故事……

“千万别写我，真的不值一提。我们部门的同志们都在值守，每天从早到晚地工作，都没休息……”自治区公安厅治安总队二级高级警长徐景武如此婉拒，但同事们都知道，整个春节他基本都是在单位度过的。

1月20日，国务院新冠肺炎疫情防控工作电视电话会议结束后，根据公安厅领导的指示，徐景武结合治安工作规律特点和实际，凭借多年的公安工作经验，提前谋划，早做准备，立即着手研究相关疫情防控工作，连夜审核起草通知，部署全区公安机关治安部门迅速开展疫情防控工作。1月23日，组织起草了《全区公安机关开展新冠肺炎疫情防控工作实施方案》。

1月26日，根据自治区党委、政府和公安部的工作部署，徐景武领受任务后，积极研究全区疫情防控工作出现的问题，分析疫情变化发展中不断出现的各类治安问题，及时进行预判预估，起草了《全区公安机关开展新冠肺炎疫情防控处置工作方案》，细化厅属各部门工作职责和任务分工，确保疫情防控工作有序开展。疫情防控期间，他先后审核各类通知、简报、动态分析、报表100余份……

把初心写在行动上，把使命落在岗位上

抽空吃饭，甚至抽空睡觉……徐景武和他的战友们自疫情防控工作开展以来，坚守岗位，昼夜奋战，连续超负荷作业，在自己的专业领域，排除万难，团结协作，为全区人民筑起一座抗击疫情的战斗堡垒。

55岁的他，不仅是公安战线的一名老党员，更是一名出色的指挥官。疫情当前，他主动作为，在疫情防控工作中始终带头加班加点、坚守岗位，将遏制疫情蔓延扩散的责任担在肩上，始终以最佳的工作状态驰而不息地奋战在疫情防控、维护稳定的第一线。

疫情发生以来，公安厅高度重视严厉打击扰乱社会、医疗、市场、网络秩序的行为，抗击疫情进入关键期，疫情就是警情。身为一直从事治安案件打击查处工作的分管领导，徐景武深知，此时对涉疫违法犯罪的打击力度，直接关系到社会治安稳定和疫情防控工作。凭借多年的工作经验和公共卫生突发事件特点，徐景武结合全区公安机关实际，积极研究起草《关于办理涉及新冠肺炎疫情防控类案件法律指导意见》，经领导审批同意后下发全区公安机关，指导各地公安机关采取5个超常规的举措，严厉打击各类涉疫违法犯罪。

特别是在全区首例制售假冒伪劣口罩案件侦办中，徐景武组织银川市公安局食药环分局加班加点、查阅资料，会同办案人员一起研究分析证据规格和鉴定定性等问题，攻克案件侦办中的难题。积极协调安徽省公安厅治安总队，配合开展查证工作，为侦办涉疫案件积攒了经验，也为涉疫违法犯罪人员敲响了警钟。

身先士卒，争做冲锋在前的排头兵

疫情期间，治安总队党支部明确提出，总队班子、支委成员将疫情防控作为践行宗旨意识的主战场、淬炼党员干部的大熔炉、考察识别干部的试金石。徐景武多次与支队负责人、党员民警开展战时谈心谈话，督促所有党员民警切实扛起政治责任，严守战时纪律，全身心投入到疫情防控阻击战中。

疫情发生不久，就发生了一起外省来宁人员感染新冠肺炎事件。疫情就是命令，公安厅党委立即成立专项工作处置组，徐景武临危受命，担负起专项工作组的重任。他组织召开碰头会，了解实际情况，摸清人员动向，明确侦查方向等，每一项工作他都亲自参与、共商研判。从 22 个重点人员中，捋清每个人的活动轨迹和接触人员，逐一摸排、逐一核对，梳理核查了 260 余名关系人，全部落实管控措施。他指导辖区公安机关隔离自然村 2 个、小区单元楼 1 栋，居家隔离人员 200 余名，无一人感染发病。

关心关爱，为民警穿上“防护衣”

因疫情防控工作紧急，公安民警先于其他警种冲在最前线，被感染的危险极高。治安总队十分重视全体参战民警身体健康，要求全体人员每日向总队报告体温监测状况，持续高度关注民警及家属身体健康状况。通过对值班备守力量调整安排，落实“三个到位”措施，温暖警心，鼓舞士气，激励干劲，为解除民警后顾之忧和有力完成疫情防控任务提供支持保障。

封控期间，徐景武多次前往隔离村镇和小区了解人员发病情况，指导辖区公安机关做好封控处置和自身防护工作。与此同时，徐景武还担任自治区疫情防控指挥部物资保障组联络员，积极协调配合商务厅、市场监管厅、农村农业厅、交通厅等部门开展疫情联防联控和突发事件处置工作，依法处理涉疫情防控工作中发生的各类事件。

他在疫情发生的第一时间协调相关部门为全体民警配发了医用口罩、一次性手套、消毒酒精等防护装备，保证参战同志自身防护到位。针对机关和基层执勤民警缺少防护物资等问题，第一时间联系某精细化工有限公司提供35吨消毒原液配发给厅机关和一线执勤点防疫消毒。

“疫情防控的重中之重就是克服麻痹思想，防止千里之堤毁于蚁穴。”这是打响疫情防控阻击战以来徐景武常常挂在嘴边、落实在行动上的话。他以身作则，与治安总队民警们积极研究全区疫情防控工作出现的问题，分析疫情变化发展中不断出现的各类治安问题，及时进行预判预估，想思路，想措施，想方法。他的一言一行深深感染了治安总队每一个人，带动参战民警以饱满的精神和昂扬的斗志全力投入疫情防控与维护稳定工作中。

从1月20日起连续在岗工作25天，徐景武与总队民警，始终冲锋在前。他克服右脚骨刺病痛，咬牙坚持工作。1月25日，他的一个亲属病逝，坚守在岗位的他只能通过电话表达哀思。

当提及家人时，他时而叹气，时而感慨万千。他总说：“没什么特别的，谁家没点事，都一样，都一样。”原本能在春节期间与家人好好团聚……在疫情来临时他主动回到工作岗位，肩上扛着担当，时刻践行使命！

汪兴仓：战“疫”后方的大管家

防疫战斗打响以来，全区公安机关民警、辅警主动投身到疫情群防群控的第一线，坚决落实各项防控措施，第一时间构筑起疫情防控的前沿阵地，为全区疫情防控工作作出了有目共睹的努力和贡献。其中有一群人每天坚守后勤保障一线、严密组织消杀消毒、多方筹措防疫物资、精心保障餐饮供应，默默无闻地工作着，筑牢后勤保障钢铁防线。自治区公安厅机关服务中心主任汪兴仓作为厅机关后勤保障工作的总指挥，每天奔忙在公安厅机关大院的各个角落。

1月22日，汪兴仓和同事们就投入到了紧张的疫情防控工作中。“一接到通知，我们马上开会部署，然后对相关工作人员进行防护、消毒、防护服穿脱等培训，要求相关人员掌握准确的技能，更好更安全地开展防疫工作。所有驾驶员和车辆要全天候待命，随叫随到。”汪兴仓说。为了保证厅机关疫情防控有效开展，他协调物业公司、驻厅警卫中队严格做好门卫查控登记工作，对进入单位的人员进行体温测量和相关情况的了解，逢车必查，逢人必检，杜绝交叉感染。同时，为配送主副食品的车辆办理临时通行证，明确专车专用；做好应急及执法执勤等公务用车消毒管理，对外出公务车辆回厅后及时进行内部消毒作业。

针对厅机关内部疫情防控工作点多面广的特点，办公区域各会议室、综合训练中心、警官餐厅、电梯、机关大院、垃圾分类站、大门及警卫岗亭等12个点位，每天消毒2次，办公楼内5台电梯的轿厢和楼层按键安排专人定时消毒；设置废弃口罩回收箱，每天定时清理2次，防止二次污染。还对公共区域地面进行清理消毒，每天使用消毒液配剂擦拭门把手、电梯按钮、楼梯扶手、水龙头、垃圾箱等手指接触较多部位不少于3次。同时及时做好卫生清扫、公共场所开窗通风工作，确保单位环境干净卫生整洁。“疫情防控是当前压倒一切的工作，后勤保障绝不允许出现断档，要严防死守，确保厅机关第一关口安全，每天都是小心翼翼、如履薄冰。”汪兴仓说。

按照疫情防控需要，汪兴仓要求，要认真做好食堂工作人员健康状况排查，每天两次测量体温；工作时间全程佩戴口罩；严格落实食品安全及卫生管理，严把原材料入口关，确保饮食安全。每一项工作，他都要亲自去看看才放心。

“为解决疫情期间就餐问题，我们决定将饭食制作成盒饭，由各个处室和单位指派专人到食堂领取。为使同志们吃到热乎的饭菜，餐厅工作人员压缩打包时间，以最快的速度、最短的时间完成饭菜盛装打包，保证饭菜的热度。”汪兴仓介绍道。

为保证疫情防控期间水、电、暖气基础保障不掉链子，汪兴仓每日带领后勤相关部门工作人员，到水泵房、配电室等重点部位督导检查，排查隐患，对机器、管道等设备采取多项应急措施，做好保养维护，确

保其良好运行。“很多后勤工作都是环环相扣，往往多而杂，需要用心仔细去落实。”汪兴仓说。同时，他多渠道积极筹措和储备口罩、酒精、消毒液等紧缺物资和食材，采购电子测温仪、感应式洗手机、红外线感应式智能测温器等设备，为厅机关提供必要的、优质的、高效的后勤服务。

自从疫情防控工作开展以来，汪兴仓连续工作 19 天，有时候一天工作十几个小时。他说：“我是共产党员，曾经也是一名军人，退役不褪色，疫情面前更不能退缩，更要冲锋在前。”汪兴仓觉得，虽然工作岗位变了，但军人那种服从命令、善打硬仗、不怕牺牲的本色不能变，要保持军人本质和作风以及共产党员的模范带头作用，为疫情防控贡献自己的一份力量，再累也值得。

随着春节假期结束，进出厅机关大院的人和车不断增加。截至目前，厅机关服务中心负责测温登记 3745 人次，车辆消毒 2919 台次，未出现疑似人员；公务车辆内部消毒 165 台次，协调执法办案车辆 277 台次；餐厅共配餐 6260 份。虽然工作量巨大，但在汪兴仓的带领下，厅机关服务中心的各项工作冲锋在前，为厅机关的疫情防控工作提供了坚强有力的后勤保障。

正因为他们守土有责、守土负责、守土尽责，才确保了机关大院防疫安全。正因为有千千万万个像汪兴仓一样的党员干部默默坚守，才为大家构筑起了最坚固的疫情防线。

陈兆温：党旗下的白警帽
逆行“疫”线的荧光黄

“您好，按规定从重点疫情地区来的人员必须接受 14 天定点隔离观察，否则就得原路返回。不仅我负责的卡口这样，沿路都一样。”

“我们走得早，不发烧，不咳嗽，离开湖北好多天了，一路都没人挡，这几千公里的，再回去损失谁赔？”“车后轮胎没气了，油也没了，真回不去了……”

“车的问题，我们帮助想法子。但您必须二选一，隔离或返回！”陈兆温第三次向货车司机敬礼，并斩钉截铁地回答。

他扭头给身边的战友柯旭东嘱咐："一定登记清楚，查看路径，做好解释工作，注意态度和方式！"

2月1日晚，相继有17辆从疫情重点地区来的大货车途经青兰高速东毛路段隆德出口。司机均以自己没病、燃气用完、车有毛病等托词拒不返回。情急之下，陈兆温临危不乱，义正词严，一方面讲疫情防控政策规定，一方面安排警车护送，为其加油补气购物。

敬礼、挥手，陈兆温和战友目送一辆辆车驶离。

疫情防控工作以来，陈兆温所在的宁夏高速交警十六大队执勤点共检查车辆7550余辆，检查20700余人，以实际行动为疫情防控筑起了一道安全屏障。

使命如山，危难关头的先行者

34岁的陈兆温从小耳濡目染警察父亲的英武睿智和严谨周全，立志穿上警服继承父业。陈兆温从警12年来，一直坚守在宁夏高速公路管理难点集中的南部片区，善学习，勤钻研，勇担当，从民警到副大队长、教导员、大队长，一路成长为警队的脊梁，连续5年获评优秀公务员、2年优秀共产党员，一次三等功。特别是2017年8月，组织任命他到地处六盘山腹地、路况险峻复杂、新成立的高速公路交警十六大队任大队长，陈兆温更是一心扑在青兰、泾华77公里高速公路上，兢兢业业，忠诚担当，带领战友确保建队3年来，未发生一次死亡3人以上较大交通事故。

唯有经历风雨，才能强壮筋骨。

2020年1月25日，农历大年初一，新冠肺炎疫情已波及全国多个省区。

疫情来势凶猛，防控刻不容缓。已连续20多天奋战在春运交通安保一线的陈兆温不等上级指令，快速反应：全员取消休假，全力以赴抗击疫情。边学习相关常识，边结合辖区特点进行部署。他第一时间组织在高速出入口设置查验通道、绿色通道、应急处理区、劝返车道、临时停车场，连夜布设指示标志……东方泛白，一份翔实的新冠肺炎疫情期间交通应急保畅工作方案完成，这个方案为抗击疫情打下坚实的基础。

冬春之交的六盘山，天寒地冻，昼夜温差20℃。疫情防控点的工作场地长时间在路上，大家即使穿了棉皮鞋，依然冻得脚疼腿麻。

大队共8名民警、12名辅警，24小时三班轮转，既要开展疫情防控，又要确保道路安全畅通。随着疫情防控工作的升级，核查更加严格，通行速度剧降。陈兆温认真琢磨，科学规划，将物资运输车辆30分钟检查时间缩短到5分钟，极大提高了通行效率。同时，成立应急保障组，对疫情防控应急物资和医护人员运输车辆特别护送。越是艰险越向前。疫情发生以来，共保障1200余辆次疫情防控物资和民生物资运输车辆安全通行。

当仁不让，抗击疫情的真英雄

宁夏高速公路警力配置每公里0.09人，不及全国标准的1/10。十六大队作为宁夏高速交警最年轻、离银川最远的大队，全队民警、辅警一月半月不回家是常事。陈兆温既是兵头，也是大哥，他明白，当这个“家”，只有自己坚守“疫”线，才能守住身后家园。

“您好，请问您从哪里来……请出示证件配合消毒和登记。”只要

是重点疫情地区来的车，陈兆温总是第一个上前，重复着已经说了上万次的话。他深知每一次重复都是一种责任，也会换来一份理解。查验每一辆过往车辆后备箱、核验身份证件、测量体温，对从疫情重点地区来宁人员逐一劝说，再引导至指定地点做好交接集中隔离；对其他外省区车辆和人员，劝返或集中隔离；对宁夏区内车辆、司乘人员测温正常的，严格核查后才可放行。

与时间赛跑，为生命护航，每一项工作都不得马虎。

1月28日，巡逻组发现一辆苏A打头的重型载货车停在应急车道。原来，这是按规定被劝返的外省车辆，车上饮食殆尽，油料也将耗尽。司机暴躁不堪："不走了，没法走，死在这儿算了。"

陈兆温赶到，只见这位40多岁的司机一脸憔悴，满眼血丝，俨然是一副因长途奔波而疲惫不堪的模样。"求你，让我过吧。"货车司机用头猛砸向方向盘。

陈兆温一个跨步攀上货车，说："哥，你坐副驾驶，我来开。"他给军转干部冯博文使了个眼色，"走，先跟我们去吃点东西，休息休息。你这样确实没法走。"他把车开到加油站，冯博文给货车司机端来一碗热腾腾的泡面，又买了能吃几天的方便食品和水，掏出手机，帮货车司机规划返程路线。

货车司机见状，愣了足足两分钟，终于开口："我跑了13年货运，这条路不用你指，我睡一觉就走。"

冯博文悄悄给陈兆温竖起大拇指。

没有从天而降的英雄，只有挺身而出的凡人。"在这个特殊时期，人民警察就该'疫'无反顾，共产党员更要冲锋在前，坚守一线。"陈兆温除了每天更换一次性口罩外，没觉得这工作有什么特别，"我是队长，又是党员、支部书记，只有'跟我上'，咋能'给我上'。"

2月21日上午，检查点意外发现一辆载满乘客的从隆德前往银川的非法营运小轿车。司机和乘客合伙"唱戏"，还是难逃陈兆温的火眼金睛。

陈兆温像个上了发条的陀螺，连轴转。"我年轻，身体结实，有经验，也扛得住。”敦厚憨实的他，平常嘴笨话少，却在每一个关键时刻，以当仁不让的英勇果敢，刚气淋漓，让战友振奋、温暖，斗志满满。

疏堵保畅，万家灯火的守护者

2 月 5 日晚 7 时许，朔风凛冽，寒气袭人。

六盘山路段普降大雪。横贯六盘山的隧道全长 9.48 公里，是全国海拔 2000 米以上最长隧道，两头海拔落差 700 多米，温差也大，经常东口晴，西口雪，极易造成恶性交通事故。

雪花像撕碎的棉絮一样铺天盖地而来。“快，道路积雪，路面结冰，紧急交通管制。”六盘山隧道管养中心王小平电话求援。

“收到！”陈兆温立即部署，定下死命令，“决不允许一辆车流入县城！”担心年轻民警、辅警思想有包袱，他开玩笑，“不怕，没听新闻报道里讲，武汉疾病防控中心 1000 多人无一感染吗？这病毒只要科学防护，就没问题。”他把有限的护目镜、防护服配发给民警、辅警，嘱咐大家做好防护，“重点疫情地区车辆，我来疏导查验，这些天学了不少防护常识。”

大队全员出动，20 名民警、辅警全部顶风冒雪撒向路面，一方面加大巡逻密度、劝导车辆行至入站口，另一方面配合养护部门融雪除冰疏堵保畅。

越是艰险越向前。

零下 20 多度，紧锣密鼓的 3 个小时，老天爷都赛不过的疏堵速度，晚上 10 点 10 分，滞留站口车辆缓缓放行。

次日凌晨 3 点，王小平在“六盘山特长隧道保畅群”留言：“弟兄们辛苦了！@陈兆温，截至目前，车流量正常，无滞留。”陈兆温摘下早已粘在脸上的一次性口罩，美美吸了几大口冷气，在对讲机下指令："各组请注意，回大队，抓紧休息！"

看看时间，他赶忙拨通电话与妻子视频。

"干啥呢，满头大汗，怎么不戴口罩？"媳妇心疼地埋怨。

"嘿嘿，你在家宅胖了……"

春运开始40多天了，陈兆温没离开六盘山半步。因为爱，也为了支持陈兆温的工作，妻子白安妮放弃黄河农村商业银行的优越待遇，而选择做可以自由支配时间的会计工作，以便全心全意带孩子、照顾老人。这让陈兆温感动不已，家是他最亏欠的，也是他最坚实的后盾。

（摘自《人民公安报》　记者：苏婕）

刘通：取消婚礼战一线

面对突如其来的疫情，灵武市东塔派出所民警刘通取消了原定于农历正月十六的婚礼。

农历大年三十下午，当刘通收到所里微信群通知返岗的信息后，他就感觉这次疫情非同寻常。而此时，他的未婚妻王丹正在给亲朋好友发送电子请柬，请大家参加他们的婚礼。

经过一晚上辗转反侧，大年初一一大早，刘通拨通了王丹的电话："有个重要的事想和你商量。"

"我猜到你要说什么。不管你做什么样的决定，我都支持你。"两人青梅竹马，多年相知相爱，王丹很了解刘通。

"待山河无恙，我定娶你回家！"刘通百感交集，经常

加班的他本来陪未婚妻的次数就屈指可数，婚房的装修布置、婚纱的选择几乎都是王丹一手操办，这次推迟婚礼的决定更让他对王丹有了深深的愧疚。

“没事，你忙你的，我给父母说一声，亲朋好友这边我来通知吧。”王丹明白，此刻的刘通是奔向战场的战士，她必须全力支持。

从正月初一开始，连续 24 天，刘通以所为家，一直坚守在工作岗位，每天配合乡镇、社区工作人员做着核查登记、摸排劝解等基础性工作。由于他工作扎实、责任心强，尤其是对社区底子清、情况明，加快了清查摸排速度，使疫情防控期间社区内各项管控工作严密到位。他共核查信息 5000 余条，走访 1500 余户，排查 7000 余人次。

“比起前方医护人员，我做的这些不算什么。”刘通憨厚地说。

（摘自《宁夏日报》　记者：张晓惠）

王海龙这张“口罩脸”，让人心疼又敬佩

2月23日，记者在微信朋友圈看到一张照片：一位警察由于长时间戴着口罩在太阳下暴晒，脸部被晒成了两种颜色，下巴到鼻梁处是正常肤色，鼻梁到额头被晒成咖啡色，摘掉口罩的他，像戴了面具。照片中的男子叫王海龙，是吴忠市公安局红寺堡区分局交通管理大队的辅警。

26岁的王海龙是退伍军人，2017年被招入红寺堡公安分局交通管理大队，在车管窗口当辅警。新冠肺炎疫情发生后，王海龙来到红寺堡区大河乡高速检查站，自1月29日起一直

察

坚守岗位，没有回过家。这个岗位，实行每天 24 小时三班倒的工作机制。“一开始，每个班大概要检查 300 辆车；后来疫情管控更严格了，现在每天检查 100 多辆车。”王海龙说，任务看似减轻了，但大家不敢有丝毫松懈，他的微信步数每天达到 3 万步，在朋友圈排行榜上遥遥领先。“每天一下班，我就想赶快回宿舍美美睡一觉，好为第二天的工作储备能量。”

大河乡高速路口检查站条件比较艰苦，周边没有挡风的建筑。1 个月来，王海龙和同事们每天只能在临时搭建的彩钢房内稍事休息。“因为事发紧急，当时没时间回家拿生活用品，我每天只能用洗手液洗脸。路面灰尘大，风吹日晒，再加上整天戴着口罩，不到一个星期，大家的脸都变了颜色。”王海龙笑着说，“我们苦点累点没什么，只希望疫情能早点过去，大家都平平安安的。”

（摘自“学习强国·宁夏学习”平台　记者：黄英）

刘九君：全力守住吴忠南大门

“服从命令，听从指挥，坚定信心，同舟共济……坚决打赢防控疫情阻击战！”1月28日20时，在211国道萌城检查站，临时党支部书记、盐池县公安局惠安堡派出所所长刘九君带领全体参与疫情防控工作的党员干部，面对党旗，庄严宣誓。

“我是警察，更是党员”

惠安堡派出所位于宁夏与甘肃交界处，萌城检查站则是211国道甘肃前往宁夏的必经之路，车流量大。“我是一名人民警察，更是一名共产党员。疫情当前，我一定坚守岗位，

全力守住吴忠的南大门。”面对疫情，被确定为211国道萌城检查站负责人的刘九君立即组织人员启用了治安检查站，配合相关部门全力开展疫情防控工作。年二十九晚上，刘九君主动带队，第一个冲上疫情防控工作的第一线。

从检查站的启用到成立临时党支部，刘九君要操心的不再只是派出所的大小事情，还要统筹协调好从交通局、卫健局、农业农村局等相关部门抽调的40多名工作人员，岗前培训、勤务安排、流程规划、岗位分配、饮食住宿、日常检查、工作交接……每天都忙个不停。

临时党支部成立后，刘九君做的第一件事就是组织检查站全体党员进行宣誓，激发全体党员的积极性和主动性。

永远冲锋在一线

“您好，请出示驾驶证、身份证……请配合。”1月24日凌晨2时，在萌城检查站执勤的刘九君严格按照要求，对所有进宁车辆、人员进行检查。零下十几度的天气冻得人手脚麻木，刘九君与其他执勤人员丝毫

没有退缩，他们认真完成每一项检测和登记，在车辆经过后，才搓搓手、哈哈气、跺跺脚，让自己暖和一些。

“我是一名有着 20 年党龄的老党员，越是关键时刻越要讲政治，带好头，做表率。”严寒中还要接受询问和检查，过往车辆驾乘人员不免烦躁，每当这个时候，刘九君总是不厌其烦地给他们讲政策、说法律、谈事例，介绍防控新冠肺炎的方法，并一再强调所有人员要高度重视，做好自身防护。

面对超重的工作负荷、简陋的工作环境，刘九君从无半点怨言。

把群众的困难放在心上

“太感谢您啦！要不是您的帮助，我都回不去家，谢谢！”一名青铜峡籍男子感激地对刘九君说。

1 月 30 日，该男子来到萌城检查站求助，称自己去年到甘肃环县打工，因疫情影响停工回家，好不容易乘坐一辆车到了环县甜水堡镇，却再也搭乘不到车了。该男子从甜水堡镇步行到萌城村，又联系了家人开车过来接他，但是接他的车却在 211 国道红墩子卡点被挡住，无法通行，他只好到萌城检查站寻求帮助。刘九君了解这一情况后，立即与红墩子检查站进行协调对接，帮助该男子解决了困难。

萌城检查站启用以来，刘九君积极帮助群众解决困难 20 余件，受到当地群众和过往司机的好评。

并肩坚守战“疫”前沿

“作为‘双警’家庭，面对疫情我们坚决服从组织的安排和指令。”由于疫情不断发展，刘九君一直没回家。他的妻子也是一名警察，在阻击疫情工作部署之后，同样坚守在执勤一线，同时还负责宣传工作。夫妻二人忙得不可开交，只能将孩子托付给家中老人。

舍小家为大家。夫妻二人多年来一直聚少离多，虽然已经习惯了这样的生活，可刘九君心中却难掩酸楚。每天处理完所里和检查站的事务，他都会抽时间和妻子、儿子视频一次，给家中老人打电话报平安。

2月3日，妻子到萌城检查站督导检查时，终于与刘九君见了一面，为他带来了换洗和保暖的衣物，告诉他家里一切都好，这温情的一幕，深深触动着现场的同事们。

（摘自《宁夏法治报》　记者：何巧云　通讯员：刘华）

朱海波：工作就得这么干

在上海西路派出所见到朱海波时，他正在向前来督导检查疫情防控工作的金凤区公安分局检查组汇报派出所工作开展情况，从“三返”人员摸排核查到隔离点执勤警力配置，从入户普查到涉疫类违法犯罪行为查处，他掰着指头说着数据。能看出来，他对每项工作都了如指掌。

“春节前所里事情多，一直没顾上回家，疫情防控工作开展以来，更是连轴转。1 月 20 日以来，我只回过一次家。”朱海波打开厚厚的笔记本，往前翻看了半天，笔记本里记录着他每天工作开展的情况。从自治区“两会”安保到疫情防控工作开展，朱海波已经在岗位上连续工作了 30 多天。

带头站在防控第一线、带头发扬无私奉献精神、带头坚守岗位，这是这场阻击战中朱海波的真实写照。

自疫情发生以来，面对严峻的防控形势，朱海波作为上海西路派出所党支部书记、所长，第一时间向全体民警、辅警发出通知，取消春节休假，迅速回到岗位。在全所疫情防控工作部署会上，朱海波对全所66名民警、辅警及禁毒专干进行分组，详细部署各项工作，要求全所人员必须冲锋在前，全力以赴投入到疫情防控阻击战当中，扎实做好疫情防控和维护稳定等工作，筑牢辖区人民群众生命健康安全的“第一道防线”。会后，朱海波以身作则，扎根在疫情联防联控、群防群控的最前沿。

上海西路派出所辖区有金凤万达、悦海新天地、大阅城3个商业综合体，各类商户众多。为最大限度切断病毒传播渠道，他带领社区民警联合综合执法等部门对所有商铺进行关停。工作过程中，部分商户对疫情防控工作认识不到位，有抵触情绪，他第一时间进行劝说，宣传疫情防控政策，顺利完成工作任务。

“派出所共有5个警务区，14个居委会59个居民小区1444幢楼3454个单元。我们第一时间对所有小区进行防疫管控，要求所有工作人员做好测温、登记、宣传等工作。我每天都要到管控点看一遍才安心。”

疫情防控期间，朱海波带头深入辖区开展防控工作，积极会同卫健部门、社区和街道办事处工作人员，对上级部门推送的武汉返乡人员、重点防控人员逐一进行排查、核查，并登记造册，确保对湖北等外省区返乡人员在管理上实现“三个到位”和“三个清楚”。

2月1日，大阅城一公寓确诊一例新型冠状肺炎患者。为做好疫情点的管控工作，他们在公寓楼下设立 24 小时疫情防控点位，外防输入，内防扩散。朱海波带领 10 名警察亲自挑起隔离点执勤的艰巨任务，24 小时驻守执勤。环境简陋，条件艰苦，临时放置的折叠床床位有限，到了晚上，朱海波总是让其他人先休息。连续熬夜，他的血压不断升高。公寓内人员杨某、陆某、冯某某和王某某等人违反规定从该公寓后 2 楼窗户跳窗准备离开，他迅速指挥执勤民警及时妥善处置，有力保障了疫情防控工作的开展。

“我们辖区有 66475 户 157444 人，住户多小区多，入户排查难度非常大。”自 2 月 6 日以来，除了所里 5 人负责值班备勤工作，其他民警、辅警会同金凤分局抽调的各部门警力共 185 人，与武装部民兵预备役、退役军人、综合执法局等支援力量，组成疫情防控入户普查工作组。朱海波既当指挥员又当战斗员，为做好入户排查工作，他将工作组划分为 5 个小组，按照网格进行分工，将工作量分到包括他自己在内的每个人头上，确保能按时按点完成入户排查工作。

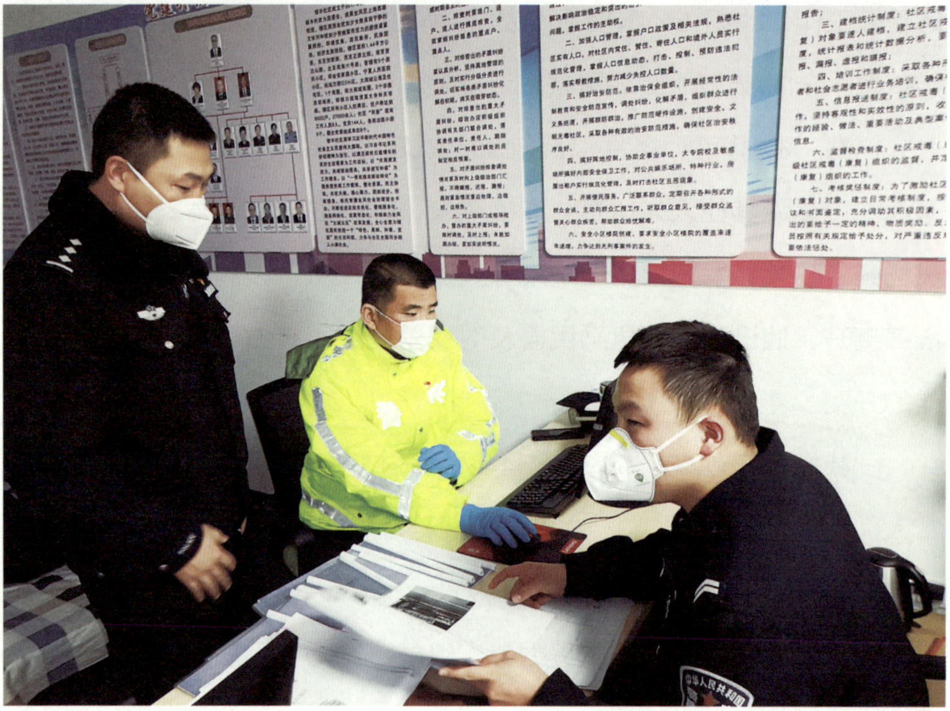

“拉网排查，摸清底数，不漏一户，不漏一人。工作就得这么干。”在入户排查工作部署会议上，朱海波坚决地说道。一家挨一家，一栋挨一栋，一个小区挨一个小区……在他的带领下，工作组所有成员夜以继日，主动靠前，对辖区内居住人员开展全面的“拉网式”“地毯式”排查，逐户走访、逐人见面登记，同时做好辖区内营业网点、沿街商铺、群租房等区域的排查工作。他们辛勤工作的成果，为党委、政府疫情防控决策提供了最有力的支撑。

“我和妻子都在疫情防控一线，儿子今年要参加高考，每天由我母亲照顾着。昨天晚上我才抽空回了趟家，见了儿子一面。”说起家人，他有点愧疚。妻子李斌在银川市车管所工作，每天和同事们忙碌在疫情防控第一线。知道丈夫工作任务重、压力大，她对丈夫说："你工作的辖区疫情严重，防疫一线更需要你，你放心去吧，家里有我呢。"话虽这么说，但是同样忙碌的两个人，只能抽空和孩子通过电话或视频询问学习情况，叮嘱做好防护措施。

"每天很繁杂的工作要逐一细化，我们所的数据要向各个居委会推送，街道报送的信息要汇总上报，这些工作都要通过电话联系。我现在每天只睡三到五个小时，这中间还要不断接打电话、掌握信息。"

朱海波揉了揉布满血丝的眼睛，快步走出办公室，准备前往辖区隔离点。

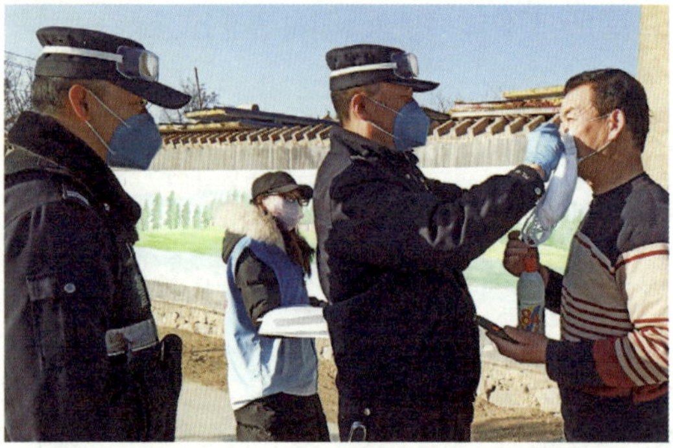

张和平：勇挑重担的派出所所长

张和平是西夏区公安分局镇北堡派出所所长，长相英俊，个子高大，所里的民警和辅警都叫他“大长腿”。要问所里的同事对张和平的印象是什么，他们脱口而出的是“兴奋”。他那双“大长腿”从没见停下来，每天总有干不完的活、使不完的劲。也有同事调侃他像个“老姨妈”，每天都有操不完的心、数不尽的唠叨。

“一个人若没有热情，他将一事无成，而热情的基点正是责任心。”这是列夫·托尔斯泰的一句名言，也是张和平

常常挂在嘴边的一句话。他不但用心记住了这句话，也一直在用实际行动诠释着这句话。

“疫情在前，警察不退。”这是西夏区公安民警立下的铮铮誓言。疫情就是命令，防控就是责任。面对严峻的防控形势，张和平第一时间披挂上阵，关停集市和店铺，排查返乡人员、宣传引导、卡点执勤、统计校对数据等，迅速开启疫情防控模式。作为所长，他把疫情防控作为当前最重要的工作，以最高政治站位、最严工作举措、最佳工作状态展开疫情防控工作。对从武汉返乡群众，以及接触新冠肺炎确诊患者的人员建立网格化管理机制，联合村、社区基层工作人员开展立体化、地毯式排查，实现联防联控无死角、群防群治全覆盖。

摸排湖北返乡人员是此次疫情防控中的重中之重。

张和平带头深入辖区开展防控工作，对上级部门推送的武汉返乡人员、重点防控人员逐一进行排查、核查，反复向不愿意配合工作的群众耐心解释，全面做好人员追踪管理。对镇北堡镇 29 名湖北返乡人员和 672 名外省返乡人员在管理上实现“三个到位”和“三个清楚”——返乡人员核查到位，居家隔离人员监控到位，与确诊患者密切接触人员防控到位；底数清楚，基本信息清楚，动态情况清楚。挑担不怕难，上山不畏险，坎途不停脚，重压不歇肩。镇北堡派出所辖区最广、警力最少、民警平均年龄最大，防疫的担子重重地压在了张和平的肩膀上，每天他起得最早、睡得最晚，尽管劳累，但他身着警服、佩戴党徽的身躯依然挺拔、帅气。

经历过“非典”抗疫的他，意识到这次战“疫”不是一场速决战，必须合理调配警力，切实为群众生命安全竖起一道健康屏障。张和平根据全所民警、辅警的年龄结构、从警经历和业务能力等特点，合理编组，组成以党支部成员为先锋岗的西夏区密切接触者集中隔离点执勤工作组、2 名社区民警加 4 名社区辅警组成的“五村一社区”疫情防控检测点执勤工作组、1 名户籍警加 1 名户籍内勤组成的镇北堡派出所疫情检查点执勤工作组、信息核查工作组和数据统计上报工作组，确保各个岗位有人负责、人人都有责任的战“疫”部署，让辖区群众切实感受到人民警察永远和人民在一起的温暖。西夏区密切接触者集中隔离点设在镇北堡镇辖区，由于密切接触者集中隔离点感染风险比较大，大家心里都有一定顾虑，张和平亲自挑起隔离点执勤的艰巨任务。

一个支部就是一座堡垒，一名党员就是一面旗帜。自2月6日以来，各小组成员除了值班备勤、按时完成任务外，又会同镇北堡镇人民政府抽调的60名工作人员，与西夏区人民检察院、政法委、司法局，镇北堡镇司法所、各村（社区）基层工作者等支援力量，组成镇北堡派出所疫情防控入户普查工作组。为强化战时党建工作，经分局党委研究，决定成立镇北堡派出所疫情防控入户普查工作临时党支部，由张和平担任支部书记。

镇北堡镇辖区面积241平方公里。1996年至今，从宁夏南部、陕西、甘肃、河南等地陆续自发移民至镇北堡镇的村民有3万多人。其中相当一部分人散居在辖区各山庄、酒庄、景区、矿区、葡萄园等地，入户排查难度非常大。在张和平的带领下，临时党支部成员夜以继日，主动靠前，在镇街和乡村到处都有他们忙碌奔波的身影。夜里，他们一个电话接一个电话，一个数据接一个数据地核查，为镇党委、政府的疫情防控决策提供着最有力的支撑。

疫情来势凶猛，为了打赢疫情防卫战，作为“双警”家庭的张和平和妻子徐蕾，在接到紧急集合的命令后立即换上警服，抛下年仅8岁的儿子，投入到严峻的防控工作中。大年三十以来，他没休息过一天，更没有时间陪伴在亲人身边。每晚他抽空与8岁的儿子视频时，很多同事都听到那句稚嫩的声音：“爸爸，你什么时候回来呀？”他强忍着泪水说：

“爸爸马上就能回家陪你了。”很显然，这是一句谎话，在家庭和工作面前，张和平选择了工作。所长、支部书记、丈夫、父亲……不同的身份，一样的责任。战“疫”当前，他初心如磐、使命在肩。他和妻子共同抗疫，用坚守筑牢人民群众的安全防线。

张和平守着卡、护着城，虽然辛苦，但无怨无悔。就像春晚节目《爱是桥梁》所说的：“春节到了，春天也就不远了，让我们春天再相逢！隔离病毒，但绝不会隔离爱。”他就是这样一个人，时刻践行着执法为民、立警为公的宗旨，发誓坚决打赢这场疫情防控阻击战。

冯伟：与时间赛跑的派出所所长

“金凤区确诊一例新冠肺炎患者，迅速做好防疫、管控、隔离和密切接触人员的摸排工作。”放下电话，银川市公安局金凤区分局长城中路派出所所长冯伟调整了一下情绪（连续几天的高强度工作，使他精神有点恍惚），镇定了一下，他迅速拨通了教导员郭建才和其他支委、社区民警的电话：“1分钟后开会，有新任务。”

2分钟人员集合完毕，岗位分工、布置任务；3分钟防护用具发放到位，穿戴完毕，出发；5分钟到达现场，陆续到达的还有居委会、卫健委、市综合执法等部门的工作人员。接下来，单元封闭隔离、限制进出、登记信息、楼门管控等一系列措施紧锣密鼓地实施，一条条指令发布出去，冯伟在现场指挥着防控工作。“必须抢时间把病毒可能扩散的源头、渠道控住、堵住，晚一步就会增加周围群众被传染的风险。”

多年的警察生涯，使冯伟深深体会到时间就是生命的真义。从警以来，冯伟与同事解救了多少群众、破解了多少危难，无不是与时间赛跑的结果。但是此次疫情危急程度让他心悸，面对看不见的病毒和随时有可能被传染的风险，稍有疏漏就会失败的挑战，冯伟想得最多的，是怎样细之又细、严之又严地把防控工作做到密不透风，不漏一户不漏一人。

“多年的老警察，遇事千万不能慌，必须沉着应对。”突发的疫情防控任务，没有打乱冯伟一贯的沉稳和节奏，他不顾个人安危，靠前指挥，坚持一线作战。冯伟心里清楚，这是一场全民战“疫”，没有人能置身事外，更别说他是党员，是人民警察，坚决不能后退。

“坐下来心里就不踏实，还是要去各点看看才放心。”冯伟几乎坐不住，五里宜居、宝湖天下、艾依水郡……几个小区他都轮流转，巡察、督导，发现问题现场解决，雷厉风行是他一贯的作风。

“志明，你那边情况怎样？群众配合不配合？人手够不够？还有什么困难？”冯伟边吃饭边打电话跟社区民警交流工作。

防疫战集结号吹响以来，冯伟没回过家。他说：“也不是不想家、不想孩子，就是觉得现在这种状况，单位更需要自己，工作更需要自己。只能在电话里安慰安慰妻子，讨好讨好孩子。嘴上说过两天就回去，可

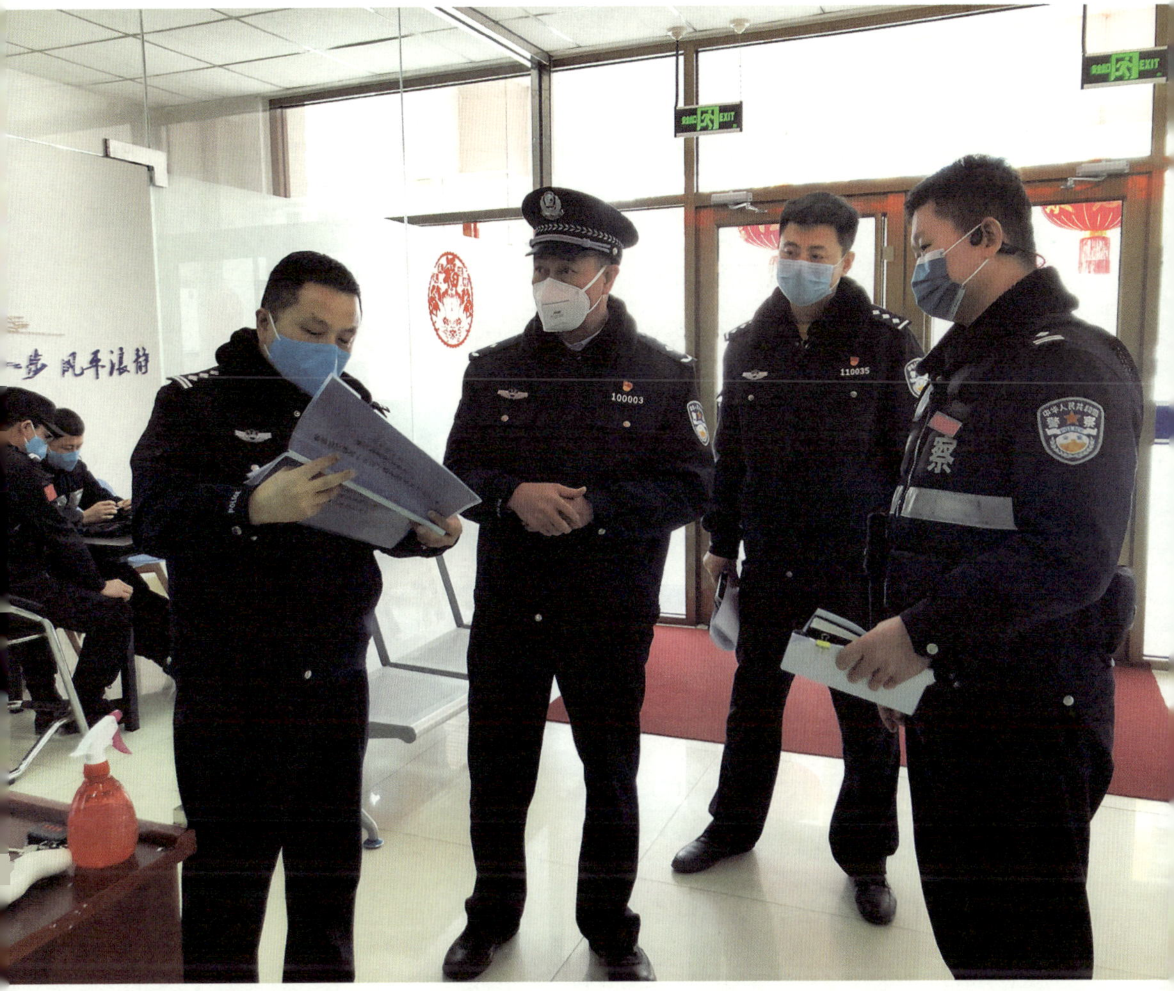

明知道这又是一个谎言，心里只能默默说声对不起，以后有时间再补偿他们。”灾难面前，儿女情长只能靠后。妻子能体谅，孩子能理解，这是他的动力。

2月6日，新的任务下来了：辖区7万多户近20万人，要求5天内走访完毕。接到任务的冯伟没有埋怨，而是笑着说："公安机关就是这样，一个接一个任务。如果哪天人民警察失业了，那就天下太平了。"

"不能让大家饿着肚子干活，确保每一个在外走访的人员能吃上一口热乎饭。"入户期间，冯伟最关心的就是一线走访的民警、辅警及志愿者近450人的用餐问题。每日两餐，冯伟会准时出现在食堂，清点数量、分组发放、安排配送，细致又周密，每次他都最后一个就餐，还不忘在群内一一落实盒饭是否送到。

每晚10点后，入户调查的数据陆续交到他手里，这是他最忙的时候。需要一一核实入户情况，核对数据，检查内容，最后统计当日的入户数、人数及入户率是否达到平均每人100户的入户要求……

多日的过度操劳导致他左耳朵旁边长出了一个疙瘩，头疼得夜不能寐。他只是招呼家人送点药。家人劝他回家休息一晚，他说："我是所里的主心骨，守土有责，守土尽责，是我作为一名所长应有的担当，我要为辖区的平安稳定负责到底……"

没有豪言壮语，没有慷慨陈词。这场疫情阻击战是对领导干部工作作风的一场大考，考验的正是干部的务实、实干作风。能否啃下疫情防控这块"硬骨头"，关键要靠"车头带"。作为基层派出所所长，冯伟履职尽责，迎难而上，勇挑重担，善于调动，全面落实各项防控措施，在这场防疫战中作出了自己应有的贡献。

杨翊弢：疫情防控就是要踏踏实实地干

2月19日下午17时，天色渐暗，兴庆区公安分局丽景街派出所所长杨翊弢刚刚与内勤核对完疫情防控期间入户走访的工作数据，随手拿起记了大半本的笔记本，像往常一样，到辖区各居民区防控检查点去看一看。

杨所长爱笑，所里民警、辅警都知道。无论是与大家沟通、协调工作，还是服务群众、化解纠纷，他总能用亲切的笑容、和蔼的话语解决一切问题。但杨所长也有严肃的时候，新年伊始，一场突如其来的疫情让这位有着27年警龄的“老公安”

感触颇深。除夕、初一，连值了两天班的杨翊弢，本想好好陪陪在青岛上大学回来的儿子，没想到还没交班，就接到了在岗在位、抗击疫情的命令，这一干就是 27 个日日夜夜。

丽景街派出所下辖 12 个社区，位于兴庆区的最北边，东有银川国际商贸城、众一物流园、新世纪冷链等 8 家大型市场、物流、城市综合体，坐拥银川二中、高级中学和景博中学等优厚的教育资源，92 个居民区中 60% 是新建、待建小区，是银川市新兴的居民和商业区。辖区人口结构复杂，外地来银经商、打工人员多，易聚集场所集中，阻断疫情的任务艰巨、繁重。辖区 10.5 万群众的健康安全，始终牵动着杨翊弢和全所民警的心。但杨翊弢心里清楚，一味强调客观困难是没有用的，用他的话说就是："阻击病毒和破案攻坚是一个道理，就是要踏踏实实地干，用我们的自信和行动增强群众战胜疫情的信心！"

1 月 26 日，大年初二一大早，杨翊弢第一时间带领全所民警、辅警放弃春节假期到岗就位，按照分局党委部署，8 名警力迅速前往贺兰山高速路口疫情防控检查站驻守，安排社区民警主动联系市场、物流、商业综合体负责人暂停营业，通知在家过年的外地经商、务工人员，暂缓回银。安排妥当后，杨翊弢与社区、街道工作人员一道，对辖区 92 个小区的管控工作进行督导，而这也成为了他每天的一项"功课"。这不，杨翊弢"忙里偷闲"，利用晚饭时间，再次走进了社区。

"进出人员信息登记清楚了吗？有没有体温异常的？这两天有外地返银的经商、打工人员吗？……"在辖区宁景花园南门口检查站，杨翊弢习惯性地拿起了出入人员检查登记本，逐项进行信息核对。确定一切正常后，他的眼角显出笑意，遂大踏步地走进小区。今天他还要开展一项工作，就是对居住人员信息登记进行复核、抽查。“您好，您家是哪里的？我们的民警来您家走访入户了吗？请出示一下您的身份证，我需要登记核查……”一口气走了 3 家，信息准确，登记无误，让杨翊弢把心放到了肚子里。

“辖区新建小区多，外地来银买房的人也多，40% 都是空置房，人户分离的情况比较严重，给我们的病毒阻断工作带来了隐患，社区民警必须反复入户，发现有新增的外来人员，就要随时和卫健委等部门联系进行医学检查，把危险降到最低。”杨翊弢一边往小区外走，一边介绍。

话音未落，杨翊弢已经来到了下一站——庆丰苑小区。入口处鲜红的临时党支部标志赫然入目。工作中，杨翊弢紧紧依靠街道、社区党组织，广泛动员网格员，检、法、司、卫健及辖区企事业单位工作人员 340 人，由 78 名党员带头，成立 12 个临时党组织，组建 170 个攻坚小组，对辖区 4.8 万户 10.5 万人进行入户排查，深入查找、封控传染源头，全面阻断病毒传播渠道，把党组织建在战斗实体上，把党员先锋模范作用发挥在疫情防控的最前沿。在庆丰苑的疫情防控检查点，杨翊弢再次拿起登记本，打趣地说：“每天要看 92 张登记表，有时感觉动作都很机械，但别小瞧了这个登记本，小区疫情防控的最后一道防线就是它。”

回想起封控期间的工作，杨翊弢说他经历了群众从不理解到支持，再到大力参与的过程。“还记得 2 月 7 日下午，一名群众下班回家，认为自己是小区住户，不愿意登记，还不听民警和工作人员劝阻要强行进入。我都没想到，是周围群众站出来制止了他的行为。”杨翊弢笑着说。

更让他感动的是，随着疫情防控的深入，派出所得到了社会各界的大力支持。一天中午，一位群众开车进派出所大院，啥都没说，从后备箱放下几箱水果，掉头就走；有的群众从家里拿来几桶医用酒精、几盒口罩放在接警台上，也不留姓名，只是说你们更需要它；一名小学生来到派出所，请民警帮忙把自己攒下的100多元零花钱寄给武汉……

准备离开庆丰苑时，夜幕降临，杨翊弢下意识看了看表，已是20时，确定一切正常的他脸上露出了笑容，随口说了句："走，下一个小区！"

杨军：守护“空中之门”的拼命三郎

在疫情防控工作中，有这样一群人，他们工作在第一线，不畏恐惧，勇于担当，严防固守，用实际行动诠释责任担当。机场公安局派出所所长杨军就是他们中的一员，他用行动践行着机场公安在疫情防控阻击战中的承诺，守好全区的“空中之门”。

身边的党员先锋

银川河东国际机场是宁夏的“空中门户”，是进出宁夏

的主要通道之一，每日都有天南地北的旅客从这里抵离。为有效阻断疫情蔓延，全力做好疫情防控工作，机场公安局派出所所长杨军主动请缨，带领全所民警、辅警认真贯彻落实上级关于疫情防控工作的决策部署，多天连续奋战坚守一线，严守空港疫情阻击关口，确保旅客安全、健康、有序出行。

1 月 23 日，机场公安局派出所接到警情，有旅客从武汉开车自驾到长沙，乘坐航班从长沙返回银川，必须尽快进行核查。接到警情后，杨军立即带领民警与机场医疗部门共同对该航班旅客进行见面核查、体温检测及隔离处置。

1 月 28 日，接到上级重要核查指令后，杨军带领民警与灵武市临河镇卫生院、银川机场医疗部门相关同志，共同对入住机场宾馆的人员进行体温测量和见面核查工作。

2 月 9 日，杨军与周边公安机关核查疫情重点城市来银人员线索时，发现有两名旅客来自疫情重点城市，第一时间将信息互通传递，及时找到相关人员并按照程序进行了处置。面对疫情，杨军明白自己的职责，作为一个派出所的领头干部不能惧怕，打头阵、上前线理所当然。

每一起涉疫警情，从接触对方到隔离结束，杨军都积极发挥党员先锋模范作用，第一个冲上去，第一时间积极协调，确保警情的妥善有效处置。

同事眼中的拼命三郎

派出所辖区大，企业多，疫情防控期间，大多企业必须要正常运营。然而，企业分散、工作人员较多、工作时间不固定，给辖区企业疫情摸排登记工作带来很大的困难。杨军明白这项工作的重要性，为做好这项工作，他争分夺秒带领所里民警、辅警走遍辖区每个单位，确保不漏一人、不漏一家，逐个登记。在车间、厂房、航站楼、机坪，时时处处能看到他带领民警忙碌的身影。

摸排登记期间，每到一处他都会细致地向工作人员宣传讲解疫情防控政策措施，督促相关单位要加强室内通风、人员物品消毒、体温检测、佩戴口罩等工作。疫情阻击是一场没有硝烟的战斗，作为一名基层派出所干部，杨军深知肩上的责任重大，第一时间摸排、第一时间提醒、第一时间防范就能为这场战斗赢得先机，百分之一的防范胜过事后百分之九十九的补救。机场是公共场所，他每天都要向同事们强调，尽量待在单位，减少往返市区次数，严格落实戴口罩、勤洗手、分食进餐、不聚集等战“疫”要求，确保在防控环节上不掉链子。

在做好疫情防控的同时，杨军加强对辖区安全防范各项措施的落实。“疫情当前，我们要比平常更加注意辖区安全的整体防控工作，力度决不能减。”他组织民警对辖区重要部位疫情期间的强化措施建档列管，积极与特警联合进行反恐案件的处置演练，既要根据进出港航班的情况严格落实机场社会面见警率，还要通过机场视频监控点位有力地强化场区重点路段、重点单位的治安巡查工作。在他眼里，机场安全这张“防护网”任何时候都不能放松警惕。

他是“手机里的父亲”

他是父亲、是丈夫，更是家里的顶梁柱。可他总是把工作放在首位。他相信，终有一天儿子会明白，为什么这段时间自己见到的爸爸一直“待”在手机里；将来也会知道，爸爸所从事的职业是崇高而伟大的。

张涛：临危受命的双重考验

2019年12月30日这一天，张涛记得很清楚，因为这一天是他担任满城北街派出所所长的日子。然而，担任满城北街派出所所长还不满一个月，张涛就遭遇了这次特殊的疫情考验。本来需要应对新岗位新职务的考验，历练忠诚担当能力、队伍管理能力、指挥调度能力、组织协调能力、危机处理能力、后勤保障能力等等，还在不断学习中的张涛，与疫情不期而遇，双重大考在等着他。

满城北街派出所辖区的火车站绝对是宁夏防疫的“第一站”。从疫情防控的第一天开始，火车站出站口就成了最严格的检测口之一。正值春运高峰期，张涛立刻紧张了起来。

“媳妇，年三十我回不去了，有紧急任务。你和孩子去爸妈那边吧……”疫情防控紧急会议后，张涛给妻子去了个电话，他做好了长期作战的思想准备。他知道这个春节将会打一场“硬仗”，而且无论战“疫”有多大的困难，也必须得拿下。

作为所里的“排头兵”，带头坚守一线，这是张涛作为所长首要的自我要求。遇到有风险任务时，他必须第一个冲上去。他每天至少要去火车站检测点五六次，指导执勤民警开展工作，提醒战友们做好防护，有时也会专门给执勤人员送餐，事无巨细。“这个检测点非常重要，”他不时提醒执勤人员，“对往来人员的检测、登记，绝对不能漏掉一人。”

2 月 2 日中午，安排好各个小区检测点执勤警力设置、任务分配、一日三餐后，张涛急匆匆赶回所里。午饭时间已过，他刚拿了包方便面，电话就响了起来。“什么？你慢点说，有确诊病例？在哪个小区？我马上到。”扔下手里的方便面就赶往现场，了解情况，组织警力，调配执勤警力的防护用品、消毒设备，维持现场秩序，安排执勤点位，配合社区工作人员安抚小区住户的情绪，做好小区隔离等一系列工作……作为所长，这些指挥应对能力必须具备，他边学习边实践，一直忙到晚上 9 点多才返回所里。

“有什么情况，一切正常吗？有没有不配合检测的情况？吃饭了吗？”路上电话依旧不断，回到所里，中午没有吃成的泡面变成了晚饭。

2 月 6 日，大规模的入户摸排开始了，大家再次进入不眠不休的工作模式。张涛早已习惯了，白天到社区一线安排所有抽调警力的分组、任务分配，抽空协调、购买防护用品，还有一日三餐的安排，都是他要

操心的。晚上，数据摸排出来后，要梳理、核对、分类统计、汇总，向分局指挥部汇报后已将近凌晨，可一天的工作还没有完全结束。到值班大厅走一圈吧，张涛还惦记着所里接处警案（事）件处理情况。“今天接了几起警？群众捐助情况一定要登记详细，能给感谢信的要给，不能让群众寒心。”“把不用的灯记得都关掉，有事随时向我汇报。”叮嘱完值班民警后，回到办公室，张涛对入户排查的警力安排再次进行调整：“老吕年纪大了，肯定吃不消，给他再分配两个人过去……”有时候他就在办公桌上趴着睡一会儿。

辖区 3 个集中医学观察点，累计 1100 人次，出动警力 60 余人次；确诊病例疫情点 1 处，协助排查 2063 人次，累计安排警力 15 人次；入户核查 3 万户近 6 万人；火车站出站 55717 人次，送诊人数 49 人，累计出动警力 150 人次；接报警 252 起，涉及疫情 81 起……一组组数字是对这个新上任所长的非常考验。他知道，更艰难的考验还在后面，还在那一次次为民服务的道路上，在那一件件公正执法的案件里，更在他上任时立下的铮铮誓言中。

疫情终究会被战胜，但是组织的考验、能力的提高、职责的担当、为人民服务的使命永远没有尽头。

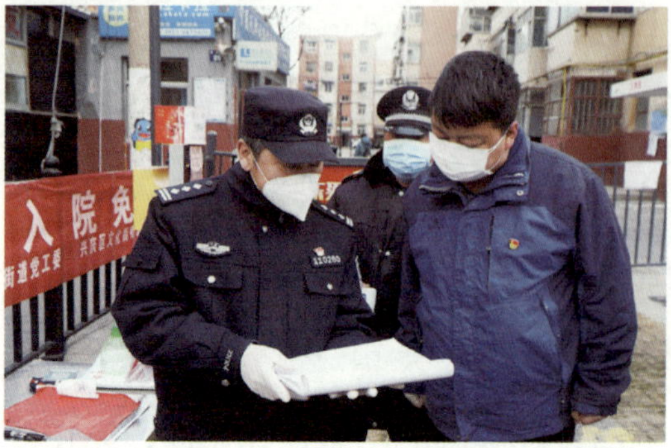

吴学林：群众安危
责任重于泰山

“今天有没有外地返银人员？居民进出登记情况怎么样？小区空房回来人要及时上门走访……”

2月14日17时，在银川市兴庆区文化街游乐小区西门口的疫情防控检测点，兴庆区公安分局解放西街派出所所长吴学林与社区党委专职副书记杨绪军在检查小区疫情防控工作。双眉紧锁的吴学林随手翻开登记本逐人进行信息核对。

1月24日，除夕，刚刚把在南京上大学的女儿接回家，一家人围坐桌前准备吃年夜饭，吴学林与妻子张月梅（社区民警）双双接到回岗就位的通知。两人叮嘱了女儿几句，便匆匆赶回所里，投入到疫情防控阻击战。这一干就是 22 个日日夜夜，离开时答应给女儿补上的年夜饭，也迟迟无法兑现。

解放西街派出所下辖解放西街、文化街 2 个街道办，12 个社区，北靠中山公园，南临有着“宁夏第一街”之称的解放街，东有银川市第三人民医院，派出所辖区占地 9.2 平方公里，共有 132 个居民小区，超过 40% 是建于 20 世纪八九十年代的无物业老旧小区，出租房屋多，公园、酒吧等人员易聚集区域多，春节返乡人员多，阻断病毒传播的任务复杂、繁重。辖区 9 万群众的安危，让这个有着 25 年警龄的“老公安”坐立难安。用吴学林自己的话说：“责任重于泰山！”

除夕当天，在分局疫情防控工作会议上领到任务的吴学林，回到所里第一时间进行安排部署。按照分局要求，全所 6 名警力迅速入驻银横路和京藏高速贺兰山收费站两个疫情防控检查站，锁住进出银川的东大门；6 名警力驻守辖区两个封控点，负责掐断传染源；安排社区民警第一时间联系辖区所有酒吧、KTV 等娱乐场所暂停营业。大年初一一早，留够值班备勤人员后，民警兵分两路，一路由教导员张冰带队联合综合执法等部门，督导检查辖区娱乐场所停业情况；一路由吴学林亲自带队，配合社区、街道对辖区 132 个小区进行防疫管控，最大限度切断病毒传播渠道。

“居民区是疫情防控的最小单元，也是最后一道防线。我的辖区无物业，开放式老旧小区多，里面四通八达，人员流动性强，管控难度特别大。”吴学林介绍辖区情况时说。为了最大限度地阻断病毒传播的途径，民警和社区、物业工作人员对老旧小区进行管控，所有人员分工明确，守住所有进出门，每个小区只留一个门，在门口设立防疫检查点，为进出居民测量体温、登记信息、宣传防控知识。

吴学林知道，疫情防控既是一个力气活，也是一项“绣花功”，需要不停地督促、劝导、宣传，铁脚板和“婆婆嘴”是少不了的。这不，一有空吴学林就约上社区书记挨个小区走。离开游乐小区，穿过北寺巷，天已经渐渐暗了下来，吴学林看了看表，已经是下午6点了。

“限制出行，有时群众不理解，我们就要耐心解释，讲解疫情防控的政策法规，解释封控小区的目的是切断病毒传播渠道，劝导群众

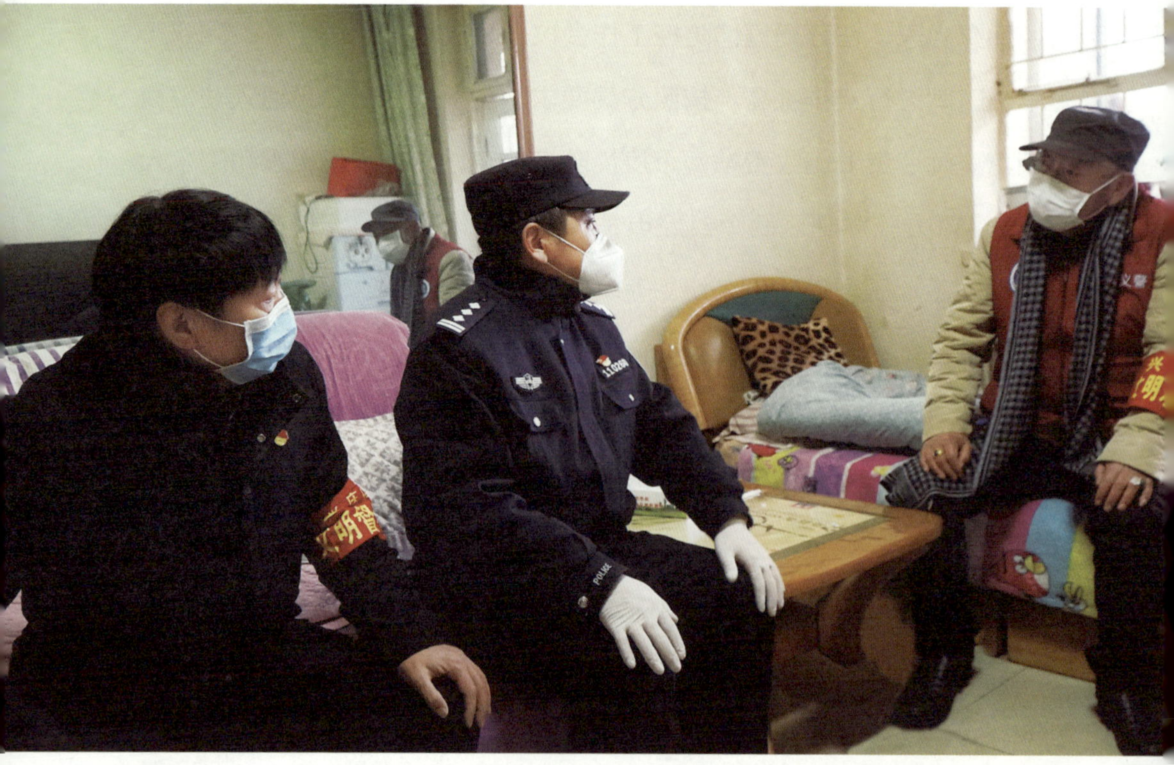

安心在家、勤洗手、少聚集。慢慢地，群众也开始支持、理解我们，工作就好开展了。”吴学林一边走，一边介绍。路过华苑一区，吴学林笑着回忆起来：“有一次，一名小区住户谎称要出小区买菜，就是不听民警劝阻，可明明小区里就有菜店，是周围的居民主动站出来，批评、制止了他的行为。只要把道理讲清，我们的群众还是非常可爱的！”

话音未落，已经到了华苑一区北门。“电子温度计要放在暖宝里，给人测温才准确。入户走访、了解情况，要和对方保持1.5米距离，除了戴口罩，最好把橡胶手套也戴上……”吴学林习惯性地叮嘱着疫情防控检测点的工作人员。这样的话，吴学林每到一个点都要唠叨几遍，就怕误了事。

突然电话铃声响起，原来是女儿发起了视频聊天。“我还忙，回不去。你好好养病，记得吃药……”简单的几句对话，便匆匆挂断。

谈及家人，工作中的“婆婆嘴”吴学林却略显沉默。自己和妻子自除夕返回岗位就再也没有回过家，家里只有女儿一个人。2月4日，女儿说身体不舒服，给爸爸妈妈打电话，可他们都回不去，只能安顿女儿按时吃药，好好休息。直到9日晚上，接到女儿高烧38度的消息，一向镇定的吴学林才慌了神，赶紧把女儿送到了医院。诊断后，连夜给女儿办了住院手续的吴学林又回到了所里，晚上他还要组织社区民警对外地来银人员进行走访、排查。

“其实，我也很想回家，想去看看女儿，可每天与那么多人密切接触，我也怕把病毒带回家……”说着吴学林红了眼眶。

走出华苑一区，已是晚上 8 点了。吴学林下意识地看了看手机，微信步数定格在了两万步。他拽了拽脸上的口罩，深深地吸了口清冷的空气，俯下身子，轻轻捏了捏小腿，又径直朝下一个小区走去，不一会儿，便消失在了街灯斑驳的光影中……

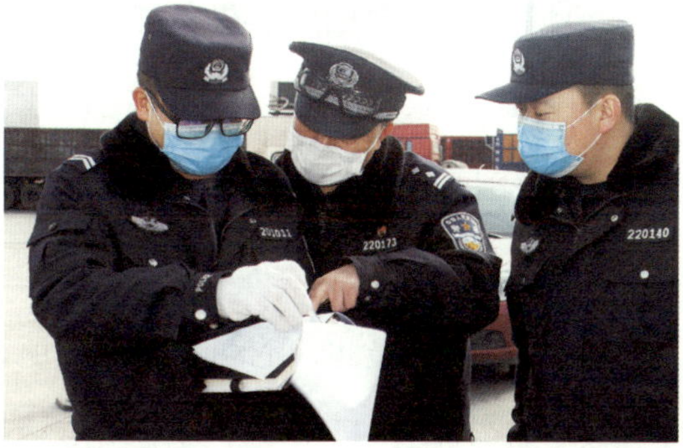

沈建华：宁夏北大门的守护者

“刚设立卡点的那天，是年二十九，除了值班人员外，所长让其他人全部休息，他和教导员带着两个辅警上了麻黄沟卡点轮换执勤，对进宁、出宁人员及车辆进行检查。直到今天他也没休息过一天，实在太辛苦了。”河滨街派出所民警谢隆心疼地说。

春节期间，疫情突然袭来，惠农区公安分局河滨街派出所所长沈建华敏锐地感觉到了形势的严峻性，立即按照分局党委的安排部署，迅速带领全所民警、辅警，放弃春节休假，坚守在疫情防控第一线。

疫情防控，派出所要做的工作很多，既要协同相关部门设卡检测，又要开展涉疫人员核查；既要打击涉疫违法犯罪，又要深入开展疫情防控宣传……只有连轴转才能弥补警力的不足，全所人员日夜“冲锋陷阵”，抗击疫情。

坐落在宁夏最北端的河滨街派出所，与内蒙古乌海市、阿拉善盟接壤，是宁夏的北大门，是整个宁夏阻击疫情至关重要的关卡之一。

地处宁蒙交界的麻黄沟疫情查验站，日均车流量500余辆，人员700余人。等待检查的大卡车排起了长队，因为是跨省卡口，人员较为复杂，要做好对外来车辆、人员的检测登记和劝返，必须做到“来路清、去向明”。及时管控、及时上报、及时跟进是一件急活，更是一件难活。沈建华作为查验点负责人，既是兵头，又是将尾。不仅要做好领头羊，还要使出浑身解数扎实做好防控工作，确保不从关口流进一例涉疫人员。

1月23日，分局迅速成立了5个疫情查验卡点。接到指令后，沈建华立即安排部署了麻黄沟疫情查验站的执勤任务，全力配合防疫部门、交警开展疫情检测工作。当所里的民警、辅警找到内勤要设卡排班表时，排班表上却只有4个人：沈建华、王治刚、李浩、马浩楠。原来，沈建华考虑到平时战友们工作辛苦，恰逢新年，想让战友们休息调整一下，好好过个年，就和教导员王治刚合计，由他们4个人承担设卡执勤任务，直到分局通知全警停休，全所民警、辅警才迅速投入疫情防控一线。

“越是急难险重，越能检验初心使命。这种时候，共产党员、所领导必须带头上、带头干！”这不是一句空话，沈建华一直用实际行动在践行着。

除了把好疫情查验这道关口，“管住人”也是疫情防控工作中的重要任务。分局核查外省入惠人员指令下达后，沈建华从卡点下来就和社区民警沉到社区去，联合乡镇、街道、卫健部门开展联防联控工作，对外省返乡人员，特别是重点疫区返乡人员进行入户排查，及时做好涉疫人员的筛查、检测、隔离和追踪工作。

1 月 27 日，沈建华在对辖区一企业走访摸排时，从一名工人口中得知其工友王某、李某等 10 人昨日已从老家出发，乘车准备来惠农区上班。沈建华一边立即将这一情况上报分局，一边积极联系王某、李某等人。第一个电话拨通时，这几名工人已经到了离惠农区仅有 500 公里的延安，当得知沈建华劝他们返回时，已经走了一大半路程的几人说什么也不愿意再走“回头路”。沈建华分别给几名工人打电话做思想工作，给他们讲此次疫情的严重性，经过几个小时不断沟通劝导，几名工人被他不厌其烦的劝说感动了，掉转车头返回了。返回后工人们纷纷给沈建华打电话报平安。“好好配合当地政府、警察工作，在家待着别乱跑，保护好自己和家人。”沈建华电话里一一叮嘱着这些“辖区居民”。

“党旗所指，就是民心所向，党支部必须成为阻击疫情中坚不可摧的战斗堡垒，必须成为辖区群众的定海神针。”沈建华带领全所民警、辅警冲锋在前，构建起“党员有责、工作有方、阵地有旗、行动有效”的防控体系，层层压实工作责任。

“带头站在防控第一线、带头发扬无私奉献精神、带头做好群众工作、带头落实防控措施、带头顾全大局、带头坚守岗位。”疫情防控阻击战打响后，年轻的副所长刘亚斐“火线”递交了入党申请书，恳请党组织在战斗一线考验他。民警张瑞冠主动请战：“作为党员，我们责无旁贷；作为警察，我们义不容辞。”“60后”社区民警米学宏扑下身子，深入社区扎实工作，全力守护群众平安……23个红手印，饱含全体民警、辅警义无反顾投身抗击疫情第一线的无畏情怀。

2月14日起，冷空气来袭，全国范围内普遍降温。作为风口的惠农区，再次感受到了如三九天般的寒冷。2月15日，气温零下17℃，在麻黄沟疫情查验站临时帐篷里，沈建华一个小小的举动温暖了执勤民警的心。

“沈所，真好喝，退休了你还有个‘吃饭’的本事。”

“什么本事？”沈建华一脸不解地问。

“开奶茶店啊。”张瑞冠的话引得小帐篷里一片欢笑。他大口喝着杯里的奶茶，心里感到十分温暖。

天气寒冷，战友们执勤查控时，不到半个小时就能被冻透。看到战

超限超载检测

友们冻得通红的耳朵，时不时地跺脚取暖，沈建华向路政部门食堂借了一口锅，在卡点给同事们煮起了奶茶，轮班调整间隙，他一杯杯地盛给战友们喝，让战友们暖和暖和。

“成杰，喝奶茶了吗？快来喝！”20岁的辅警郝成杰被所长感动了。在他的记忆里，从来到所里的那天起，所长就特别照顾关心每一个人，是领导，更是亲人。

在沈建华的带领下，在这个充满温暖的战斗集体里，每个人浑身都散发着坚不可摧的磅礴力量，他们坚信，通过自己的努力，定能筑起一道铜墙铁壁，战胜疫情。

马福云的朴实愿望

泾源县公安局新民派出所是宁夏最南端的派出所。

新民乡与甘肃华亭市山寨乡交界，且边界较长，两乡村民长期以来相互通婚，走亲访友、互赶集市是再平常不过了。但是这融洽的乡邻关系，在疫情防控时期，却成了在王家沟疫情检查点配合开展工作的新民乡派出所所长马福云头疼的一件事儿。

疫情防控初期，大多数群众的防控意识还不强。派出所在日常检查中发现，有本乡外地务工人员半夜坐车偷偷返乡的现象。为逃避检查，他们半路下车，从山间小路偷偷返乡回家。

检查发现隐患后，马福云带着他的得力战将们，除了依托检查点开展正常的“过滤”、检查工作，还积极协调联系与新民乡毗邻的甘肃省华亭市检查站、派出所，建立警务协作关系，对不听劝阻偷偷返乡人员进行联防联控。同时，发动各村护林人员，凭借他们熟悉地形的优势，在新民乡双疙瘩梁最高处建立临时瞭望台，通过扩音器喊话、护林员堵截等举措，有效阻断疫情防控中的漏洞。

“最近真是多亏了我们所里这些得力战将了。我们共同冲锋，坚守在一线，全力为抗击疫情做着能想到、能做到的事儿。他们既是我的战友，也是我的亲人，他们那份执着、坚守让我感动。今天，我想吹吹（方言，夸一夸）他们，为他们每个人都加加油。我也有几个愿望，希望可以实现……”马福云所长说道。

每个人都有故事

或多或少

或甜蜜或心酸

每个人也都有愿望

或平凡或远大

或平淡无奇或催人泪下

“老大哥”老王

——疫情过后赶紧去理个发

老王名叫王明贤，是新民派出所教导员，是所里年龄最大、党龄最长的老公安。之前，一直被抽调到县局“扫黑除恶”专案组，连续几个月出差办案，加班加点，一直都没有休息。他本想着春节的时候休息几天，但疫情来得太突然，刚在家休息了一天，就接到了单位的电话。老王义

无反顾地回到了工作岗位。

派出所配合卫健等部门在王家沟设立疫情检查点，所长带着部分警力去了检查点工作，所里大大小小的事都要老王带着大家干。一边要变着法儿宣传，让群众充分认识到疫情的严重性，一边还要配合有关部门对外省市、重点疫区返乡人员进行排查，老王忙得一天只吃一顿饭，更别说理发了。

“我就不摘帽子了，头发长没顾上理，有损形象，哈哈哈……”老王在吃饭的时候，和同事开玩笑说。

“甘肃娃娃”小孙

——我们都是你的家人，加油！

孙兵生是2017年参加工作的，家在甘肃省武威市民勤县，离泾源县有600多公里。参加工作两三年，回家的次数一只手都能数得过来。

春节前，局里、所里领导都考虑小孙离家远，特意关照让他提前回去两天。可到家还没来得及好好陪陪父母，就接到单位取消休假的通知，小孙没有多停留一刻，立即收拾东西返程。

“父母送我出门，我不敢回头，上车后偷偷从后视镜看了他们一眼，看到母亲在抹眼泪，但我只能踩着油门狠心离开。俗话说‘男儿有泪不轻弹，只是未到伤心处’，那一刻我的心是涩的，泪是咸的。但是使命召唤，我必须服从……”

回到岗位后，小孙便投入到紧张的工作中，已无暇顾及其他。工作间隙，他脑海中时不时跳出离别时的画面，但还是坚定地投入到了巡逻、走访、核查、处警等工作中。

“腼腆小孩”小虎

——等这段忙完，一定去见见那个姑娘

一个多月来，小虎第一次见到父亲时，在父亲强烈要求下拍了一张照片，父亲说要带回去让小虎的母亲看看，因为母亲总是在父亲耳边念叨想小虎了，又不能去看他，怕打扰他工作。1月31日，在知道小虎的

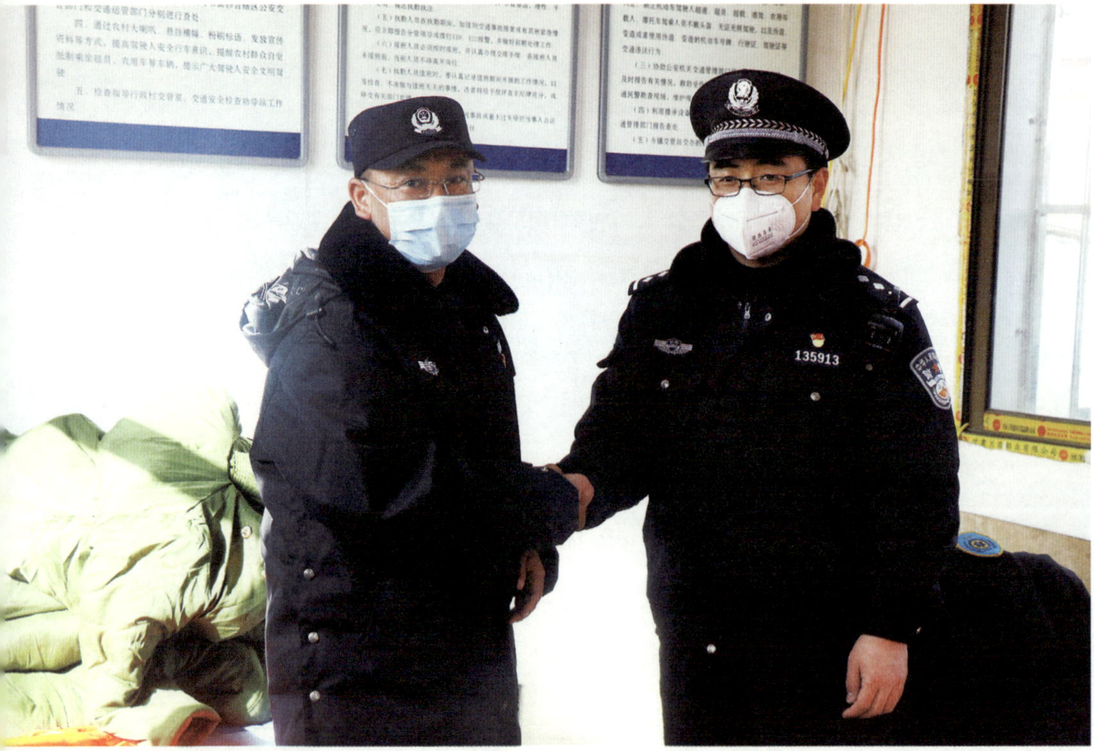

父亲刚好要去新民乡开展道路养护工作后，母亲要父亲一定拍张照片回来，看看小虎是不是瘦了。

虎小红是所里的信息报送员，近一个月他可是连轴转呢。其他民警春节轮换着休息了一天，他因为春节值的是第一个班，加上春节前正常值班，整整一个月都没有休息了。他每天要核实外省市、重点疫区返乡人员情况，还要进村入户开展宣传、排查，回来还要收集汇总各小组的数据。

“派出所工作很忙，我儿子也没时间找对象。这不，春节前我托人给小虎介绍了一个姑娘，只见了一次面，就再没联系，希望人家姑娘能理解、支持小虎的工作，可别有什么误会了……”看着腼腆的小虎跑向了驶来的车辆，忙着核查人员信息等工作，父亲悄悄对所长马福云说着。

退伍军人“小胖”

——战胜疫情后，让你回家亲耳听听孩子叫爸爸

寇兵兵是一名退伍军人，身材比较胖，大家伙都叫他“小胖”。听到大家这样叫，小胖也不恼。同事们每天吃饭时都会监督他少吃点，工作之余督促他加强锻炼，小胖也知道大家为他好，还是比较听话的。

小胖的孩子一岁多了，初次“晋升”为爸爸的他，每天谈起孩子总是喜笑颜开的。“所长，我孩子会叫爸爸了，昨天我媳妇打电话告诉我的……”看着喜滋滋的小胖，就好像他真的听见孩子叫“爸爸”了一样。作为所长的马福云很心酸，心中暗暗想：等战胜疫情，我一定给你放假，

让你回家亲耳听听孩子叫声爸爸。

小胖最开始在卡点工作，因当兵时腿部受过伤，变天会腿疼。二月初，全国降温，由于天气寒冷，执勤时站得时间过长，旧伤复发，小胖腿疼得难以忍受，但一直坚持着。所长见他走路时腿有点瘸，逼问之下他才说明了原因。所长不顾他再三坚持，硬是把他换回了所里。

所长马福云的愿望很简单，他希望：

老王疫情过后赶紧去理个发

小孙加油，我们都是你的家人

小虎忙完这段，一定去见见那个姑娘

小胖回家亲耳听听孩子叫爸爸

…………

一个个普通的愿望背后，是每一位公安民警、辅警的执着坚守。

马鸿喜：防疫一线的急先锋

“作为所里的负责人，我必须迎难而上，起好带头作用。”马鸿喜是这么说的，也是这么做的。疫情防控工作开展以来，永宁县公安局杨和派出所所长马鸿喜充分发挥模范带头作用，带领全所民警、辅警迅速落实各项防控措施，遏制疫情传播蔓延，以实际行动践行一名共产党员的初心和使命。

他是战“疫”一线的急先锋

在接到永宁县公安局部署安排的疫情防控工作任务后，马鸿喜立即在全所召开疫情防控专项会议，针对辖区实际，研判分析工作重点，安排部署各项工作任务，全体民警、辅警上下一心，以饱满的热情投入到疫情防控工作当中。

寒夜里的卡点，多站一会儿，脚几乎要被冻僵。马鸿喜身先士卒，带头走上执勤卡点，对外来车辆和人员进行登记检查，面对一些群众对防疫管控检查工作的不理解、不配合，他耐心讲解疫情的危害，劝导其接受隔离。

从防控战打响以来，杨和派出所负责的检查点，共检查车辆14000余辆，检查人员29000余人，劝导护送重点疫区来宁人员5批次19人。"作为永宁的重要卡口，我们一定要紧盯死守，确保安全！"马鸿喜说。

他是战"疫"一线的侦查员

为做好从湖北尤其是武汉地区返乡的务工求学人员的登记排查监控工作，马鸿喜带领所内民警深入各村组，细致排查人员名单，严格落实包保制度，构筑了疫情防控的"红色防线"，确保早发现、早报告、早隔离，防止疫情蔓延。共摸排出武汉返乡人员38人、外来人员484人，配合永宁县公安局核查相关人员信息500余人次。

他是战"疫"一线的排头兵

为切实把外防输入、内防扩散落到实处，马鸿喜带领全所民警联合村两委干部和党员干部，在各村、各小区出入口设立卡点12处，落实24小时值班值守，严格排查相关人员。马鸿喜带头做到每日巡逻，维持卡点管控秩序，对阻碍防疫工作的违法行为进行严厉打击。

其间，新寨子清真寺寺管主任母亲病故，有100余人准备参加葬礼。

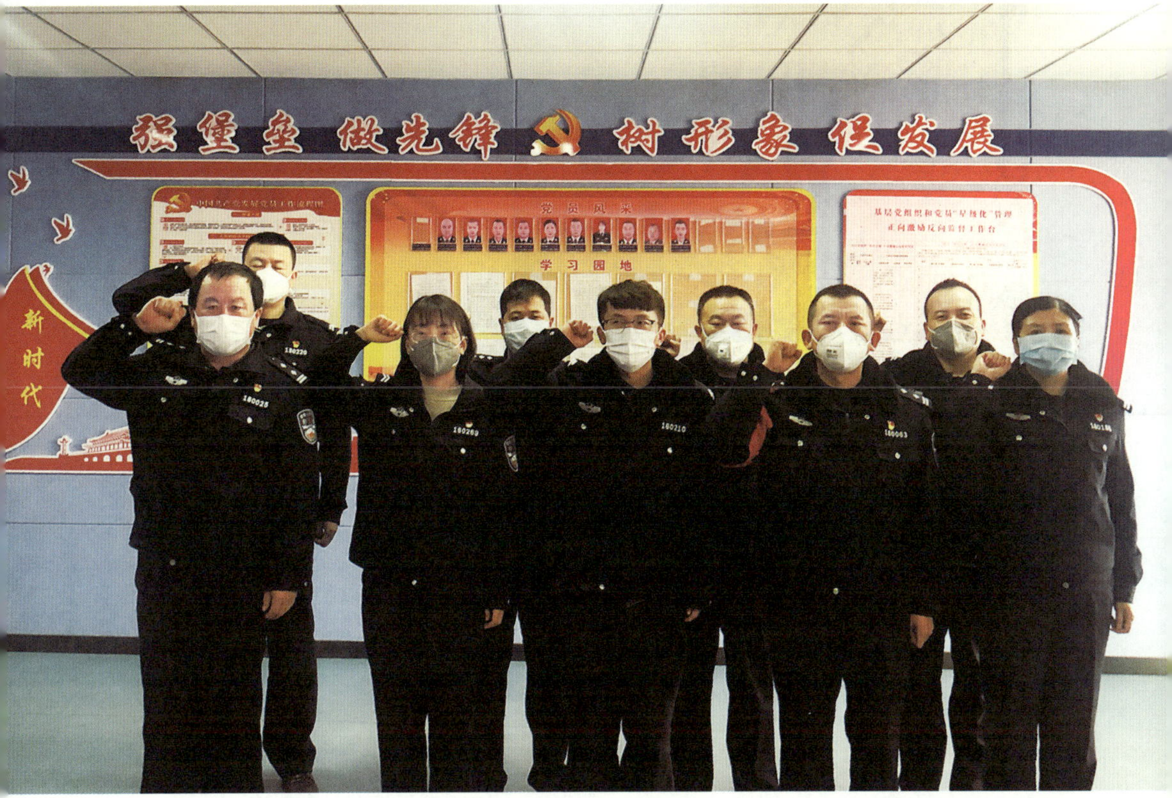

马鸿喜闻讯后及时联合杨和镇政府与相关人员进行沟通交流，为其讲解新冠肺炎疫情的形势和危害，劝导其从简办理，消除了涉疫隐患。

在防疫普查工作中，马鸿喜带领民警深入社区，夜以继日地开展工作，将工作的每一项要求都落到实处、落到细处。

暖心：寒风中的感动

“我是一名老党员，更是一名老民警。在疫情防控关键时期，只要组织一声令下，我会义无反顾、无怨无悔地战斗在最前沿。”2 月 2 日下午，正在 344 国道九公里春运交通检查站忙碌的吴忠市公安局交通管理局交通管理二大队民警杨俊义说。

冬日的一股暖阳照在杨俊义身上，一顶警帽、一个口罩，些许花白的头发，虽然口罩遮住了脸，但他的双眼依然炯炯有神，透着坚毅。阵阵寒风袭来，让人不禁打起了寒战，他站在道路中间，精神矍铄，依旧不停地指挥过往车辆接受检查。

回家路上莫忘安全 春运旅
检查点
春运交通安全
吴忠市交通管理局利通交巡警大队

疫情防控阻击战打响以来，344 国道九公里春运检查站除了检查车辆超载及违规物品、辖区夜间巡逻、宣传交通安全知识，疫情防控成了常规勤务。

24 小时勤务模式，一个固定检查点，一个临时检查点，一个夜间巡逻点，让检查站的民警、辅警一个月要开启至少一周的夜班模式。

从警 35 年，党龄 25 年，干了一辈子交警，只要组织需要，杨俊义就会义无反顾，主动到岗位上报到。二大队队长马文军说，作为老同志，杨俊义以身作则，率先垂范，从来不向队里要照顾。

从 2019 年 12 月 11 日春运启动以来，杨俊义就奋战在春运检查站，从没有因家事耽误工作。1 月 29 日，老伴因感冒引发咳嗽。由于疫情，杨俊义没让女儿来家里。一个人在家的老伴让杨俊义请几天假照顾自己。因为疫情防控，警力紧张，杨俊义不但没有请假，还不停地给老伴做思想工作，并利用空闲时间给老伴买了感冒药，熬了小米粥，依旧每天坚持到检查站工作。

“小伙子，口罩要戴好，现在是疫情防控关键期，记住勤洗手、多消毒。这份疫情防护知识给你，带回去给家人讲讲。”杨俊义对过路司机说。

明年，杨俊义就要退休。

这个春节是杨俊义在工作岗位上的最后一个春节。

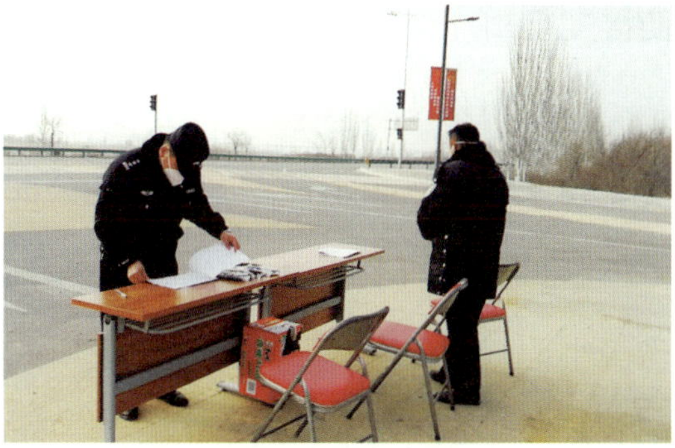

马建文：坚守是为了更多人健康地生活

2020年1月31日，正逢庚子鼠年，大年初七。下午4时，滨河黄河大桥新冠肺炎防疫检查站，川流不息的车流间，全副武装的兴庆区公安分局掌政镇派出所所长马建文正在劝导通行车流有序停靠，配合医务人员进行体温监测、信息登记等疫情防控工作。

新年伊始，一场突如其来的新冠肺炎疫情，让这名有着30年警龄的老公安，也把心提到了嗓子眼。“大年三十晚上，我刚把在云南上大学的女儿从机场接回家，准备吃年夜饭，便接到通知，回岗就位，抗击疫情，我就第一时间回到所里。”马建文介绍。

掌政镇东西长 8 公里，南北长 15 公里，138 平方公里的辖区划分了 12 个行政村，既有鸣翠湖国家湿地公园，又有沙温泉、檀溪谷这样的旅游度假村，再加上周边林立的小型旅馆、餐厅，用马建文的话说：“麻雀虽小，五脏俱全！”人员密集场所集中，慕名而来的外地游客多，全镇 5 万多群众的安全、健康问题，一时间让马建文感到责任重于泰山。

赶往所里的路上，马建文第一时间联系鸣翠湖、沙温泉、檀溪谷等度假村、旅游景区负责人暂停营业，安排社区民警配合掌政镇政府、卫健等部门工作人员，对周边小型餐饮、娱乐行业挨家挨户上门，宣讲疫情防控政策与法规，劝导暂停营业，先解决人员易聚集的问题。来到所里，马建文迅速安排，党员带头，全所民警兵分两路，一路由派出所教导员带队，配合镇、村干部，在每个行政村设立防疫卡点，驻守、执勤；一路由马建文带队直奔刚刚启用的滨河黄河大桥防疫检查站，牢牢把住群众健康的防控闸门。

值班、备勤、入户、排查、驻守检查站……“过年这 7 天，全所民警两班倒，交替、穿插各项工作，基本都是连轴转，为的就是阻断病毒传播渠道，守住身后这片净土！”马建文一边熟练地劝停过往车辆，配合医护人员筛查，一边回忆疫情防控工作。

话音未落，一阵急促的电话铃声，把马建文的思绪又拉回了防控检查站。镇干部打电话，又新增了几名外地来银人员，需要派出所民警配合入户，马建文迅速安排民警配合医务人员入户筛查。

心里仍然不放心的他，来不及脱下防护服，简单向驻守民警交代了

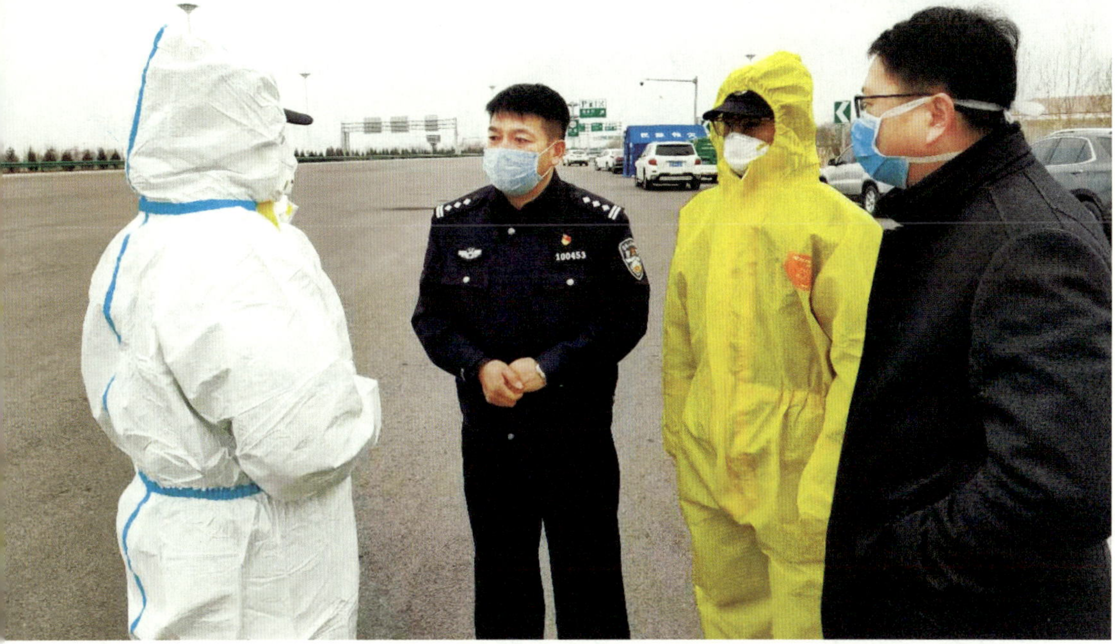

一下工作，便驾车赶往永南村。“今年，分局党委落实‘1+3+N’专群联动工作机制，我们派出所所长进乡镇、社区党组织任副书记，镇党委班子成员每个人都要包一个村的疫情防控工作，永南村就是我的包村防控点，我每天都要过去看看心里才踏实！”马建文介绍。

“劝导群众用语要规范，老百姓进出村不能‘一刀切’，驻守执勤人员防护装备要穿戴整齐……”在永南村口的执勤卡点，马建文详细了解了当天进出村人员、外来人员登记、村干部入户和消毒等工作情况，不断叮嘱驻守卡口的人员对工作中发现的问题及时反馈，既要负起责任，又要善于做群众工作，还要有效保障自身安全。

村上狗叫扰民、邻里间有了纠纷、户籍如何办理……

回检查站的路上，马建文接连接了几个镇上群众的电话，并一一答复，安排所里民警及时解决群众困难。“通过指挥中心指令，掌政镇派出所一天处置的警情，也就10起左右，在兴庆区并不算多，但镇上、村上群众一有事就给我和所里打电话、提供信息。这不，今天凌晨1点多，还有群众给我打电话，反映有外地来银人员，我们迅速联合卫健委等部门，第一时间上门走访、筛查，并安顿其居家隔离，这就是群众对我们的支持、信任！”马建文颇为自豪地说。

谈及家人，马建文的话语间充满了愧疚。和从事新闻工作的妻子结婚已经23年，育有两个女儿的两口子早已习惯了聚少离多的日子。但让马建文一直放心不下的是自己70多岁的父亲。2019年11月，父亲突发脑梗，住进了医院。“正好赶上年底最忙的时候，本来想趁过年假期在床前伺候，又遇上了疫情防控，没办法，毕竟家国不能两全，不过老人非常理解我。因为，我们的坚守是为了更多的人能够健康地生活！”马建文坚定地说。

王金枝：最难熬的后半夜我上

2020 年 2 月 8 日，是庚子年的元宵节。凌晨 3 时，58 岁的老民警王金枝、全区优秀人民警察谭斌，在简易帐篷里，细心地守护着麻黄沟疫情防控卡点。

初春的夜晚，零下十几度的气温还是非常寒冷的，王金枝不停地跺着脚，用深呼吸来缓解疲惫，护目镜里一片雾气。一轮圆月静静地挂在半空，望着明亮的圆月，他才恍然记起今天是万家团圆的元宵节。凌晨 4 点 04 分，他在朋友圈里发了一条“明月也在岗”的信息。不一会儿，儿子发来信息：“还没睡呢，老爸？平安。”

王金枝是石嘴山市公安局交通警察分局七大队的一名老民警，从警34年，先后从事过维持秩序、事故处置、宣传等交管工作。特别是从事宣传工作的这十几年里，他精心准备，狠下工夫，结合日常各类交通管理工作，自编小品、情景剧，认真学习并制作了PPT，给辖区企事业单位职工、居民、学生等讲授生动活泼的交通安全课，被大家亲切地称为“王老师”。

麻黄沟疫情卡点位于石嘴山市惠农区河滨工业园区，靠近内蒙古乌素图工业园区，每天车辆、人员流动较大。因此，这个封闭卡点成了关键卡点。一个一个检查，一辆一辆登记，路上出现了拥堵。面对拥堵现象，一些驾驶员情绪较为急躁，有的口出恶言，此时，“王老师”就会充分发挥宣警的优势，采取一人一策，以幽默风趣的语言，耐心细致地向过往的驾驶员告知政策法律相关问题，让驾驶员的情绪慢慢平复下来，愉快地配合检查，耐心地等候过往，安心地接受劝返。在王金枝看来，卡点设置是命令，守好卡点是责任。

“进出的人多时，再忙也不能出错。”王金枝说，这时就是要守好这个卡点，紧盯每个人、每辆车，做好询问、登记、检查，遇到少数人不理解，说些难听的话，或故意刁难时，绝不能“冷、硬、横”，要理解驾驶员的心情，采取积极有效的方法措施进行检查和劝返。

当然，“王老师”也有收获。夜晚时，有人送来泡好的一大杯浓茶，有人送来水果，有陌生人送来难买的口罩……看到这些，“王老师”高兴地抖着两条浓眉说：“再苦再累咱也要守好这个卡点，守好宁夏的北大门。”他结合“非典”时期的工作经验，沉着冷静，面带微笑，耐心说服和劝导，很快就使现场混乱的局面得到化解。

1 月 25 日，接到在麻黄沟设置卡点的通知后，王金枝立即向大队请命到卡点去执勤，考虑到他年龄大，面临退休，儿子也在自治区人民医院急诊科一线接诊，大队安排他留队执守。一向平易近人的“王老师”梗着脖子，青筋都蹦出来了：“咋的，看不起人，别看我年龄大，我身体好着呢，啥毛病没有。”老王硬是挤到了执勤一线。

2003 年，王金枝就曾在“非典”设置的卡点执勤。如今过去 17 年，他依然不减当年雄风，看到年轻人值守到后半夜都有点疲乏，老王主动请缨：“最难熬的后半夜我上。”趁着后半夜人流车流量几乎没有的时候，老王就美滋滋地向辖区企业微信群发出温馨提示，让辖区企业车辆和个人不跑冤枉路，履行好手续再出发。他说：“能够得到群众的点赞和认可，就是对我最好的回报。”

目前，老王已发送涉及疫情防控内容信息 150 余条，为群众及驾驶员化解疑难杂症 80 余起，接打群众咨询电话 50 余起，主动连线广播电视台 2 次。他充分利用新媒体，在疫情防控期间收到了良好的宣传效果。当然，每天收获的满屏点赞让王金枝十分感动和充实，自己的汗水没有白流。

元宵节凌晨 4 点多儿子发来的信息，是春节期间父子间的第一次通信。1 月 24 日除夕夜 11 点，等了好久全家三口才聚在一起，而此时匆匆赶回家的儿子王颖接到了自治区人民医院的通知，要求即刻归队，他只扒了几口饭就在第二天凌晨悄悄地走了。随后的微信里儿子让王金枝要注意安全，并要求他不要告诉妈妈自己在一线，此后就忙得再没发过什么信息。

这么多天来，王金枝一直很担心儿子，但他把所有的情绪深深掩藏起来，没有给儿子打过一个电话或发过一条微信。元宵节，儿子发来一张照片，看到被防护服包裹严实的儿子，老王在深夜里泪流满面，多少天的担忧此时才宣泄出来。作为薪火相传的一家人，老王觉得儿子真棒，颇有一番“儿子英雄爹好汉”的味道。

早上6点，卡点上的车辆多了起来，王金枝站得笔直，规范地向来往的车辆驾驶员敬礼、登记、测体温，天依然还很寒冷，但太阳已经升起来了。春天正悄悄来临，而王金枝还在为战胜疫情、保护人民群众的生命安全而坚守着……

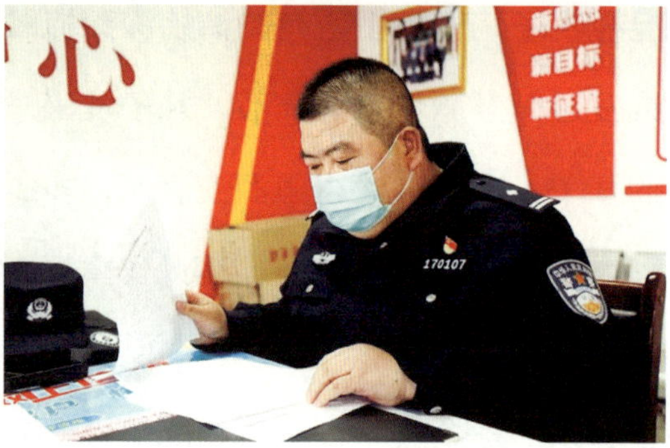

村里来了个胖警察

贺兰县习岗镇新平村来了位胖警察，做起事儿来像踩了“风火轮”，时间不长，两只脚就踏遍了村里每个角落，有些情况他比当地村民还了解——这家几口人，那家人是干啥的，他都了如指掌。他更是有一双火眼金睛，一眼就能看出人员信息表中的问题。

这位胖警察就是贺兰县公安局城关派出所民警杨元科。

我一定要啃下这块硬骨头

因离县城较远，我们来到杨元科所在的普查点已是晚上6点30分，他还在村部办公室的一张小桌前整理着一沓文件。

杨元科今年41岁，见到他的第一眼就觉得憨厚温和，胖胖的身材一点不影响他的利落灵活。

“这是今天下午开会刚分配的任务，要对祥和家苑71栋楼100多家住户的信息进行核查，完了还要赶紧入户再次核实……”

“现在已经快7点了，还要入户吗？”

“当然，其实晚上入户更方便，大家基本都在家。”新平村原有8个生产队，现在部分拆除后建成了蔬菜温棚区，很大一部分卖给陕北人和河南人经营，其中部分又转手卖给了其他人。有的种植户将温棚里的9个工具间又出租出去，各类人员情况复杂。祥和家苑又是拆迁返还房，各地返乡人员较多，这让核查工作变得十分困难。

杨元科是新平村的普查组组长，为了啃下这块硬骨头，从入村那天起，他按“防输入不漏一人、重点人员排查管控不漏一人”的要求，深入走访排查，准确掌握重点人员信息，做好登记造册、跟踪随访、健康监测等工作，不管是白天还是黑夜，总是第一时间入户核查，做到全覆盖、无死角、不漏人。由于白天村里大部分人要去蔬菜温棚区干活，杨元科索性直接到温棚区采集信息，田间地头、村民炕头都成了办公地点。

从我手上过的信息不能有任何问题

“在其位谋其政，做不好工作，是一件很难受的事。”杨元科对待每件工作都极其认真，做起事来雷厉风行。

新平村下辖11个村民小组，有1050户3000多人。入户过程中，村里哪家有困难，杨元科一眼就能“看透”，一桶水肩膀上一扛，手里拎

上各类生活用品，就往村民家里走。

“看身份证号就是返学的学生，类别一看就是错的。”

“这个户籍是外地的，填的信息与前面对不上。”

…………

“填报上来的信息，不管再多，杨哥一看一对比，任何问题都逃不过他的火眼金睛。”一起核查工作的社区网格员对杨元科十分崇拜。

“信息一旦出错，不仅对后期的排查工作产生影响，严重点还会对所有村民的生命安全产生威胁。”杨元科给自己定下一个目标，从自己手上过的信息坚决不能有任何问题。靠着这种信念，在他的努力下，新平村第一次核查的信息就达到了完整率、准确率百分之百，为上级部门进一步开展工作提供了重要依据。

20 天吃了 60 桶泡面

一般人很难想象连续吃 20 天泡面是什么滋味，杨元科为了摸清楚村里的人员情况，住在村里，一天三顿泡面成了他的标准餐。

新平村离贺兰县城有 10 余公里，作为普查组组长的杨元科深知此次抗疫工作的重要性和艰巨性。为了信息采集及时准确，他索性在核查点的小房子支了一张床直接住了下来，还买了十几箱各种口味的泡面给自己备着。

“杨哥每天都起得很早，当我们到村部办公室时，他就已经入户了……”新平村社区网格员说道。每天杨元科的日常工作就是带上记录册和笔满村子转，走到哪里核查到哪里，到了饭点就吃泡面。

“很多时候杨哥连泡面都顾不上吃，就在那儿整理信息，我们都劝了好几次，但他眼里好像只有工作。”村长看到杨元科每天吃泡面有点不忍心，便拿来了自家腌制的咸苦苦菜让他稍微改善一下伙食。

“所里也安排给我解决吃饭问题了，但我还是觉着泡面最方便，每天换一个口味都要吃好几天呢。”杨元科笑着说，“我好像吃了 60 多桶了，现在一闻泡面，就知道啥味儿啥牌子的……”

“您这衣服是不是好久没换过了？”当注意到杨元科穿的一身警服

有点脏的时候，他赶紧低下头扯了扯衣角，似乎还没发现自己的衣服脏了。“实不相瞒，从上岗那天起快一个月了，没顾上换衣服，这确实有点脏了。”杨元科有点不好意思地赶紧解释。

从入村开始，杨元科就把所有精力放在了工作上，完全没顾上自己的形象。在村子的 20 多天里，他白天晚上连轴转，太晚了直接在小床上一睡，第二天接着干活，根本没时间换洗衣服。再加上天气寒冷，村部的自来水管被冻住，喝的水都是从外面买来的桶装水。

有危险的工作，让我上吧

在入村前半个月，杨元科就一直坚守在城关派出所，值班处警，办理案件，核查信息，走访宣传，加强居民小区等人员密集场所的巡逻防控，结合“百万警进千万家”活动深入开展疫情防控宣传工作，凡是“急、难、险、重”的工作都能看见他的身影。

“有危险的工作，让我上吧。”当面对需要核查的对象是已经确诊病人的密切接触者，而且需要面对面进行核查时，杨元科主动请缨，穿上隔离服，戴上口罩和护目镜，第一时间承担起核查工作任务。

一次，杨元科去核查时，集中隔离点的群众不理解疫情防控工作，情绪激动要跳楼。面对警情，杨元科第一个冲上前耐心做政策宣传、心理疏导和劝说工作。经过一个多小时的劝说、开导，群众情绪慢慢平复，也开始积极配合医生开展测量体温等隔离观察工作。

“小杨到我们这儿以后，克服各种困难，忠于职守，尽职尽责，影响带动了村里所有的抗疫人员。在他入户这段时间，每家每户都知道村里来了个能干的警察，每天为村里人的安全来回奔波，我们都很感动。他还带头捐了 500 元。”支部书记张成元说。在杨元科的影响感召下，村里近百名村民自发捐款，全村出现了“奉献爱心、踊跃捐款”的动人场面。为此，新平村党支部给贺兰县公安局党委写了一封感谢信，感谢杨元科在抗疫战中为新平村留下的宝贵精神财富。

“我是援助过外省工作回来的党员民警，听到宁夏医疗队援助武汉，我心里特别感慨……”说到这儿，杨元科眼眶有点湿润。从外省回来的他希望能尽自己的绵薄之力，帮助远在他乡的医护人员。

“我是人民警察，也是有着 10 年党龄的老党员。在抗击疫情的关键时刻，作为党员，我有责任、有义务冲在疫情工作最前线。”疫情发生后，杨元科第一时间向城关派出所党支部提交了请战书，申请上一线。正如请战书里所说，杨元科用实际行动践行着人民警察的神圣使命。

“最近所里和村上工作多，晚上核查完信息就十一点左右了，都没顾上回家，为了妻儿安全，等疫情结束再回家吧。”提起家人，杨元科深深叹了一口气，“我孩子学习不太好，每当老师要求孩子和家长一起互动读课文时，他就有点小脾气，因为我每次都缺席。希望等疫情结束了，能好好陪陪他们，再吃顿媳妇做的饭。”说着，杨元科眯弯了眼睛，憨憨地笑了。

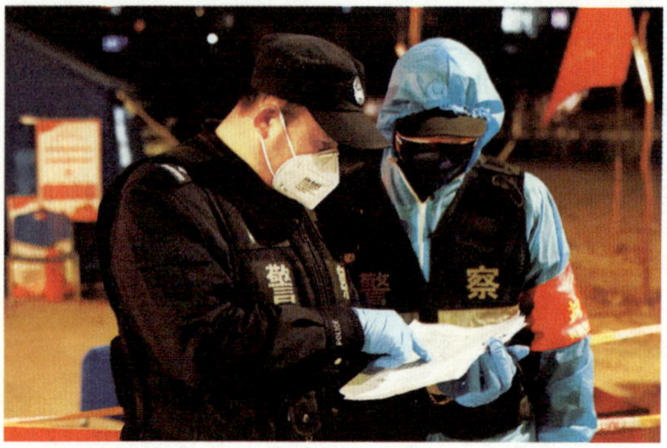

“不孝”儿郎周建宝

2 月 9 日下午，银川市兴庆区公安分局燕鸽派出所民警周建宝从殡仪馆出来，直接回到工作岗位，当晚他值班。2 月 10 日起，他开始正常值守防疫卡点、处理日常事务。忙起来，或许能让他暂时忘了心底的愧疚。

2 月 5 日 23 时 50 分，父亲永远地走了。而那一刻，周建宝刚刚从辖区防疫值勤点返回派出所，正准备与仍未休息的所长商量第二天备勤及防疫卡点上的人员安排。2 月 1 日，哥哥在电话里告诉他：“老爹病重住院治疗，情况有点不好，你工作忙，这边有我，有情况我随时给你说。”因为疫情防控工作任务重，周建宝强忍着内心的惦念，依旧坚持在岗位，只是抽空和哥哥打电话或视频了解情况。

一晃，5 天过去了，周建宝每天吃住都在派出所，常常是 24 小时连轴转。除了派出所的 24 小时执勤和侦办刑事案件的工作外，他都奔波在疫情执勤卡点和小区门岗，办理入户登记信息汇总，对辖区服装店、宾馆、小区，开展入户走访、宣传……因对消毒液过敏，他身上一片片的红肿，可连买药的时间都抽不出来。

周建宝的确是忙。他从事了 18 年的一线公安 110 处警和巡防工作，自 2018 年 8 月调入燕鸽湖派出所后，硬任务也是一项接一项，住在派出所成了常事。上初二的女儿打电话说：爸爸，现在见你简直是奢望。今年过年前，周建宝又有大半个月没回过家，年三十中午终于忙完了手头的活，回家后，帮助妻子拧干了刚洗的床单——这是他年前帮助妻子做的唯一家务。

燕鸽派出所管辖区域 4.2 平方公里，常住人口 1.7 万余户 4 万多人，每逢节假日，常年工作在外的石油工人陆续返回，居住人口最多时能达到近 10 万人。所里警力非常紧张，这是周建宝一直坚守岗位不愿意回家的原因。在这个特殊的节点，自己离开一天，与他并肩战斗的战友们压力就会倍增。“汤所长已经十几天没回家了，其他同事们都是连轴转，这个时候我不能走。”周建宝将对父亲的惦念化作了动力。

从 22 年前穿上警服开始，父亲就大力支持他的工作，哥哥们也是从无二话。

一直到 2 月 4 日，大哥还在电话里“故作轻松”：“你忙去，爸这边有我。”大哥报了平安，周建宝放心值班，谁知道 2 月 5 日 23 时 50 分，突传噩耗。

POLICE
勤

听闻噩耗，周建宝泪如雨下。一起熬了几天的弟兄们都往他脸上瞅，周建宝把警帽帽檐压到最低。所长汤辉读懂了老搭档眼泪的内涵，压低声音说：“现在就回家去！这是命令！”2月6日凌晨3时，他坚持处理完手头的工作后，连夜赶回了离执勤岗位60公里外的平罗老家。

为了抗击疫情，周建宝与老父亲没有见上最后一面。心中虽有伤感和遗憾，但他坚信父亲会理解他。

“职责所在，疫情防控形势这么严峻，作为党员更要站在第一线。”周建宝说。疫情防控的战斗仍然在继续，周建宝深知自己的使命和责任，他在简单办完父亲的丧事后，立即归队，全身心投入到疫情防控一线的战斗中。

姚金星：筑起疫情外防输入的坚固屏障

“各位旅客，由于非常时期，为了您及他人的健康，请大家戴好口罩，根据指示牌自觉站好队……”“这位小姑娘，请注意脚下，一定要把随身物品带好……”“请各位旅客如实报告自己的行程，积极配合工作人员做好信息登记工作……”操着一口生硬“固原普通话”的姚金星一手拿着喇叭，一手比画着引导旅客出站，这样的工作他已经重复了 40 多天，连日来的风吹日晒和长时间的喊话引导让他看起来有些憔悴。

姚金星，54 岁，是固原市原州区公安分局云雾山派出所所长。从警 36 年来，先后在派出所、刑侦大队、警务督察大队等部门工作，是一位有着 23 年党龄的老党员。疫情发生后不久，他被安排到固原火车站疫情防控检查点，对来固旅客进行登记、分流工作。

3 月 4 日是姚金星最忙的一天，当天共计有 271 人在固原火车站下车，

从接站、引导、信息登记到分类统计，一直忙到凌晨才结束。正当他准备到帐篷里歇息一下时，所里老马打来了电话，说有些信息要上报。他知道，疫情防控期间每项工作都容不得半点马虎，于是连忙驱车赶往派出所，饭都没顾上吃，又投入到工作中，等忙完已经是第二天早上 6 点多了。姚金星没来得及休息，拖着疲惫的身子又赶到了检查点，此时双腿就像灌满了铅一样，每走一步都很费力。

“我是党员，我不能临阵退缩，我要和同事们一起坚守岗位，把好火车站这个重要入口。”冬春交替之际，天气干燥而寒冷，加上连日来的风吹日晒，姚金星的脸上起了皮，形成了特殊的“口罩脸”，眼睛也充满了红血丝，风一吹眼泪就止不住地流。即使这样，姚金星没有退缩，他每天坚持工作 8 个多小时，完全忘记了自己是做过两次心脏支架手术的病人，用他的话说“只要能够战胜疫情，再苦再累都值得”。

“爸爸，你看你脸都成黑色的了，我给你准备了防晒霜，你执勤的时候抹上！”女儿看见满脸疲惫的爸爸心疼地说。“我皮肤本来就黑，再黑点也无妨。”姚金星笑着宽慰女儿。妻子知道老姚的脾气，安慰他：“家里有我，你把自己照顾好，安心去工作，如果不舒服就不要硬撑着。”面对女儿的关心和妻子的理解，老姚更加坚定了信念：一定要严防死守住固原火车站这道“大门”，坚决不能让病毒“混”进固原。

在姚金星和其他工作人员的共同努力下，固原火车站疫情防控检查点自设立以来，共疏导旅客 8900 余人次，登记分流 4000 余来固人员集中留观，成为固原疫情外防输入的坚固屏障。

“婆婆嘴”所长李向锋

“综合研判室，昨日警情多少？”“巡逻队，今天街面人流量怎么样？”“值班组，做好自我防护措施，处警要注意方式方法。”每天 3 个无线手持台总能听到他的声音，布置工作、协调警力、提醒民警注意防护，同事们都说他是“婆婆嘴”，所里的上上下下，群众的大事小情，什么事都要操心。这位“婆婆嘴”就是盐池县公安局花马池派出所所长李向锋。

他既是指挥官，也是急先锋

疫情防控阻击战打响以来，李向锋每天奔波在值班处警、巡逻防控、案件办理、入户排查、矛盾纠纷化解的第一线，他既是指挥官，也是急先锋。

从疫情暴发到全民抗疫，经常能看到一面印着“党员先锋队”的红旗穿梭在盐池县城的大街小巷。辖区群众看见它就像吃了一颗定心丸，总是安全感满满的。

这支正能量爆表的队伍是这样成立的。在疫情防控期间，花马池派出所要承担两个公路检查站防控执勤、值班接处警、打击违法、走访摸排、宣传发动等任务。在警力有限的情况下，怎样统筹工作、细化措施、提升质效，最大限度释放人员活力，李向锋作为花马所疫情防控专班负责人，将所有工作梳理了一遍，经过分析研判，决定成立集治安、宣传、劝导于一体的党员先锋队。

他一有时间就亲自带领党员先锋队在辖区开展精准巡防，对街面流动人员、车辆进行盘查、劝导，利用流动大喇叭滚动播放疫情防控相关规定，还时不时走进小区、村组疫情防控检查点，教育引导群众实名登记。

“一开始个别民警还不理解，认为现在街上没有人，巡逻就是占用警力资源。但随着巡逻工作的深入，化解了很多群众和防控检查点工作人员的矛盾纠纷，警情变少了，效果也逐渐显现。”李向锋说。

创新机制，起底排查出妙招

随着疫情防控形势越来越严峻，起底排查重点人员成为防控工作的关键一环。花马池派出所辖区大，人口多，行业场所和出租房屋分散，18 名社区警力要在短时间内逐户走访摸排难度太大。在原有党员先锋队的基础上，李向锋主动对接街道办，与街道办民兵组成联防联控巡查队。

联防联控巡查队每天上街盘查街面流动人员，检查其出门登记卡，将超出规定外出时限的居民移交至所在小区检查点，以此来提高社区防控质效。另外，巡查队对沿街商户、出租屋逐户张贴“温馨提示”，告知房主返回要及时向社区或派出所报备，它一边连着门，另一边连着墙，只要房主返回开门，“温馨提示”也会被随着撕开，在提醒业主要及时

报备的同时，也提示了工作人员有人进入，从而跟进摸排，全面扫除监管盲区。联防联控提升了防控质效，节约了警力资源，对街面治安也形成了强力震慑。

此外，李向锋还针对旅馆零星出租现象提出了“公告促申”筛漏排查法，针对农村面广、点多、人少，管理薄弱，提出了“邻里守望”奖励排查法，针对企业返工人员地域不同、返回方式的不确定、人员流动性大，存在管理缺位，提出了“点名压责”申报排查法，进一步扫清了盲点，补强了弱点，解决了难点。

工作合力形成了，工作机制优化了，工作方法灵活了，工作质效提升了，但李向锋的脸颊却消瘦了。

践行誓言，发挥“头雁”效应

2 月 6 日，李向锋值班，一天查处了 4 起涉疫违法案件，有喝醉酒寻衅滋事的，有翻越围墙逃避检查点登记的，有辱骂防控工作人员的，还有不配合防控工作人员登记信息的。李向锋借助多年在法制室工作的丰富经验，当起了所里的法制员，提供法律依据、指导民警取证、研判案件性质，一直忙到凌晨 3 点，这一天他只睡了 4 个小时。

2 月 9 日 19 时，李向锋接到县局指令，前往火车站配合卫健部门对 3 名湖北籍返盐乘客隔离。他把所里仅剩的两套防护服让给了一起处置的同事，自己却只戴着口罩穿着警服开展劝导工作。两个小时后，3 名乘客终于同意自愿接受医学隔离。乘客虽然走了，但他又返回所里继续工作，直到凌晨 4 点，这一天他只睡了 3 个小时。

在他的带动下，花马池派出所涌现了一批先进典型和感人事迹，全所民警、辅警坚守岗位、忠诚履职，办案组30名民警、辅警不分昼夜打击违法行为，社区民警、辅警加班加点走访摸排，复核重点人员信息，全所民警、辅警都在用实际行动来维护辖区群众的生命健康安全。

自1月24日起，李向锋就一直吃住在所里，通宵达旦奋战在抗疫一线。辛勤的付出，群众都看在眼里，花马池派出所经常会收到群众送来的口罩、方便面等物资，每每这个时候，李向锋都倍感欣慰。他经常对群众说："只要你们能安然无恙，我们再苦再累也是值得的。"最近，李向锋发现自己添了很多白头发。这个春节，他原本打算要好好陪陪家人，但这场疫情让他失约了。李向锋说："现在最大的愿望是疫情快点过去，让老百姓恢复正常的生活工作秩序，我也好回趟家，尽一点父亲和丈夫的责任。"

董明祥：边战疫情边抓逃犯

自疫情发生以来，中卫市中宁县公安局徐套乡派出所所长董明祥在防控一线建支部、战疫情，忙而不乱抓逃犯，同事、队友都调侃他忙成了“车轱辘”。

战疫情、抓逃犯两不误

2月17日，徐套乡派出所经过核查比对，成功抓获一名涉嫌妨害公务上网逃犯。当天董明祥在辖区开展“五包一”管控工作，发现从甘肃返乡的居家隔离对象马某某违反规定在家门口闲转。董明祥在核查劝说过程中发现马某某语焉不详，目光躲闪。凭着多年的从警经验，他对这个人的

信息进行了核查比对，发现马某某是石嘴山市大武口区公安局上网逃犯，遂将其控制。

经查，2018 年 3 月 12 日，马某某伙同他人拉运煤炭，在途经石嘴山市石炭井沟口路政检查站时，拒绝接受检查，将 4 名工作人员殴打致伤后，强行冲过治超站。目前，犯罪嫌疑人马某某已被移交石嘴山市大武口区公安局进一步处理。

这是董明祥战疫情、抓逃犯两不误的工作缩影。44 岁的他在疫情防控工作中展现出来的尽职尽责的作风，让所里的年轻人十分敬佩。

为了防止疫情传播蔓延，董明祥带领徐套乡派出所全体民、辅警坚守卡点，在做实排查和宣传工作的同时，快速行动，对辖区违反政府紧急状态下发布的通告、公告等干扰、阻碍疫情防控工作的行为予以严厉打击。

目前，共查处赌博及妨害社会管理秩序案件 11 起，打击处理 24 人，其中行政拘留 5 人，罚款 14 人，教育训诫 5 人，抓获上网逃犯 1 名，有力保障了徐套乡防疫工作的顺利开展。

防控、学习一项不能少

“砰砰”，1 月 26 日凌晨 2 点，董明祥正在检查点登记车辆信息，只听两声异响。他转身一看，他们所在的兴仁检查站帐篷被大风吹坏了，宣传资料和部分物资也被吹得四处散落。徐套乡每到春季便大风肆虐，尤其是董明祥负责的 109 国道兴仁检查站更是在大风口。董明祥迅速将卡点的 5 名工作人员分为两组，一组人员盯好卡点，对进出车辆和人员逐人逐车测温、消毒、核查登记，严防输入。他则带着剩余的两人在大风中抢搭帐篷。凌晨的风寒冷刺骨，董明祥刚固定好帐篷的一侧，另一侧又被大风卷起。他和工作人员抢修了一个多小时，终于处理好帐篷受损问题，确保检查点工作正常运转。

在检查点执勤的近一个月里，董明祥带领党员干部斗严寒、战风雪、抗疫情，凭着一张桌子、一支笔、一把体温枪和战“疫”决心，每天坚守在检查点。他还时常随徐套乡领导对临时检测点、村庄劝返点进行督导检查，经常来不及休息又继续投入到监测工作中。

徐套乡副乡长秦斌说：“每次到饭点，老董总让我们先吃饭，他自己先盯着。”同事眼中的董所长始终干劲十足。

作为 109 国道兴仁检查站临时党支部书记，董明祥想方设法创造条件将支部建好建强。“没有专业的党务工作者，那我们就培养一个。同志们，我们是临时党支部，但是我们的党性和担当是永恒的。”面对临时党支部无人从事过党务工作的情况，董明祥这样鼓励大家。

兴仁检查站每天的车流量较大，检查任务很繁重，为保证疫情监测和支部学习两不误，董明祥利用晚上进行集中学习。

深夜的检查站，过往人车稀少时，在简陋的帐篷中，昏暗的灯光下，董明祥带领大家开始学习。“我们是中宁县西大门的守关者，想要守好关，学习是根本。要学习中央、区、市、县关于疫情防控的工作要求，学习

掌握疫情防控知识，才能给过往行人做好解释工作。”

2月22日晚，董明祥组织检查站临时党支部开展了“防控疫情，我当先锋”主题党日活动，带领全体党员重温入党誓词，回顾入党初心，用行动践行初心。

开展防疫工作以来，该检查站已开展集中学习10余次，传达视频调度会议精神7次，累计检查车辆4700余辆、8800余人次。

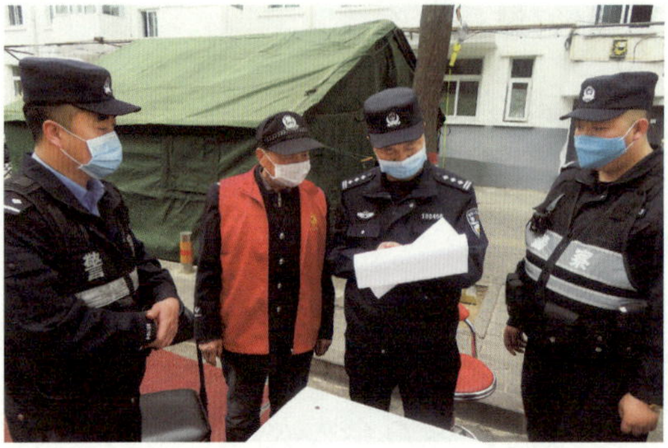

陈建文：爱“争”的所长

北京中路派出所是金凤区公安分局管辖面积最小的一个派出所，辖区5.6平方公里，共有常住人口5.2万人，流动人口接近1万人。派出所有民警14人、辅警27人。“70后”的“老”所长陈建文，见人总是笑嘻嘻的，和蔼可亲，做事麻利，最大的“缺点”就是爱“争”。

“咱们虽然是小所，人口少，疫情入户核查速度不能慢，质量更不能低，要争取跑在前面。”防疫工作他也要争一争，比速度比质量。

北京中路派出所辖区面积小，常住人口并不少，小区相对集中。陈建文带领派出所传承新时代“枫桥经验”精神，

践行“百万警进千万家”活动，主动作为，事事争先，努力探索群防群治新举措、新路子，真正让“矛盾不上交、平安不出事、服务不缺位、警民双满意”成为新常态。

疫情防控工作开始后，陈建文心里还是比较踏实的：“辖区6个社区，安排人死看死守也绝对防得住，社区民警曹惠珍、殷玉全都是老民警了，责任心强，工作认真踏实，完全可以放心。民警刘斌、王钦经过两年的磨炼也能独当一面，各负责一个社区没问题，剩下两个社区安排两个负责任的辅警，再由我和教导员各督导一个，天天跟进，也没有问题。”

心中有数的陈建文没有慌，每一个细节在心里已经盘算了七八遍，工作部署也十分到位。

“这次也得争，争取不要出现确诊和疑似病例，我们首先要防范到位、管理到位，不漏人不漏户，每个细节都考虑周全。入户核查更不能落后，辖区面积小走访有优势。”陈建文在给同志们做动员部署的时候，又要“争”了，“咱们辖区的老旧小区比较多，楼里没有电梯，入户核查只能一步一个台阶地走去，弟兄们得辛苦了，有什么困难第一时间跟我说。”

2019 年，北京中路派出所在金凤区公安分局党委的领导下，以“平安建设”为目标，履行好打击犯罪、维护稳定、保护人民的法定职责，促进各民族和睦相处、和谐发展，赢得了辖区群众赞誉，也争得了金凤公安分局年度绩效考核的第一。

“主任，同事们的口罩和消毒设备快要跟不上了，请分局支援支援。”陈建文的一贯作风，跟负责警务保障的陈红争取防护装备。

“马上就发到位了，就你最积极。”陈红开玩笑地说道。

“还得备一些方便面、榨菜，晚上经常熬夜加班，需要加餐，我得保证干活的同志们不饿肚子。”

辖区启元药业要提前复工生产，这是个难题。陈建文第一时间与工商、街道取得联系，赶时间做谋划，提前部署，安排社区民警对接，督促、指导做好防疫前期人员登记、检测、进出制度等。1 月 29 日启元药业部分人员上班，2 月 10 日全体员工有序复产复工，启元成了辖区最早复工生产的企业，且在防疫工作中未出任何纰漏。

疫情期间，北京中路派出所的日均接警量是平时的 1/3，在入户核查最吃紧的时候，陈建文每天增派所里治安民警、辅警全部协助支援社区民警开展社区工作。他要争取时间，把每一个防范细节做到位，总共成

立了 15 个门岗小组，对小区进出人员进行体温检测，同时做好通行证等信息核对、登记，并给居家观察居民送快递进家门，维持小区正常秩序。

辖区网吧、娱乐场所、餐饮，是否按照防疫通告全部暂停营业？他安排治安巡逻组及时开展例行检查，对辖区物美超市等人流量较多的重点场所，指导、检查防疫，加强巡逻班次。陈建文强调，一定要争取做到万无一失。

疫情期间，陈建文带领所里的民警、辅警按照一级警务的要求，启动了战时“5+2、白 + 黑”工作模式。疫情的严重性，大家心里都明白，没有一个人叫苦叫累，陈建文看在眼里，更记在心里。

这位“老”所长，为防疫战“疫”争时间，为复工复产争条件，为所里民警争保障，为辖区百姓争安全，凡事爱“争”，但是“争”也要有理有节，他要求全所工作必须干到位，防范必须做到细。疫情形势向好态势进一步巩固拓展，派出所辖区未发现确诊、疑似病例，他为辖区百姓松了口气。全面复产复工以来，积极协调，做好“四返”人员工作，这次他又准备争先了，为了工作，为了群众，他时时“争”、事事“争”。

马建平：把新时代“枫桥经验”践行在疫情防控第一线

作为宁夏唯一一个首批被授予全国“枫桥式公安派出所”称号的新华街派出所，北邻有着“宁夏第一街”之称的解放街，东有百年历史的新华“商圈”，城市综合体与传统居民区相互交融，易聚集区域密集，老旧小区多、出租房屋多、流动人口多。疫情防控工作开展以来，这些特点给切断病毒传播渠道的工作带来了挑战。辖区4.9万群众的健康和安全，让“枫桥式公安派出所”所长马建平夜不能寐。

“您好，您从哪回来？最近身体怎么样？请出示身份证，

我登记一下信息。您还有什么需要我们帮助的吗？……”疫情发生后，马建平率领全所民警、辅警继续践行新时代爱民为民的“枫桥经验”，以实际行动守护百姓的健康。

2月23日18时，在兴庆区玉皇阁南街新月小区，马建平与教导员王宁，带着社区网格员，正在对一位近期从石嘴山返回银川、准备上班的人员进行走访、登记，开展疫情防控工作。

新年伊始，一场突如其来的新冠肺炎疫情，让这个有着25年警龄的“老”所长感触颇深。1月25日，大年初一，刚刚值完班准备交班的马建平，便接到了抗击疫情的命令。意识到事态紧急的马建平迅速动员，带领全体民警、辅警放弃春节假期，回岗就位，没想到这一干就是整整30个日日夜夜。

“42个居民区，76%是上世纪八九十年代建成的老旧小区，辖区有40%的居民是外地经商、打工或上学的人员，封控工作体量大，入户见人难度高，这就要求我们必须坚持、发扬新时代‘枫桥经验’，依靠党组织，真正把群众发动起来！”小区里，马建平边走边说。

一口气登记了3家。结束了对这个小区外地来银人员的走访，马建平不忘到新月小区东门疫情防控检查点看一看，检查点驻守人员胸前的党徽显得格外醒目。

疫情防控工作一开始，打定主意的马建平，带领全所民警、辅警，落实“1+3+N”专群联动工作机制，第一时间联系银川商城、温州商城和东方商城等大型商业广场暂停营业，告知已回家过年的经商、务工人员暂缓回银，与在银过年的外地商户逐人见面，了解身体健康情况。

在迅速封锁传染源的基础上，派出所紧紧依靠新华商圈“大党委”，携手社区、街道，广泛发动物业、银行、企事业单位等140余人，以社区为最小战斗单元，组建8个党小组，领导64个工作组，一方面对42个居民区进行管控；另一方面，紧盯管控期间涉疫情类案件、纠纷和群众服务需求增加的特点，结合“百万警进千万家”活动，开展上门走访、排查，把服务送到群众家门口。

离开新月小区，马建平途经同样建于上世纪90年代的寺南小区，不禁回忆起一个故事。2月20日傍晚19时，社区民警孙永才走访到寺南小区80多岁的独居老人王奶奶家中，信息还没有登记完，王奶奶便拉着孙永才哭诉起自己的一件烦心事。原来，王奶奶家楼上住着一对中年夫妇，育有一儿一女，近期小区封控，出不去的孩子们经常在家里玩耍、打闹，楼板隔音效果不好，本来就患有心脏病的王奶奶整夜睡不着，上楼几次与夫妇俩沟通不成，引发矛盾，导致邻里间见面就吵。

看在眼里急在心上的孙永才赶紧找来了社区网格员、兴庆义警队员，给双方搬法条、讲和谐、谈教育、说情理，经过大家伙先后3次上门劝说，夫妇俩逐渐意识到自己的不对，主动表示要加强对孩子的教育、管理，王奶奶也原谅了他们，绾在王奶奶心中的疙瘩终于解开了。

病毒阻断工作中，马建平带领全所民警、辅警，一手抓疫情防控，一手抓治安管控。落实“四联三防”反恐防暴机制，强化商圈内部安全；推行警企“六联动”，携手兴庆义警，加密巡控网络。用他的话说就是：“群众的健康和安全同样重要。”21日早晨6点，刚刚结束防控工作的

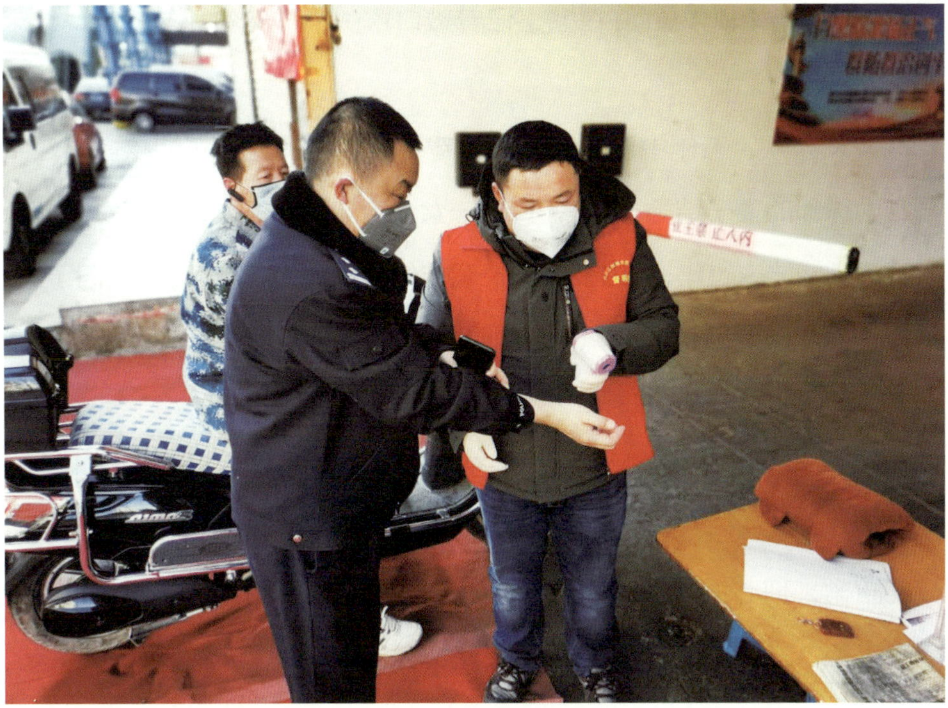

马建平，在回所巡逻中，成功抓获一名盗窃电瓶车犯罪嫌疑人，当场查获被盗电瓶 4 块。

“偌大的新华街，就他一个人推着自行车，上面放着 4 块电瓶，一看就有问题，我们上去一盘查就交代了。”马建平笑着说。疫情防控期间，新华街派出所累计上门发现、化解矛盾纠纷 98 起，服务群众 190 余次。2020 年 1 月，辖区刑事案件立案同比下降 90.3%，真正做到了矛盾不上交、平安不出事、服务不缺位，把新时代“枫桥经验”践行在疫情防控第一线。

巡逻途中，马建平接到了上小学六年级女儿打来的视频电话。“爸爸回不去，你和妈妈好好在家，记着戴口罩……”匆匆几句叮咛，结束了父女俩的对话。

谈及家人，工作中说干就干的马建平，话语间充满了愧疚。马建平与身为律师的妻子结婚 20 年，育有一女。今年过年，本来答应女儿一家人去深圳姥姥家过年，因为疫情防控工作任务重，和女儿的约定又落了空。“好在家人的支持让我力量倍增，我和女儿每天视频通话，女儿还给我和所里的叔叔、阿姨加油呢！”马建平自豪地说。

“进出人员登记情况怎么样？空置房有没有外地返银人员回来？近期的治安状况如何？……”在中房富力城的防控检查点，得知信息完整、一切正常，把心放回肚子里的马建平，露出了欣慰的笑容。他下意识看了看手机，已经是晚上 21 时，微信步数定格在了 30000 步。

沈波：疫情防控的“硬核”所长

望远镇是永宁县最大的乡镇，面积近105平方公里，辖区户籍人口50776人。作为永宁县的北大门，这里流动人口密集，人口总数达10万余人。

新冠肺炎疫情发生后，永宁县相继出现确诊病例。大年初一，永宁县公安局望远派出所接到上级指令：抽调精干警力到银川南收费站疫情检查站开展疫情防控工作。望远派出所所长沈波多次到疫情检查站实地查看情况，及时调整工作方法，全力配合卫健部门开展防疫工作。

银川南收费站车流量巨大，检查任务重，累计检查车辆 136778 辆次，检查人员 200420 人。

曹某某是新冠肺炎确诊患者，其 1 月 22 日到望远镇四季鲜批发市场购买水果，恰逢春节前采购年货高峰期，人流量巨大，核查任务重。沈波立即安排望远派出所 5 名民警积极配合刑警大队，仅用 3 天时间就查清了曹某在四季鲜市场的活动轨迹和 14 名接触人员，为相关部门做好隔离工作打好了基础。

在抗击疫情的关键时刻，沈波总是冲在前、做在先。自大年初一开始，他一直坚守岗位，在部署疫情防控工作的同时，统筹安排好派出所各项工作。不论是核查督导、防控宣传，还是案件办理，他都毅然冲在前面，用“硬核作风”生动诠释了“疫情面前，当仁不让”的本色与担当。

大年初二，一条取消休假的通知迅速传达至每一位民警、辅警。“没办法，这是工作需要，很感谢家人的理解和支持。”别人问起时他常这样简单地说一句。

“我们没有高超的医技上前线，但是作为警察，我们仍然可以在一线坚守，做好社会面防控，避免人员聚集，筑牢病毒防控的铜墙铁壁。”通宵值班后声音略带沙哑的他，讲起疫情防控工作情况显得有点亢奋，也带着很强烈的必胜士气！

疫情发生后，上级要求取消一切聚集性活动，但仍有部分群众不重视，聚众聊天、打牌、打麻将。面对这一违规违法情况，沈波所长“硬核”表态:“疫情时期，不能有半点马虎。打击聚众赌博必须坚决彻底，严惩不贷。”同时，对妨碍疫情防控的违法行为进行严厉打击。防疫期间，望远派出所共办理扰乱疫情案件 6 起，处理 11 人，起到了明显的震慑作用，有效地提升了望远镇群众凝心聚力做好疫情防控工作的积极性。

疫情就是命令，防控就是责任。从晨昏到日暮、从派出所到一线，沈波与望远派出所民警、辅警守土有责、守土尽责，奔走于每一个小区、每一个公共场所，督促物业防疫工作，做好宣传；配合镇政府进行核查工作。在重要时间节点他通过微信群不断发布防范疫情信息，防火、防盗、防诈骗信息……他用一次次平凡却永不缺位的冲锋，守护着辖区群众的健康安宁。

在这场看不见硝烟的疫情阻击战中，沈波以响亮的请战宣言践行使命，以实际行动带动望远派出所汇聚必胜力量。然而，这个“硬核”所长，提到家人有些愧疚，从过年到现在，他还没来得及陪父母吃上一顿团圆饭，和家人只能是隔着手机屏相互问好。

苏建国：
一双永不停歇的铁脚板

人心齐泰山移

“一人难挑千斤担，众人能移万座山”，这是对团队力量的描写。

抗击疫情以来，在苏建国所长的带领下，西花园路派出所用短短一个星期摸排入户 43443 户，核查居民 77525 人，小区值守达 416 人次，社区动员宣传累计 172 次，发动社区退休党员、志愿者 118 人参与抗疫防控，辖区率先完成入户排查规范化、逐户登记差别化、摸排管控同步化、整体作战协同化，这些无疑是团队力量最好的诠释。而这一切，离不开所长苏建国的带领和率先垂范。

疫情防控阻击战打响后，苏建国第一时间组织民警重温工作理念：“一个字‘干’、两个字‘主动’、三个字‘让我来’”，重温团队精神：“团结就是力量，一心所向，无所不能；一心所向，无所不达”。组织全体警务人员郑重宣誓：“我们将恪尽职守、牢记使命、服从命令、听从指挥，坚决打赢抗击病毒攻坚战。”以自身坚定的政治立场和行动，凝聚起全所人员战胜疫情的决心、信心，在全所上下逐步形成了“党员带头、全警动员、全员上阵”的工作机制。

同时还结合党员先进性教育活动，在全所开展“学先进、赶先进、创先进”活动，充分调动民警、辅警工作的积极性，大大提高了团队的凝聚力和战斗力，形成了一个坚强的战斗堡垒，营造出了良好的工作氛围。

我是人民卫士让我来

本着“干、主动、让我来”的工作理念，苏建国既当指挥员，又当战斗员。辖区盛世金橡小区1名确诊病例被隔离后，他主动带领民警召集社区工作人员对该小区进行连夜摸排，并电话安抚被封闭隔离群众情绪，坚持每日回访，对确实有生活困难的群众，自掏腰包为其解决切实困难。在他的感召下，民警和辅警也纷纷以他为榜样，不仅工作更加兢兢业业，对待群众也更加细心热心。

为有效防止疫情的发生和蔓延，苏建国坚持每日对检测卡点防控工作进行督导，严防并严厉打击各类妨害疫情防控工作的违法犯罪行为。

排查各类聚众活动、场所，对未停止营业的场所责令关门。劝导延办各类酒宴20余起，关闭娱乐场所1212家，告诫轻微违法人员76人，依法拘留违法犯罪人员2人，将各项疫情防控工作做细做实，为辖区群众筑起健康的屏障。

把关爱全所民警落在实处

疫情期间摸排工作任务重、时间紧，所里的民警摸排工作和接处警都得兼顾，工作辛苦不言而喻。有些同志为了赶时间录入摸排信息，经

常对着电脑一忙就是一个通宵，早上只能在旁边商店买个冷面包或者干脆不吃早饭。苏所长看在眼里急在心里，如此超负荷的工作量，如果不能及时有效地补充营养，弟兄们很容易把身体拖垮。

于是，他和教导员一商量，决定克服困难把早餐给大家供应起来，哪怕只是一碗热乎的稀饭、一个松软的馒头，决不能饿着大家。在所长的悉心关照下，早餐问题解决了，大伙儿的干劲更足了，所里家的氛围也越来越浓了。

除了在生活上给予大家关照，他同样重视在精神上对大家的鼓励。每日晨会上的打气加油、微信群里的励志警句、深夜里的读书分享，他用自己的实际行动激励着所里每一个人，为所里的年轻人指点着前进的方向。

铁血男儿背后的柔情

2月13日是苏所长47岁生日，没有蛋糕，没有长寿面，只有隔着手机屏幕的一声声祝福，只有家人微信里深情的守望和殷切的关怀。忙碌了一天的他，都顾不上给家人回信息。直到凌晨，忙完了工作，他才在群里与大家分享了自己的感触。他说："家是我们的精神寄托，家是我们的港湾，我们要好好善待家人。"这一刻，他是最想回家的那个人。可是，疫情未退，他怎会离开辖区半步，就连母亲生病，他都没有时间回家去看一眼，只能在吃饭的空当通过电话询问一下病情，寄予满满的牵挂和未能送去汤药的愧疚。

疫情在前，警察不退。在这场没有硝烟的战斗中，苏建国以不畏艰险、勇往直前、敢打敢战、勇于担当的工作作风，书写了对公安事业和人民利益的无限忠诚，诠释了新时代一名基层公安干警的政治本色。

王虎军：条件越恶劣，我们越要坚守好阵地

“生命重于泰山。疫情就是命令，防控就是责任，我是党员，我自愿坚守在疫情防控第一线……”2月5日，中川环宁疫情防控检查点临时党支部正式成立，在临时党支部书记王虎军的带领下，全体党员举起右拳，在党旗下庄严宣誓。

中川环宁检查点位于固原市原州区寨科乡，处于宁夏和甘肃的交界处，海拔高且处于风口位置，自然条件恶劣。为防止疫情由此输入，作为检查点临时党支部书记，王虎军既当指挥员，又当战斗员，带领检查点党员干部日夜坚守在疫情防控第一线，严格对来宁、返宁的每一辆车、每一个人、每一件物品进行检查检测，绝不放过任何蛛丝马迹。“小李，你看前面那辆车怎么了，是不是抛锚了？”“海主任，这会儿风很大，你给车辆消毒的时候一定要戴上防护罩。”“老陈，你领上两个人给咱把帐篷加固一下，晚上刮大风会有危险……”他一边安顿着工作，一边忙着给经过查验点的车辆、人员做登记、测温。

王虎军是原州区公安分局寨科派出所所长，自 1999 年参加公安工作以来，一直奋战在基层一线。在原州区最偏远的寨科派出所，他一待就是 8 年，从未喊过苦叫过累，工作任劳任怨、冲锋在前，始终以实际行动践行着一名共产党员的初心和使命。

连日来超负荷工作，使他的腿脚有些水肿，嘴唇干裂出几道血红的

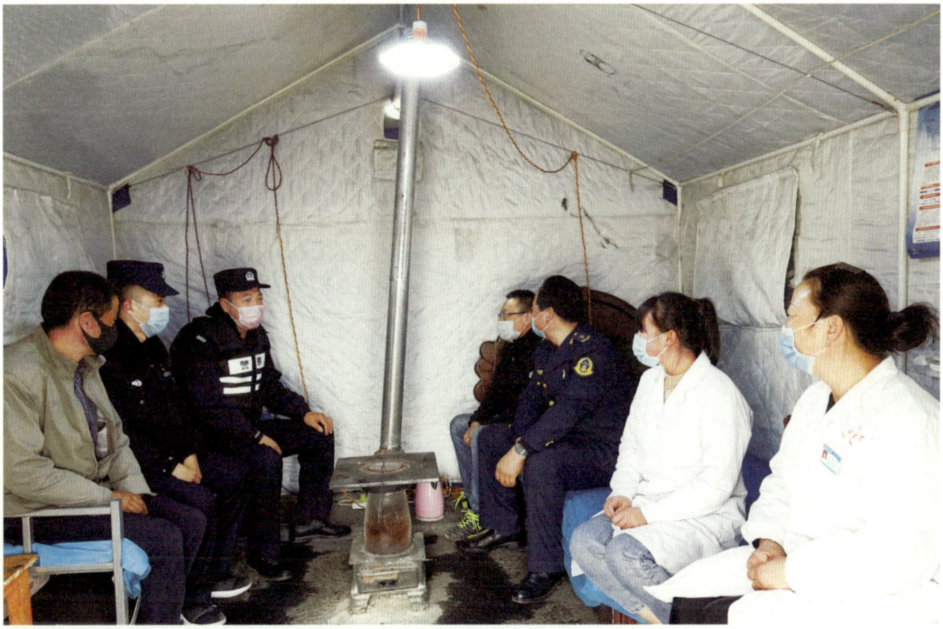

口子。点上其他单位的战友看着他每天这么辛苦，怕他身体吃不消，都劝他回去休息休息，但都被王虎军婉言谢绝了。他说："同志们都在这里没日没夜地奋战，我有什么理由回去休息，更何况我还是临时党支部书记呢。"说着，他拍拍身上的尘土，走进帐篷准备泡方便面解决午饭。

还没等面泡好，电话响了，那边传来急切的声音："所长，东塘村居民点一户人家发生火灾了，我和小李正往过赶呢。"来不及吃饭，他一边指示民警先期到达处置，一边急忙驾车赶赴现场。到场后发现是那户人家的草垛着火了，好在周围的群众都赶来帮忙，大火被及时扑灭，此时已是下午4点。他上车准备返回执勤点，可是浑身就像没了筋骨一样，这才想起自己从早上到现在还没吃东西呢，他决定在车上躺会儿，缓缓再走。

"也不知道所里的入户摸排工作进展得如何了，这个关键时刻可千万不能出岔子，不行，我得问问。"还没等他掏出电话，所里辅警小王打来电话："王所长，我们在入户核查时有群众反映，东塘村二组李某某1月23号从外地回来，我们去核实，一家人都说没人出过门，而且态度蛮横，怎么办？""你先稳住，别跟人家发生冲突，我马上赶过来。"他知道此事责任重大，这个李某某又是有违法犯罪前科人员，看来得亲自出马。

他鼓了鼓劲，又马不停蹄地赶过去。看着现场剑拔弩张的架势，王虎军赶忙做工作缓和气氛。经过近4个小时的耐心劝说，李某某终于说了实话。原来李某某在长沙打工，春节前一天才赶回家，途中一直戴着口罩。"不管怎么说，你是从外省区回来的，按照政府的要求，你必须

居家隔离 14 天，其间有发热、咳嗽等症状要及时和我们联系，你要为你的家人和乡亲们着想。”听了王虎军的一番话后，李某某承认了自己隐瞒行程的错误，表示一定按规定好好居家隔离。

李某某的事安排妥当后回到执勤点已是晚上 11 点多，他才想起今天还没有给家里打电话呢。由于好长时间回不了家，无论多晚，王虎军每天都要给家里打一个视频电话，给儿子说说作业，给老人报报平安，和妻子拉拉家常。“爸爸，我很想你，你什么时候才能回来呀？我在家画了一幅你穿警服的画，等你过生日的时候送给你当作生日礼物，好吗？”看着视频里半个月没见的儿子，这位拼命三郎的眼眶有些湿润，心里像打翻了五味瓶。

近在咫尺的家此刻显得那么遥远。

王志强：最勤快的派出所所长

岗位可以平凡，工作可以普通，但绝不能平庸，不能落后，无论做什么工作，都要对得起自己头顶的警徽。

2020年1月24日除夕之夜10时许，难得过年与亲人团聚的西吉县公安局新营派出所所长王志强突然接到单位通知，由他负责在新营乡白城村设立疫情防控查验点，正月初一早上8点准时开展工作。

疫情就是命令，防控就是责任。王志强立即收拾行装，告别年迈的父母，驱车赶往单位。由于当晚道路积雪湿滑，赶回派出所已经是凌晨一点了。王志强与值班民警及卫健部门共同商量，确定卡点位置，清扫积雪，搭好帐篷，1月25日早上8时，白城查验点正式开展工作。

1月31日，白城查验点临时党支部成立。王志强作为临时党支部书记，积极带领执勤人员克服严寒等各种困难，对过往车辆和人员进行登记或劝返。2月1日，由于工作需要，白城查验点搬迁到海拔2400多米的月亮山山腰，为了让执勤人员吃上一口热饭，王志强积极联系相关单位，最终在华电项目部解决了执勤人员吃饭问题。

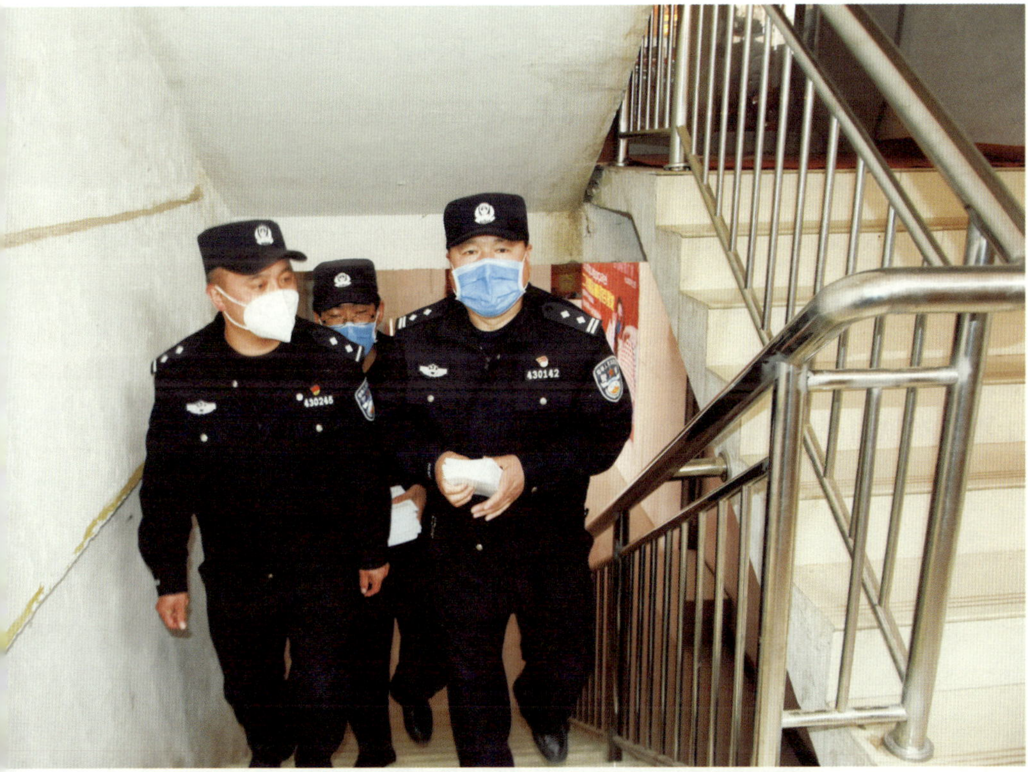

除了做好白城查验点的各项工作外，王志强还负责新营派出所的日常工作以及辖区人员摸排、宣传以及治安秩序维护工作。

“老刘，这段时间可不能出去乱转了，好好在家待着。”“小黄，这个查验点的检查程序还不够规范，你看，把车堵住之后，先对车上人员进行体温检测……”“小田，这个案子的信息你写一下发到县局的网页上。”作为新营派出所所长、白城查验点负责人和辖区摸排组组长，王志强每天忙得像一个转不停的陀螺。

疫情发生以来，王志强没有回过一次家。他积极发挥党员的先锋模范带头作用，冲锋在前，用自己的实际行动擦亮警徽，成为年轻民警、辅警的榜样。

王志强经常对同事们说：“岗位可以平凡，工作可以普通，但绝不能平庸，不能落后，无论做什么工作，都要对得起自己头顶的警徽。”质朴的话语，充分展现了一名共产党员的责任和担当。

回顾来时的路，他只问耕耘，不问收获，虽然能力有限，但努力无限。他没有什么出彩的事迹，但这个神圣职业使得他充满了无穷的力量。

从警 22 年的他表示，将不忘初心、牢记使命，一如既往地在从警路上默默奉献自己的智慧和力量。

谢立军：做好防控队伍中的领头羊

“我和老王一起去，大家赶紧分头行动，一定要想办法把人员核查清楚。”2月10日22时，西夏区公安分局北京西路派出所突然接到银川市公安局紧急指令，要求核查多名涉疫人员。

寒冷的夜晚，寂静的街道，北京西路派出所所长谢立军和58岁的老民警王国珍立即奔赴辖区。“你好，这是我的工作证，我们是西夏区公安分局的民警，请戴好口罩把门打开，我们现在需要核查您家里的人员信息。”两个人一遍遍地重

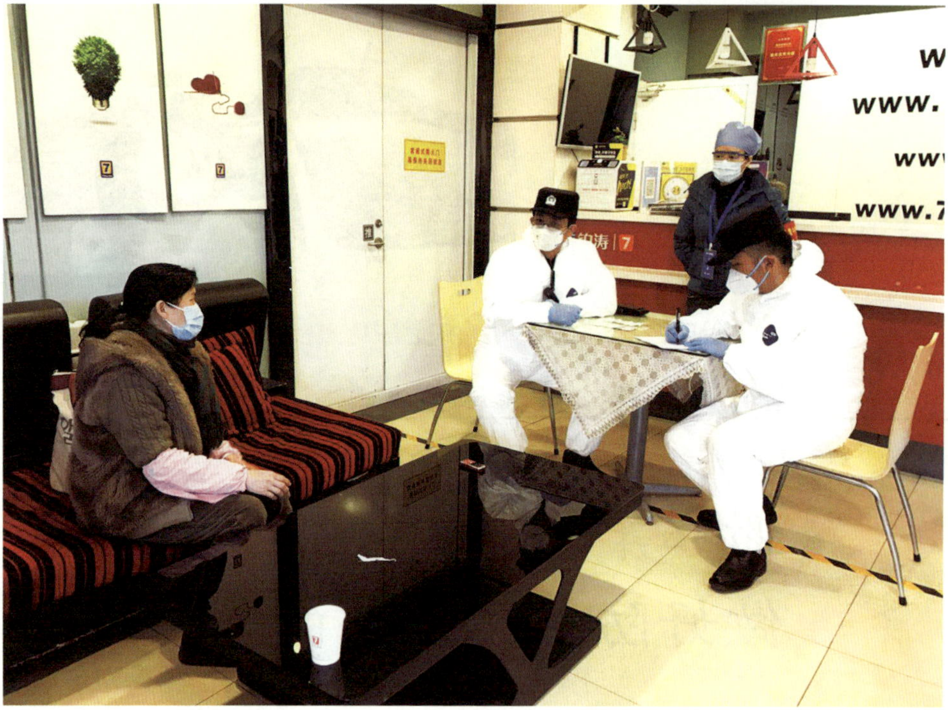

复着同样的话。老旧小区没有电梯，两个人楼上楼下地奔走，累得直喘粗气。“老王，你年龄大，去车里休息一会儿，这栋楼我一个人去。”谢立军说。“我和你一起去，这些都是我的社区，群众认识我，半夜三更报我的名字管用。”老王憨厚地笑着说，“看样子今天晚上咱们就别睡了，一定得把名单上的人找到。”

凌晨4点，名单上所有的人员全部核查清楚，谢立军和王国珍累得腿脚发软。谢立军顾不上歇口气，赶紧将名单信息汇总后发送给指挥中心。

北京西路派出所辖区位于金波路以西、怀远路以南、同心路以东，南临银川市开发区，辖区9个社区54个居民小区，有自治区人民医院西夏分院和自治区中医院，有怀远市场、南华市场、浙江商城，人口结构复杂，外地来银经商、打工人员多，易聚集场所集中，阻断疫情的任务艰巨、繁重，辖区5万多群众的健康安全始终牵动着派出所民警、辅警的心。1月28日，辖区西景花园小区出现了一例新冠肺炎患者。1月29日，北京西路派出所立即按照疫情防控的要求，对该小区个别单元实行连续14日的24小时封控，及时协助街道和居委会、卫健部门给隔离群众做思想工作，并且把生活必需品送到群众家中。

2月4日，辖区工行家属院一家父子均感染新冠肺炎，北京西路派出所立即启动最高等级的防控措施，将该小区隔离，所长谢立军带领党员民警和辅警率先在隔离点执勤。

一个派出所有两个疫情隔离点，谢立军压力很大。3名新冠肺炎患者被医学隔离后，谢立军又迅速召集街道和社区工作人员加班加点对与确诊者密切接触的人员进行梳理，并通知相关部门将近80名接触者隔离，有效地阻止了疫情在辖区的蔓延。

为了有效防止疫情的发生和蔓延，谢立军每日坚持对疫情防控点和54个居民小区的检查点进行督导与检查，带领民警和辅警给隔离群众送生活用品，遇到有抵触情绪的群众耐心做思想工作，遇到群众确有困难，则倾力相助。

2月24日，辖区一名隔离群众因为皮肤病复发，打电话求助。谢立军接到求助后，考虑到情况比较紧急，在做好防护工作后，他开车带这名群众前往医院治疗。诊治结束后，谢立军又将其送回家。前脚刚离开小区，又接到一居家隔离群众的求助，称其孩子不小心磕碰导致腿部肿胀，谢立军又急忙将受伤孩子送往医院，挂号、就医、取药，将孩子送回家后，已是中午1点多了。匆匆吃了几口泡面，顾不上休息，他又开始忙手头上的工作。谢立军说：“疫情时期，我们隔离疫情不隔离爱，面对群众的需求，我们基层民警要多点耐心、多点服务，做好群众工作就是做好防控工作。”

在疫情面前，作为所长的谢立军从自身做起，在完成日常工作的同时，扮演好疫情防控工作的指挥员、战斗员、后勤保障员等多重角色。一个月来他以所为家，忙的时候甚至来不及吃饭，就用泡面垫一垫，但他毫

无怨言，完成白天的工作后，晚上还要守在电脑前查看和统计每天的入户数据，等所有的工作做完了才能稍休息一下。

疫情期间摸排工作任务重，时间紧，所里民警、辅警要负责入户排查、接处警及疫情点的执勤工作，疲劳辛苦不言而喻。有时民警和辅警忙得顾不上回所里吃饭，头发长了也没有办法理，谢立军看在眼里疼在心里。经过多方协调，在街道党工委的大力支持下，每天有专人将饭菜打包成盒饭，提前送到执勤工作点，他通过个人关系联系理发店为民警和辅警义务剪发。得知抗疫一线的民警和辅警家中有困难，谢立军都会想办法解决，为民警和辅警解决后顾之忧。

长期坚守在抗击疫情一线，谢立军失去了和家人团聚的时光。已是耋耄的父母远在山东老家，他们已经两年没有见面，因为疫情他放弃了大年初三回家看望父母的计划，儿子寒假回来没在一起吃过几次团圆饭。谈到家人，眼眶发红的谢立军用“支持”两个字概括，父母、妻儿都很支持他的工作，每天都叮嘱他做好防护措施，注意安全。

谢立军经常对全所民警、辅警说：“一个支部就是一座堡垒，一名党员就是一面旗帜，共产党员就是阻击疫情的先锋者、防控队伍中的领头羊，党员同志一定要起模范带头作用，冲锋在前，不忘初心，牢记使命，为抗击疫情作出自己的贡献。只要我们坚定信心，鼓足干劲，就一定能战胜这次疫情。”

翟恩洲：战“疫”一线践初心

“您好！请扫码登记信息，配合检疫工作。”

“慢走，注意行车安全，随时做好个人防护。”

3月2日，原州区清水河检疫站，翟恩洲像往常一样，对驶入市区的车辆进行检查。

这一天，是他在疫情防控一线连续奋战的第38天。

翟恩洲，53岁，从警32年，一直在基层工作，现任原州区公安分局官厅派出所所长。他也是一名有着21年党龄的共产党员。

在日常工作中，他是一名卫士，将百姓装在心里，把责任扛在肩上，用心用情用力为群众办实事、解难题，守护一方平安和谐。在抗疫战场上，他是一名战士，日夜奋战第一线，用执着坚守践行着共产党人的初心使命，用无悔奉献书写了人民警察的责任担当。

冲锋在前，第一时间筑牢防线

1月24日，大年三十，正是万家团圆的时候，原州区公安分局连夜召开会议，部署疫情防控工作。按照责任分工，官厅派出所负责固原高速南出口疫情查验工作。

“疫情形势严峻，防控工作一定要快！”大年初一早上7点，翟恩洲便带着3名辅警，赶到高速南出口，投入到紧张的工作中。他们一边检查登记过往车辆，一边向司乘人员宣传疫情防控知识，介绍疫情防控政策。

这一天，室外气温零下十几度，寒风吹在脸上像刀割一样，他们一个个冻得直打哆嗦，口罩上结了一层冰。这一天，他们谁也没有顾上吃饭，直到下午6点多，才轮流换班，吃了碗泡面。

晚上8点后，车流量减少，翟恩洲安排其他同志回家休息，自己和1名前来换班的

同事继续值守。同事考虑他年龄大，身体又不好，劝他先回家。翟恩洲笑着说：“我是老大哥，骨头硬，能扛住冻。你们年轻人要休整好，明天精精神神来值班。”他心里想：“我是一名老警察，又是一名老党员，关键时刻更得冲在前面，为年轻同志带好头、做榜样。”

冬春之交的固原，天寒地冻，晚上更冷。站在执勤卡点上，翟恩洲浑身瑟瑟发抖，双手麻木得不听使唤。冻得实在受不了了，他便进警车上暖一下，然后下来继续值班。在他的印象中，这是许多年来经历的最漫长的一个夜晚。

次日，大年初二一大早，一场瑞雪飘落固原大地。

当天，卫健部门、乡镇和社区抽调的工作人员到位，工作组共23人，其中党员8名。固原高速南出口疫情查验站临时党支部成立，翟恩洲担任党支部书记。

“一个支部就是一座堡垒，一名党员就是一面旗帜。”翟恩洲对工作组的党员们说，“我们一定要在疫情防控中展现共产党人的英雄本色，以‘疫情零输入’的成绩交出一名共产党员的合格答卷。”话语铿锵有力，动员鼓舞人心，极大地激发了工作组阻击疫情的积极性、主动性。

查验身份证件、测量体温、检查后备箱是否装运野生动物，引导从疫情重点地区来固人员和返固人员到指定地点集中隔离观察，对区内车辆司乘人员测温正常的予以放行，对运送防疫物资、抢险救灾物资、蔬菜粮食等生活必需品的，快速核查，优先放行……在翟恩洲的指挥下，固原高速南出口疫情防控各项工作井然有序。

昼夜坚守，阻隔疫情不隔温暖

突如其来的疫情，扰乱了正常生活，阻挡了出行的脚步，人们出现紧张、焦虑、沮丧，甚至愤怒等情绪在所难免。

有群众在固原上班、居家，从武汉等疫情重点地区探亲访友归来，眼看到了家门口，却不能“顺利”回家，抱怨在所难免：“我是固原人，家就在这里，为什么要隔离？”有在湖北等地上学、务工返回的，工作组已提前掌握信息，本人却矢口否认：“你们凭什么说我是从湖北来的，凭什么不让我回家？”有运送防疫物资、生活物资、电力通信器材的外地车辆，司机态度强硬："不让进城，我就把东西拉回去，造成的后果，你们负责！"

"病毒是看不见的，潜伏期长，咱们谁也保证不了自己一定不会感染。只有万般小心，才是对自己、家人和亲戚朋友负责。""非常时期，党和政府采取非常措施，是为了保护人民群众的安全，请多多理解。"……每当遇到不理解、不配合的，翟恩洲便赶上前去，把这些话说了一遍又一遍。一天到晚，他口干舌燥，最后简直说不出话来。

翟恩洲坚信，真心换真心，只要工作做到位，群众一定会理解支持。他始终带头落实着"平和、文明、理性、规范"这个硬杠杠。

2月6日上午，一辆来自疫情重点地区的大货车为市内一家企业运送防疫药品。面对检查，司机坚持要求由他本人亲自送达，不让转运。翟恩洲便开上警车，将大货车引导至这家公司，直至卸货返程。在他的监督下，司机全程没有下车，也没有摇下车窗。临上高速时，司机隔着车窗玻璃，双手竖起大拇指为工作人员的负责和热情点赞。

据统计，从设立至2月24日，固原高速南出口查验站共检查车辆6000余辆、人员1.2万余人，排查出集中隔离人员230余人、居家隔离人员640余人。

数字见证着查验站工作人员的辛劳，记载着他们在这特殊时期的作为。

2月25日，根据固原市应对新冠肺炎疫情工作指挥部的安排部署，固原高速南出口查验站撤销。翟恩洲和工作组"转战"原州区清水河检疫站，依然守护由南进入固原的"大动脉"。

随着市域内长途班线、包车客运和城市公交、农村客运恢复营运，防控任务更加艰巨，翟恩洲肩上的担子更重了。但他坚信，有了前期的防控经验，加上全体党员、干部的众志成城，一定能够守土担责、守土尽责，打赢这场没有硝烟的战争。

起底排查，不漏一户不漏一人

原州区官厅镇辖 13 个村、4 个社区，常住人口 2.8 万多人，其中 8 个村位于城乡结合部，辖区内有固原火车站、汽车站、东岳山等人员密集场所，社会情况复杂，是原州区政法综治和平安建设的重点区域。官厅派出所有民警 9 名、辅警 11 人，承担守护一方平安的责任，人手总有些吃紧，加上参加疫情防控，警力更是捉襟见肘。

此时，又接到上级下达的任务，配合卫健等部门，采取电话询问、隔门喊话、举报奖励、入户登记等措施，对社区和农村居民住户基本情况、现实动态、健康状况等数据信息逐一核实登记，不漏一户不漏一人。

非常时期，行非常之举。翟恩洲动员全体民警：“我们就是一个人当两个人用、当三个人用，也要保证完成任务。共产党员更要带好头！”

行动是最好的向导。每天，查验点值班结束，交代好工作，翟恩洲便访农户、进小区，挨家挨户登记信息。有时，早上 7 时许住户尚未起床，他便开始敲门；有时，凌晨 1 点多，他才从居民家中起身。在他的带领下，全所民警入户排查 7820 户 2.3 万余人，大数据电话核查来（返）固人员 4000 余人，录入疫情管控平台 800 余人。他们加班加点，昼夜奋战，6 天时间完成了大起底、大摸排、大筛查工作任务，受到原州区公安分局通报表彰。

“疫情不退，我坚决不回。”在抗击疫情第一线，翟恩洲已连续奋战一个多月，其间回过 3 次家，匆匆地洗澡、换衣服，每次不过两个小时。74 岁的老母亲、辛劳持家的妻子、坚守在社区防疫的儿子，是他心底的牵挂，他们每天都会在电话中互相报声平安。

心中沉淀多少真情，肩上便有多少担当。在基层工作三十几年，翟恩洲始终视群众为亲人，恪尽职守、无私奉献，以点点滴滴的行动诠释了“人民警察为人民”的深刻内涵，赢得了辖区群众的拥护和支持。

孙宗勇：
战斗在“疫”线上的拼命三郎

“爸，你在外面照顾好自己，我好久没有和你一起吃饭了，你什么时候回来啊？”面对女儿微信里的关心询问，这位父亲却不知道怎么回复，“粗心”的他时隔两天后才回复一句：“爱你，宝贝女儿。”

3 月 7 日，在新东郊市场防疫执勤点，遇到了利通区公安分局东塔派出所教导员孙宗勇。谈起家庭时，他激动又暖心地向我们展示了 2 月 23 日他和女儿的微信聊天记录。

疫情发生后，因为人事调整，东塔派出所工作暂由教导员孙宗勇主持。疫情防控工作开展以来，他已经 56 天没回过

家了。他不仅是派出所的“领头雁”，还是拼命三郎，带领全所民警、辅警守护一方平安。

孙宗勇的妻子在青铜峡住房公积金中心工作，上班、执勤、照顾家连轴转。由于孙宗勇工作忙，他们商议把3岁的儿子送到亲戚家照顾，妻子和上高三的女儿在青铜峡家里，一家4口就这样三地分居近两个月。

“说不牵挂孩子都是假的，但职责所在，只能晚上回到所里和孩子视频聊两句。现在，我每天牵挂的是疫情防控工作、辖区治安情况。”

说话间，孙宗勇看到东郊市场防疫执勤点前人员拥挤，便走向前：“大家保持1米间隔，提前把身份证拿出来，这样又快又安全。”

东塔派出所现有民警、辅警30人，承担2个乡、17个村、4个社区6万多人的治安工作，还负责高铁吴忠站、一个宾馆集中隔离点执勤。

在疫情防控工作中，该所把辖区划分为24个网格，日常接处警、违法犯罪打击、人员信息采集、卡点执勤，工作千头万绪，哪一项工作都要孙宗勇操心。

“天天都看到孙导来市场，工作特别认真负责。以前我们不认识，时间长了我们也成了朋友。”市场监管分局东郊市场执勤人员洪若潾说。

谈话期间，孙宗勇接到柴园新村执勤点电话，小区内有一重点人员需要进一步核实信息，他立即驱车赶往。

到达后，与乡镇“四包一”工作人员核实完信息，看到小区内有四五个群众，孙宗勇又“唠叨”了起来：大家千万不要聚集聊天，口罩要戴好。叮嘱小区保安出入人员信息一定要登记详细真实。转身又从他那辆“私车”

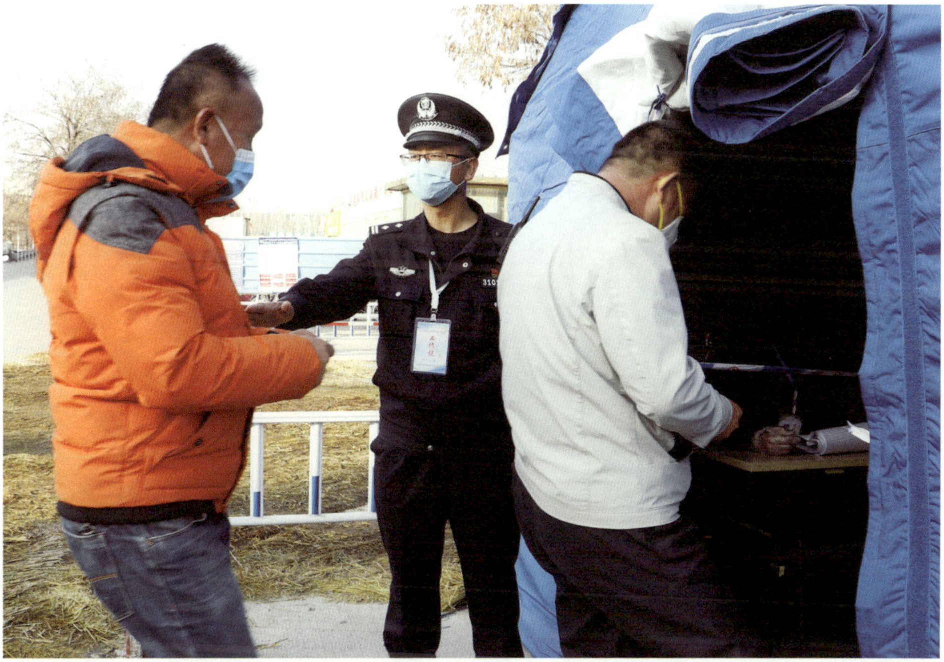

变“公车”的车里拿出一沓安全防范宣传资料，现场宣讲起来。

“孙导是军人出身，自认身体底子好，他一直都是能多做些就多做些。民警、辅警都建立了健康档案，根据情况实时进行了调休，唯独他没有回过家。”东塔派出所副所长任利说。

问及他何时准备休息，孙宗勇笑了笑说：“先让其他同志调整休息吧，等过一段时间，疫情防控稳定了，我再回家看看。”

张军：我已归队！

2月18日，在京藏高速平罗南出口执勤检验站，意外地见到了本应在医院住院的平罗县公安局太沙派出所所长、检验站临时党支部书记张军。一问才知道，他已经上班5天了。

“住院了怎么不多休息休息？”

“放心不下卡点的事。现在正是疫情防控的关键时期，近期因企业复工人员返工、居民返乡等原因，过往车辆、人员明显增多，工作量增大。”张军说道，“而且，大家已经连续作战近一个月，民警的身体和精神都非常疲惫，我回来多一个人大家还可以轮着稍缓一缓。”

自大年初二平罗南检验站设立以来，张军一连14天吃住在卡点，冲锋在前，连续奋战，2月9日因心痛难忍、半身失去知觉倒在了卡点值班室，后在平罗县医院呼吸与危重症医学科进行治疗。

输液治疗了两天，感觉自己稍好一些，张军就向医生提出了出院申请，呼吸科主任谢新凤认为他病情还没有明显好转，需做进一步检查和治疗，且出院后劳累和熬夜会加重病情，不同意他出院。

可张军不干，他每天去找谢主任，软磨硬泡，非要让人家同意他的请求。看实在拗不过他，医院只得给他办理出院手续。

2月13日一早，张军让妻子申海燕帮他办理出院手续，自己急吼吼地赶去卡点，紧锣密鼓地安排和开展各项工作。

卡点的工作部署完毕，张军又急忙赶到所里。张军所在的太沙派出所管理和服务的太沙工业园区共有企业283家、员工26000余人。如何在严密防控新冠肺炎疫情的情况下保障辖区企业复工复产，是张军在病床上也一直思考和揪心的问题。

“我们企业有10多名甘肃籍员工，是业务骨干。张所长提前和我们对接，详细了解这些员工的活动轨迹和身体状况，建议他们提前归宁。现在，这些员工已结束集中隔离，全身心投入到生产中去了……”宁夏宁平碳素有限责任公司副总经理张赤说。

这只是张军服务对接的其中一家企业，像这样的企业还有很多。出院后，张军带领社区民警下沉一线，主动对接辖区复工企业，开展一对一服务，引导辖区企业有序复工复产，保障防疫生产两不误。

“听说他住院了，我们本来不好意思麻烦他，没想到他一出院就主动找上门来了……”说这话的，是宁夏滨河新材料科技有限公司总经理张海涛。这家公司有一名高薪聘请的湖南籍邓姓教授，在年后复工时因其户籍地为疫区要对其进行劝返。邓教授是该企业的技术高端人才，如不能按期到岗，对企业的影响很大。张军得知后，多方向市防疫指挥部和相关部门进行汇报，最终通过科学技术手段分析其活动轨迹后，证实他在疫情发生前已经到达宁夏银川，故而对其实施集中隔离，隔离期满后正常上班。

所里的工作他关心，卡点的事他更操心。出院后，张军白天在辖区里忙，但不管忙到几点，晚上一定会回到卡点。

“卡点晚上比较难熬。我年纪大，家里需要操心的事也不多，我来卡点看着，让大家可以腾出手来干些其他的工作……”张军说。

“他从不拿自己当病人，上卡点、进企业、下社区都是冲在最前面，也不让我们照顾他……”看着张军忙碌的身影，民警殷景峰的声音不禁有些哽咽。

对于丈夫的做法，申海燕既气愤又心疼。“出院了还是不着家，天天在单位、卡点两头跑，我也拿他没办法……”“我知道他也是为了大家，我虽然心疼，但还是支持他，把要吃的药给他装好，让他带在身上。该吃药的时候我给他打电话。他这个人，你要不提醒他，一忙起工作来啥都忘了……”申海燕说。

赵晓鹏：为复工复产磨破了嘴，跑断了腿，操碎了心

赵晓鹏是谁？他是贺兰县公安局德胜工业园区派出所所长。初见赵晓鹏，戴着口罩的他都能使人感受到他的亲切和憨厚，双眼泛着血丝，一身警服遮不住他胖胖的体态，不健谈但很质朴。

在他眼中，一手抓疫情防控，一手抓企业复工，这两件事都是最当紧的，他真是为复工复产这些事磨破了嘴，跑断了腿，操碎了心。

赵晓鹏说："保护每一个员工的身体健康和生命安全，就是保护企业的发展，就是保护贺兰经济社会发展。作为一名所长，使命光荣，责任重大，这是践行一名共产党员初心使命的最好方式，一定当好'监督员'和'服务员'，守好这块阵地，不能有半点马虎。"

磨破了嘴：复工复产，与疫情竞速赛跑

赵晓鹏不善言谈，说话时带着一丝腼腆，但和辖区企业说起复工复产这事，却像变了一个人，这段时间真是磨破了嘴皮做工作。

德胜工业园区派出所管辖区实有人口共计7万余人，规上企业56个，汽车4S店69家，省级寄递物流分拣中心8家，拥有全区最大的二手车交易市场、最集中的寄递物流业分拣中心、最具规模的汽车销售4S店，所以疫情防控关键节点容不得一丝侥幸。

这么大的基数，疫情防控是严峻复杂的，压力更是巨大的。赵晓鹏每天接到几十个电话，通过线上线下为企业提供保障，宁可一句话说十遍反复强调，也要全力支持企业渡过难关。

“可别盲目复工复产，你这没有向园区申请就拉材料进厂是很危险的，写个保证书，赶紧去弥补过错。前期工作要准备好，防护物资、员工出入登记、员工就餐、防疫宣传等等，一定要谨慎，可别出乱子。”2月22日，宗达实业有限公司未按规定将一车仓储塑料颗粒拉入厂区，这可急坏了赵晓鹏，他总是说教育和处罚并存，要引导企业科学复工复产。“企业复工复产这事很重要，关乎贺兰县的经济，你们抓紧给德胜工业园区管委会打个申请，这事千万不能拖。”

2月20日，赵晓鹏在走访宁夏武发工贸有限公司时了解到，由于年前从广东引进的设备无法运到贺兰，企业无法复产复工。2月22日9时整，经过德胜工业园区管委会和派出所、交巡警大队的共同努力，警车引路护航，一辆载有宁夏武发工贸有限公司设备的车辆准时抵达贺兰县，设备被安全地送到了厂房，这让企业复工复产看到了新的希望。“派出所给了实实在在的帮助，为我500万元的设备真是尽了心，为我们战胜困难提供了支持和信心。”这是武发工贸有限公司董事长杜党武发自内心的感慨。

丰庆西路
9
银川东君乳业有限公司
禁止吸烟
禁止拍照
20 限速 20
温馨提示
東君
DONGJUN
POLICE

开展疫情防控以来，辖区企业中排除掉商砼等行业季节性停产，规上企业复工率95.6%；69家汽车4S店，已有51家正常营业，复工率74%。园区在岗人员约7912人。

跑断了腿：走千万家，众志成城守家园

见到赵晓鹏的时候，他已经连续40天没有休息了，正准备下企业检查，却被派出所大厅的群众围住了。

“请您理解，非常时期您得配合工作，小李帮老爷子把报备通知书开好！”

“这个案子您先等等，办案民警手头事忙完就处理，您别急！”

作为派出所“领头雁”，他面临疫情带来的新形势。从1月24日那天起，赵晓鹏按照贺兰县公安局党委部署，迅速带领全所民、辅警坚守在抗疫第一线。派出所要做的工作很多，既要协同社区设点检测，又要开展涉疫信息收集；既要打击涉疫违法犯罪，又要深入开展践行新时代“枫桥经验”“百万警进千万家”疫情防控宣传、企业复工复产等等，一件件事，都得这个所长穿针引线。

“我得亲自去，派出所人手少，一警多能，哪里有需要就要跑哪里。”2月5日22时，赵晓鹏在接到自治区公安厅指令后，立马带着两名辅警到海亮漫香庭小区的一个单元楼，对该单元楼进行隔离。

从单元楼封控、拉警戒线、搭建帐篷、走访宣传，再到每夜的值守，赵晓鹏都耐心地做好防控工作，他说他真是经历了小区居民从不理解到支持的整个过程。直到未确诊消息传来，赵晓鹏心里的石头才放下来了，觉得可以给小区居民一个交代了。

派出所实有10名民警、18名辅警，其中5名民警被抽调入户普查，24小时值班制，两班倒，既要防控疫情，又要做好派出所工作。“所里没事我基本每晚都去两个指定集中隔离点值班。所里人手少。”面对集中隔离者的抵触和不理解，他身着防护服进入隔离区，近距离千叮咛、万嘱咐，有一对老两口从开始时的各种闹情绪，慢慢转变为对这项工作的认可和支持。

赵晓鹏带着全所民、辅警跑来的数据有这些：核查指令5653人，对100名疫情较重地区返银人员进行关注；对辖区进行地毯式排摸入户调查，共入户走访核查41个小区894栋住宅楼22533户71000人；对前期排查的20名密切接触人员及169名疫情重点地区回银人员严格落实集中隔离和居家隔离管控措施；对辖区673家企业进行逐个摸排、1300家行业场所走访宣传；对辖区9名阻碍疫情防控的违法人员进行行政处罚，对多名轻微违反疫情管控规定的人员进行批评教育。

操碎了心：舍家为业，盯在“疫”线只为民

“我要把今天的事情写在小黑板上，派出所琐碎的事太多，我怕忘记。”走进赵晓鹏的办公室，他正一笔一画在黑板上写着3月2日的重点工作。

办公室书柜里有一张全家福映入眼帘。聊起照片里着军装的儿子，不健谈的赵所长话匣子可是打开了。

“儿子2018年应征入伍，在新疆服役，去年得了优秀义务兵，你看看这是奖章。”“好想看看儿子穿着军装驻守边疆的样子，今年就要退伍了。唉，以后再去吧！疫情这么严重，我得留在所里，这里更需要我。”赵晓鹏说道。除夕前，他连着值了3天的班，来不及休息，开车去新疆与儿子团聚。一路听到看到疫情严重，到内蒙古阿拉善左旗时，他果断返回宁夏。

“配合园区检查辖区企业、带人员到集中隔离点……”一段段工作日志记录着赵晓鹏为了派出所工作操碎了心，而自己家的事却是敷衍了事。他从初一起就以所为家，有家却不回，妻子再三安顿他给家里买点元宵，可认真的小区保安却将赵所长拒之门外，赵所长也没有多说，隔着小区门把元宵放下，去忙工作了。元宵节当晚，赵晓鹏贴心地为天鹅湖社区普查信息的所有工作人员煮了汤圆。

“我做的都是分内的事，真的不足挂齿。”赵晓鹏总是这样说，但工作起来却是拼尽全力。连日来，从疫情到普查，到派出所工作，再到复工复产统筹安排，他就像上紧了的发条，不停地奔走忙碌。他随身携带着降压药及速效救心丸等药品，不舒服了就服点药继续工作，每天对辖区所有管控点都要走到，入户排摸数据汇总上报。听闻辖区80岁老奶奶要办理居住证，他立即抽空为这位奶奶上门送证，直到当天的任务全部完成，他才休息。

“确实佩服所长的工作韧劲。从除夕开始，他都没抱怨过一句，带着我们摸排、宣传，还要关心我们的伙食，对每个人都是那么好，着实值得我们好好学习。”内勤刘钰回想抗疫以来赵所长的每一天时说。

行动亦态度，赵晓鹏用坚守和付出守护辖区企业与7万多名群众。

对赵晓鹏印象最深的就是他反复说的那句：“我做的都是分内的事，真的不足挂齿，你们就别采访我了。”简单质朴的几句话，体现了一位人民警察的担当精神。赵晓鹏始终扎根基层，把全部身心融入群众，冲锋在一线，战斗在一线，为群众的生命健康、幸福生活贡献出了自己的一份力量。

大事记

DASHIJI

1月23日上午，全区公安机关召开视频会议部署新冠肺炎疫情防控工作。自治区副主席，公安厅党委书记、厅长杨东强调，落实好疫情防控处置各项措施，坚决守住不发生二代病例、不发生医护人员感染、不发生死亡病例的“三个不发生”底线，确保人民群众生命安全和身体健康。

1月24日，吴忠市副市长、公安局局长章中全深入基层各县局，督导检查疫情防控措施落实情况。

1月25日，银川市副市长、公安局局长吴琦东先后来到金凤区长城中路派出所、交警分局金凤区二大队、南绕城快速路、青银高速水洞沟收费站、贺兰山收费站、市局指挥中心等地，督导检查疫情防控措施落实情况。

1月25日，固原市副市长、公安局局长李云峰先后深入六盘山机场、固原汽车站、固原火车站、原州区和开发区公安分局，实地检查指导疫情防控工作。

1月25—26日，中卫市副市长、公安局局长董立军深入甘塘、兴仁疫情防控检查站及出入中卫市的各个高速公路，国、省干道防疫检查站，督导检查并慰问坚守一线的民警。

1月27日，自治区党委常委、政法委书记张韵声主持召开疫情防控专题会议，传达中央及自治区党委相关会议精神，专门听取银川市新冠肺炎疫情重点人群疾病监测和防控情况汇报，对银川市疫情防控特别是确诊患者“密接”人员排查工作进行再研究、再部署。自治区副主席，公安厅党委书记、厅长杨东出席会议并讲话。

1月27—28日，自治区党委常委、政法委书记张韵声，自治区副主席，公安厅党委书记、厅长杨东一行先后深入银川市火车站、银川至永宁快速通道与南绕城交叉处疫情防控卡点、银川南收费站、南华社区，详细了解联防联控、筛查检测、应急处置等工作开展情况，并在银川市公安局专题听取疫情重点人群疾病监测和防控情况工作汇报，督导检查、研究部署疫情防控工作。

1月27日，自治区公安厅副厅长李德胜带领治安总队、交管局主要负责同志，前往银川北、银川东、银川南、吴忠高速出入口执勤检查点及104省道检查卡点，看望慰问坚守在疫情防控一线的执勤民警、辅警。李德胜要求要坚决贯彻习近平总书记重要指示精神，认真落实中央及自治区决策部署，把防控新冠肺炎疫情作为当前重要的政治任务，全力以赴做好疫情防控工作；要求要加强口罩、防护服、消毒液等防护装备的采购、配发工作，解除疫情防控一线民警、辅警的后顾之忧，打赢疫情防控战。

1月27日，石嘴山市副市长、公安局局长张虎到大武口、平罗、惠农三县区重要疫情查验站检查指导工作。

1月28日，吴忠市、区两级公安机关经过连续20个小时奋战，对海量信息筛查后，迅速查清5名确诊新冠肺炎患者密切接触者身份信息，防止了疫情的扩散蔓延。

1月29日，经中卫市公安局党委批准，成立中卫高速公路疫情检查站临时党支部。

1月30日，自治区公安厅印发《关于坚决贯彻自治区党委决策部署 坚决打赢疫情防控总体战阻击战的通知》，要求进一步提高政治站位，强化政治担当，坚决打赢疫情防控总体战、阻击战，坚决维护全区政治安全和社会稳定。

1月31日，吴忠市公安局利通分局板桥派出所新警赵永乐向党支部书记马新华递交了入党申请书，请组织在疫情防控实战中考验自己。

2月1日，石嘴山市公安局从机关抽调24名女民警、辅警组成“抗击疫情女警先锋队”，在社区统一领导下，开展24小时无缝隙的疫情防控工作。

2月2日上午，固原市副市长、公安局局长李云峰深入固原市监管中心督导疫情防控工作。

2月3日，银川市公安局食药环分局根据公安部、公安厅食药环侦查总队的统一部署，深入摸排线索，成功破获一起销售假冒伪劣口罩案。

2月6日，自治区副主席，公安厅党委书记、厅长杨东签署嘉奖令，对银川市公安局应对新冠肺炎疫情防控工作领导小组办公室等49个集体和马文玉等94名个人予以通令嘉奖。

2月8日上午，自治区公安厅副厅长李德胜对吴忠市京藏高速出入口、孙家滩石家窑村等疫情检查点和吴忠市拘留所、看守所等重点单位的疫情防控工作进行暗访检查。

2月8日，固原市公安局组建战时心理健康服务小分队，前往固原高速公路出口、火车站等5个疫情检查点开展心理健康服务。

2月9日，根据同心县韦州镇疫情防控的严峻形势，吴忠市公安局紧急抽调应急分队60名民警支援同心县韦州镇，开展各项疫情防控工作。

2月10日，自治区公安厅党委副书记、常务副厅长徐耀主持召开专题会议，传达学习国务院、自治区会议及文件精神，研究部署公安机关疫情防控期间服务保障的具体措施。

2月11日，自治区党委常委、政法委书记张韵声，自治区副主席，公安厅党委书记、厅长杨东到自治区疫情防控重点人员数据信息排查和社会动态分析研判管控工作专班督导检查。

2月11日，驻公安厅纪检监察组组长谢永春对厅属机关疫情防控工作情况进行督导检查。

2月12日，固原市公安局开展战地授旗仪式，将一面面鲜红的“疫情防控党员先锋队”“疫情防控党员模范岗”荣誉旗帜，送到疫情防控斗争一线，为全市打赢疫情防控阻击战再鼓劲再加力。

2月13日，贺兰县公安局侦破一起全区案值最大网上购买口罩诈骗案件，抓获犯罪嫌疑人1名，案值高达人民币90万元。

2月14日，自治区公安厅党委决定，使用区直机关工委支持的疫情防控工作专项党费，对坚守疫情防控一线、表现突出的刘九君等72名党员和银川市银巴检查站等21个基层党组织进行慰问；使用厅机关慰问费，对薛琛等8名非党员警务人员进行慰问。

2月17日，驻公安厅纪检监察组组长谢永春前往银川市兴庆区湖滨花园疫情防控执勤点和贺兰县公安局城关派出所看望慰问被侵犯执法权益的民警马涛与薛永堂，并送上维权抚慰金。

2月17日，自治区政府专题会议研究决定，拨付自治区公安厅资金471万元，用于治安检查点、治安卡点执勤民警、辅警防疫防护物资采购。

2月18日，石嘴山市公安局局长张虎签发表彰命令，对在疫情防控工作中表现突出的4个集体和43名民警、辅警予以表彰奖励。

2月22日，自治区副主席，公安厅党委书记、厅长杨东深入银川市监管中心，现场检查指导疫情防控工作。

2月23日，自治区副主席，公安厅党委书记、厅长杨东到银川火车站，就疫情防控工作落实情况进行检查指导。

2月23日，自治区副主席，公安厅党委书记、厅长杨东主持召开全区公安机关视频会议，就做好疫情防控和维护社会稳定工作进行再动员再部署。

2月23日，自治区公安厅召开专题会议，部署对全区公安监所疫情防控工作开展专项督导检查。公安厅党委副书记、常务副厅长徐耀要求以督导检查倒逼公安监所提升安全管理水平，落细落实疫情防控措施，坚决打赢公安监管场所疫情防控这场硬仗。

2月23日晚，自治区副主席，公安厅党委书记、厅长杨东主持召开全区公安机关疫情防控和维护政治安全社会稳定工作视频会议并讲话。杨东特别强调关心关爱队伍这件事，给各级公安机关的政委、教导员部署了两项工作，立即组织到疫情防控一线民警的家里去慰问，了解民警家中有没有孤寡老人，有没有小孩自己在家的情况，有没有大病医疗等困难，要帮助解决民警的后顾之忧；了解和关心民警的健康状况，特别是在社区和检查站点执勤的一线民警，有身体不适的马上换下来，有慢性病的不能长时间、超负荷地工作，坚决杜绝带病上岗。

2月24日，自治区副主席，公安厅党委书记、厅长杨东主持召开自治区公安厅党委扩大会议，对全区公安机关进一步做好疫情防控和维护社会稳定工作进行再安排再部署。

2月24日，自治区副主席，公安厅党委书记、厅长杨东签署对公安厅吴铁军等29名民警、辅警记功嘉奖命令。

2月26日，自治区公安厅副厅长陈加先代表厅党委，分别到公安厅警务保障部、机关服务中心和交管局，对郝文敏、汪兴仓、米向阳、吴铁军等在疫情防控期间成绩突出的有功个人进行战时表彰，直接把奖牌和证书送到民警工作的岗位上。

2月26日，公安部下达转移支付资金880万元，用于宁夏公安机关开展疫情防控和维护社会稳定相关工作。

2月27日晚，自治区副主席，公安厅党委书记、厅长杨东主持召开公安厅临时紧急会议，强调各级公安机关要时刻绷紧新冠肺炎疫情防控这根弦，坚决防范境外疫情输入扩散，做好当前形势下各项公安工作。

2月28日上午，银川市公安局党委在火车站公安疫情防控先锋岗举行全市公安机关新冠肺炎疫情防控战时入党宣誓仪式。各基层党委在防控一线发展的16名预备党员庄严宣誓。

3月2日，自治区公安厅召开全区公安机关加强民警、辅警健康保护工作视频会议。会议认真贯彻公安部、公安厅党委关心关爱民警、辅警工作部署，落实杨东副主席对加强全区民警健康保护工作的有关批示要求，进一步对全区公安机关暖警爱警工作进行部署落实。

3月8日，驻自治区公安厅纪检监察组组长谢永春带着厅党委的关怀和温暖，深入基层向坚守岗位的女民警、女辅警、女职工送上鲜花并致以节日的祝福，并通过她们向奋战在疫情防控一线的妇女同志致以节日的问候。

3月12日，自治区副主席，公安厅党委书记、厅长杨东主持召开公安厅党委（扩大）会议，传达学习自治区党委政法工作会议精神并研究贯彻意见。

3月19日，自治区党委书记、自治区应对新冠肺炎疫情工作领导小组组长陈润儿到自治区公安厅，检查督导境外疫情输入联防联控工作并召开座谈会。

3月20日，自治区公安厅召开疫情后期影响政治安全和社会稳定风险隐患研判专题工作会议，自治区副主席，公安厅党委书记、厅长杨东出席会议并讲话。

3月20日，自治区副主席，公安厅党委书记、厅长杨东主持召开公安厅党委（扩大）会议，传达学习自治区党委常委会关于贯彻落实习近平总书记在中共中央政治局常务委员会会议上的重要讲话精神、陈润儿书记调研公安厅境外疫情输入防控工作时的讲话精神，并研究贯彻落实意见。

3月24日，自治区公安厅召开全区公安发展“十四五”规划编制工作部署视频会议，公安厅常务副厅长徐耀出席会议并讲话。

3月25日，自治区副主席，公安厅党委书记、厅长杨东主持召开公安厅党委扩大会议，传达学习全国政法系统电视电话会议精神，传达学习全区领导干部廉政警示教育大会精神，就进一步做好疫情防控以及维护国家政治安全和社会稳定工作进行再动员再部署。

3月26日，自治区副主席，公安厅党委书记、厅长杨东主持召开专题座谈会，专门听取社区警务改革和派出所工作情况汇报，查找分析推进社区警务改革和派出所工作中存在的突出问题，研究加强新时代派出所工作和推进社区警务改革工作具体措施。